向阳而生

GIRLS BURN BRIGHTER

SHOBHA RAO

[美] 肖芭·拉奥——著
李婉莹——译

黑龙江教育出版社

黑版贸登字 08-2022-001 号

图书在版编目（CIP）数据

向阳而生 /（美）肖芭·拉奥（Shobha Rao）著；
李婉莹译．-- 哈尔滨：黑龙江教育出版社，2021.12
ISBN 978-7-5709-2794-4

Ⅰ．①向… Ⅱ．①肖… ②李… Ⅲ．①长篇小说—美国—现代 Ⅳ．①I712.45

中国版本图书馆 CIP 数据核字（2021）第 262424 号

向阳而生
Xiangyang Er Sheng
［美］肖芭·拉奥 著
李婉莹 译

责任编辑 田 洁
装帧设计 尚燕平

出版发行 黑龙江教育出版社
地址邮编 哈尔滨市道里区群力第六大道 1305 号（150070）
印　　刷 三河市金泰源印务有限公司
开　　本 880 毫米 ×1230 毫米 1/32
字　　数 240 千
印　　张 9.5
版　　次 2021 年 12 月第 1 版
印　　次 2022 年 2 月第 1 次印刷
标准书号 ISBN 978-7-5709-2794-4
定　　价 58.00 元

献给利·安·莫洛克

目录

Contents

因陀罗瓦利

因陀罗瓦利村附近那座寺庙最值得一看的地方其实一点儿也不起眼，你要先爬上山顶，走到庙前，然后好好观察一番庙门。站在门前，你才会发现最吸引人的不是门镶板或是门面的细致纹理，而是庙门本身如此壮丽而孤勇的存在。庙门很高大，像棵树一样屹立在那儿。整扇门是用木头做的，木头取自因陀罗瓦利村西北面的一片小树林。那片树林是一位老妇人栽种的，她膝下无子，据说有一百多岁了。老妇人和她丈夫以前都是农民。老妇人得知自己无法生育后便开始种树，细心照料这些纤细、可爱的生命。她丈夫以防幼苗遭野兽破坏，在树林周围种了一圈多刺灌木。由于气候干旱，老妇人为了浇树会到几英里外的地方挑水。所幸几百株树苗最终长大成林，在干燥的风中傲然挺立，枝叶摇曳。

有一次，一名当地报社的记者前去采访老妇人。午后时分，他和老妇人坐在树荫下，默默啜饮着茶水，听着宽大的树叶在头顶沙沙作响。置身于安静优美的林间，记者甚至全然忘记了之前准备好的提问。他知道老妇人儿女皆无，丈夫也在不久前过世了，所以他婉转地说道：“这些树是你的陪伴吧。”

老妇人笑着眯起了一双灰色的眼睛，说：“噢，没错。有几百个孩子陪在身边，我从不觉得孤单。”

记者接过话茬儿，问：“那也就是说，你把这些树视作你的孩子？”

“换做是你，也会这样想吧。”

记者凝视着这片树林，这些粗壮有力的树扛过了干旱、病虫害、洪灾和饥荒，即便是在闷热的午后，树叶也依然熠熠生辉。他沉默了一会儿，说：“你真幸运，有那么多儿子陪着你。”

老妇人抬起头，怒气冲冲地瞪着记者，满是皱纹的脸上容光焕发，闪烁着她年轻时的影子。“我是幸运的，但你弄错了一件事，年轻人。”她说，“我没有儿子，只有女儿。”

Part 1 第一部分

1

珀妮玛不曾留意过那座寺庙的门，萨维赛也没有。但因陀罗瓦利村附近那座山上的寺庙却在山顶一直注视着她们。因陀罗瓦利村坐落在奎师那河畔平坦的山谷中，背倚安得拉邦最雄伟的山脉之一因陀罗瓦利康达山，距离孟加拉湾一百公里左右。那座寺庙面朝东方，地处山腰，被漆成了明亮的白色，在萨维赛看来像是一团挂在山崖的大棉花，在珀妮玛眼里则像一轮永远被天空和绿树环抱的满月。

十岁那年，珀妮玛站在家门口望了望寺庙，扭头问坐在麻绳床上的父亲："为什么我的名字有满月的意思？"她原本是要问母亲的，但她母亲正在织布机前忙碌。可那时她要是知道母亲会在五年内去世，一定会毫不犹豫地走过去，搂住母亲的脖子，贪婪地嗅一嗅她身上的气息。她父亲没有抬头看她一眼，只是继续卷着手里的烟叶。也许他没听见她的话。所以，珀妮玛再次开口问："阿爸，为什么——"

“晚饭还没好吗？”

“只差一会儿了。”

“我说过多少次了，我进家门前你就得做好晚饭。”

“因为我出生的那天是满月吗？”

她父亲耸了耸肩，说：“不是。”

珀妮玛的脑海中浮现出了一张婴儿的脸，她继续问：“是因为我的脸圆圆的像月亮吗？”

她父亲叹了一口气，最后说：“你出生几天后，你妈妈做了一个梦。梦里有个苦行僧说，如果我们给你取名珀妮玛，那接卜来就能有个儿子。”

珀妮玛盯着父亲将烟叶点燃，随后，她回到屋里，从此再也没问过自己名字的含义。满月的夜里，她尽量不去抬头看月亮。她对自己说，那就是一块石头罢了，一块挂在天上的灰色大石头。每当她给辣豆汤调味或者给父亲倒茶时，她总会想起父亲说过的话。苦行僧无疑是对的，她后来有了三个弟弟。那么，她其实没什么好伤心的。有时她甚至会为此自豪，对自己说，我曾经是他们的寄托，是我实现了他们的心愿。可事与愿违，从此她的心愿却再没成真。

十五岁那年，珀妮玛到了该结婚的年龄。她不去修道院女校上学了，开始在家做家务并在闲暇之余纺线以补贴家用。每当纺完一轴红色、蓝色或是银色的棉线，她就能挣得两卢比。这是一笔来之不易的收入，从某种程度上来说，它和她十三岁那年因为来月经得到的价值一百卢比的丝巾兰咖[1]同样宝贵。她屏住呼吸想，用不了两个月我就能纺一轴线。每当她坐到纺车前，她便能感受到自己活着的意义。她，一个女孩，也能劳有所得。为了纺线，她清晨早起，早饭后刷完盘子以及每次做完午饭或晚饭后便会回到纺车前。家里没通电，为了纺线，她必须和太阳赛跑。满月的夜里，她能借着明亮的月光多纺一会儿，可每月月亮只会圆一次。所以多数时候，太阳下山后珀妮玛只能收起纺车，焦急地望着月亮，不满地嘟囔道："你为什么不能一直圆下去？"

令珀妮玛发愁的可不只是太阳和月亮，母亲的病才是她最担心的。她母亲得了癌症，就连泰纳利[2]美国医院的医生也是这样诊断的。医疗费高昂，医生嘱咐她母亲每天要补充水果和坚果，这也是一笔不小的开支。因陀罗瓦利是贡都尔[3]一带纱丽[4]的名产地，珀妮玛的父亲靠织棉质纱丽为生，外加政府配给的大米和扁豆，才能勉强养活妻子和五个孩子，已无力为妻子支付水果和坚果的开销。不过珀妮玛却不把这当作一件愁事，她每天用自己挣来的钱去给母亲买吃的：两根香蕉、一个小个头苹果、一把腰果。她很喜欢去做这件事，不，不仅仅是喜欢，而是满怀欣慰，以近乎享受的心情对待这件事。她从没尝过这些食物的滋味，虽然母亲曾劝她好歹吃一颗腰果，可趁母亲背过身时，她又会把腰果放回原处。仅仅是注视着母亲慢慢把香蕉吃

①兰咖：原文为langa，印度南部和拉贾斯坦邦地区少女穿的一种传统服饰。

②泰纳利：又译代纳利，印度安得拉邦东部城市。

③贡都尔：印度安得拉邦贡都尔县。

④纱丽：印度、孟加拉、斯里兰卡等国妇女的一种传统服装。

下去，她便已经知足。即使母亲连咀嚼香蕉这样柔软的食物也很困难，但珀妮玛相信她会一点点好起来。如果希望是一粒种子，珀妮玛要做的就是用两卢比换取种子所需的养料，然后看着种子慢慢长大。

珀妮玛纺线，她父亲织布，这两种工作都不轻松。珀妮玛需要先把棉线紧捻成条，然后不停地摇动金属车轮，将棉条抽成丝。有一次，她看着棉线在车轮上转动，觉得那车轮像是一只小小的木桶，和她三弟的脑袋差不多大。在珀妮玛看来，这些纺好的棉线在被父亲织成纱丽以前，她能估摸出它们到底有多长，车轮在纺线时转动了几圈。假使珀妮玛把这种感受告诉其他人，她一定会被嘲笑。人们会对她说，棉线看起来都一样长。可这不是真的。棉线都是她亲手纺的，只有她最清楚车轮上哪里有凹槽，纺车的结构是怎样的，车身会在哪里生锈。有关纺线的事她如数家珍，它们同她离校时老师送给她的小闹钟一样可贵。那只圆闹钟是蓝色的，有四条腿、两个闹铃，每小时报时一次。珀妮玛的老师是一位常常抱怨不公的天主教老修女，她把闹钟给珀妮玛时说："你很快就会嫁做人妇，未来十年里每年都得生一个孩子。拿上它吧，好好保管着。你现在还不会明白我说的话，但总有一天你会懂的。"她给闹钟上好发条，闹钟铃声大作。她说："就是这个，你要记住，这是只属于你的声音。"珀妮玛迷惑不解，但她觉得这铃声是她听过的最美妙的声音。

从此，这只闹钟和珀妮玛形影不离。纺线时她把它放在纺车旁，吃饭时她把它放在餐盘边，睡觉时她把它放在毯子上。直到有一天，闹钟突然不响了。她父亲欢呼道："终于停了，我还以为它永远也停不了了呢。"在那之后又过了几个月，珀妮玛的母亲去世了。珀妮玛的父母一共有五个子女，珀妮玛身为长女，刚刚迈过十六岁的门槛，对她来说，目睹母亲离世好比眼睁睁望着晴朗的蓝天在清晨之时骤然转阴。母亲走后，珀妮玛最想念的是她悦耳温柔的嗓音。他们的小茅屋老鼠成患，母亲还在世时，如果有老鼠在墙边吱吱作响，母亲的声音便是她唯一的安慰。如今母亲和闹钟都已在珀妮玛的世界里消失了，可过了那么久，母亲的声音却犹在她耳畔回响，就像这是她用每天两根香蕉、一个苹果和一把腰果换来似的。

母亲去世后，珀妮玛没心思纺线了。有时她在中午会把纺车推到一边，盯着茅屋的墙，心想，有一天我会忘了母亲的声音。她想，也许这就是老修女的意思，熟悉的声音一旦消失，便会渐渐遗忘。我现在还没忘，但总有一天我会再也想不起来，变得一无所有。每当她想起这件事，她就会提醒自己，要记住的不仅是母亲的声音，还有母亲病倒后某天清晨的那个时刻。那天窗外阳光明媚，母亲精神不错，给她梳起了头发。梳子从珀妮玛的发丝间轻柔地滑过，珀妮玛感到给她梳头的仿佛不是一个人，而是一只小鸟。母亲这样梳了三四下后突然停下来，将手搭在珀妮玛脑后。珀妮玛回过头，母亲含泪望着她，尽显苍老，脸上浮现着无尽的哀伤，说："珀妮玛，我太累了，实在太累了。"

这件事后又过了多久母亲便去世了？三个月，也可能是四个月。

那天早上，他们一家醒来，发现珀妮玛的母亲睁着眼，双眼无神，咽气了。珀妮玛没哭。她帮忙给母亲擦身，换衣，随后注视着父亲和弟弟们抬着躺在茉莉花中的母亲穿过村庄街道，看着母亲的身体在火中化为灰烬，但她没哭。当她为母亲的遗像编花圈，扎好最后一朵菊花时，她也没哭。母亲去世后不久，一个微凉的秋日清晨，她终于哭了。确切地说，是逼自己流下了少得可怜的泪水。她觉得自己是个不孝的女儿，虽然悲痛至极，眼眶泛红，但却只能挤出一两滴眼泪。“阿妈，原谅我，”珀妮玛望着天空说，“我不是不爱你，也不是不想你，可我哭不出来。换作其他人都会哭，但眼泪不是衡量感情的唯一标准，对吗？”

珀妮玛担心的事还是发生了，几个月后她忘了母亲的声音，唯一还记得的就是母亲给她梳头时将手搭在她脑后的片刻。那是一个微不足道的动作，可珀妮玛却感受到了。她常常回想起母亲的那只手的重量，像是炎炎夏日从天而降的雨滴，微小而纤细，那样轻微，那样无力，却像血液那般具有贯穿她全身的力量。

她想，那是世界上最美好的重量。

珀妮玛每月都会到因陀罗瓦利康达山上的寺庙祭拜母亲一次。每当她站在香火缭绕的寺庙前室，注视着祭司，她总是祈祷神明能开口说话，告诉她母亲和他们同在。不过她最渴望的是触摸到山顶上的那盏灯。对她来说，那不仅仅是一盏小小的灯笼。有时恰逢周日或节日，她从家门外抬头望去，就能看见那盏灯亮着，好似明星般在远处闪烁。“那盏灯是谁点亮的？”珀妮玛问父亲。

“什么灯？”

“山顶上有盏灯亮着。”

她父亲刚吃过午饭，坐在屋外，弓着腰，耷拉着两条手臂。他盯着陀罗瓦利康达山，说：“可能是祭司，也可能是小孩的恶作剧。”

珀妮玛沉默了一会儿后，说：“那是阿妈点的灯。”

她父亲凝视着她，像是刚刚从着火的房子里逃出来一样，面色阴沉而憔悴。他让珀妮玛给他端杯茶。接过茶杯时，他说：“还有十个月。”

“十个月？”

“还有十个月就到一年了。”

珀妮玛这才明白父亲的话。按照习俗，如果家里有人去世，一年内不得庆祝任何节日，更别提办婚礼了。她母亲走了两个月了，她父亲的意思是，十个月后她就要嫁人了。

“我和罗摩耶谈过了。有个农民，住的离我们不远，有几亩地、两头水牛、一头奶牛和几只山羊，人很勤快，现在很缺钱，急着结婚。不过他担心你不愿嫁给农民。所以我告诉罗摩耶，看看珀妮玛吧，她壮得像头公牛，也能耕地。”

珀妮玛听完点点头，进屋去了。珀妮玛家仅有的镜子是一面手持镜，珀妮玛要拿着它，把胳膊抻直，才能看见整张脸。她用镜子照了照自己的半边脸，看了看一只眼睛和鼻子，然后将镜子往下挪了一点儿，打量起了脖子、胸脯和臀部。她问自己，我像头公牛吗？一阵莫名的忧伤浮上她的心头。接着她觉得自己不该像没长大的孩子那样没来由地伤心。如果母亲尚在人世，她现在可能已嫁做人妇，也可能怀孕有了孩子。但即便如此，也没什么可难过的。过了一会儿，她又开始忐忑起来，要是他和那个农民结婚了，他真让自己去耕地怎么办？要是未来的婆婆待自己很坏怎么办？要是自己生的全是女儿该怎么办？这时，她听见母亲说话了。她说，这些都只是你的想象罢了。她又说，一切早已命中注定，珀妮玛，神决定了一切，我们无法改变命运。这没什么大不了的，你不必为此难过。

母亲的话固然没错，可夜晚在席子上躺下后，珀妮玛依旧会浮想联翩。她想到提亲的农民，想到因陀罗瓦利康达山上的灯火，想到自己的长相。她想，如果自己的皮肤能再白一点儿，头发再浓密几分，眼睛再大一些，父亲或许就能为她物色到一个更好的丈夫，这样她或许就能嫁给某个需要妻子，而不是需要公牛的人了。她想到有一次罗摩耶来找父亲时，她听到他说："你女儿确实很能干，但你要知道，现在的小伙子都喜欢会打扮的时髦女孩。"什么才算得上时髦？珀妮玛又想到母亲，想到她在弥留之际痛苦挣扎的模样，想到母亲那只搭在她脑后的手的重量，想到那两根香蕉、一个苹果和一把腰果。忽然，她内心深处一直在等待的时刻来临了，她眼泪决堤，奔涌而下。她不愿惊扰熟睡中的父亲、妹妹和弟弟们，任泪水静静流淌，浸透身下的席子。她闻到席子下面的泥土散发出的潮湿气息，仿佛一场大雨刚过。她哭到精疲力竭，欣慰地笑了，渐渐沉入睡眠，一夜无梦。

2

相比珀妮玛家，萨维赛家的日子更难挨，萨维赛的母亲比珀妮玛的母亲年纪更大，她身体虚弱，没有一天不是在病中度过的。就在珀妮玛的母亲去世的前后几天里，萨维赛的母亲走到她十七岁的长女萨维赛面前，告诉她家里没菜了，晚饭做不了了。"没菜了？"萨维赛吃惊地问，“昨天我用那几捆东西换来的二十卢比呢？”那几捆东西说的是她在小镇外天主教公墓旁的垃圾堆里捡到的废纸和塑料。二十卢比是她过去三天里在恶臭腐烂，到处是猪和野狗的垃圾山上搜寻，和其他拾荒者斗智斗勇后争得的。

“比玛拿走了。”

“他拿走了？”

“现在我们还欠他三十卢比。”

萨维赛缓缓叹了一口气，同时在脑海中飞快地拉响了警报。她的三个妹妹同样需要拾荒，她母亲是个清洁保姆，父亲常年酗酒，患有严重的类风湿关节炎，直到连酒杯也端不住了才肯戒酒。她父亲平日在寺庙乞讨，依靠祭司给他的一份救济勉强过活，难以顾及妻子和四个女儿。她还有两个哥哥，两年前他们为了找工作去了海得拉巴，虽然承诺会给家里寄钱，但家里甚至没收到过他们的一封来信。

萨维赛站在家徒四壁的茅屋中央，琢磨着挣钱的办法。捡垃圾显然挣不了几个钱；她可以像母亲那样为其他人家做饭、打扫，可因陀罗瓦利村除了雇用她母亲的那户人家，基本没有其他富裕家庭；她还能纺线和织布，毕竟她也属于织布工种姓之列——可手织棉质纱丽这一行正在逐年衰落，每件纱丽只能带来极少的利润，那些有纺车和织布机的家庭也雇不起外人。萨维赛望向角落里结满了蜘蛛网的破纺车，它像是一堆等着被点燃的废柴。五年以来，他们都没钱修纺车。她想，只要纺车能修好，我就能挣到更多的钱。不过，她也意识到了这个念头的可笑之处，为了挣钱，首先必须要有钱。

即使纺车修好了，她还需要棉线！

她怀念手里捻着棉线的感觉。小时候，她曾抓着一团塞满黑棉花籽的棉铃，惊奇地得知棉铃竟然能变成质地轻柔、手感光滑的漂亮纱丽。

从棉铃到棉线到布料再到纱丽，她想。

萨维赛将她阴暗的家，破纺车和瞪着空碗盆发愣的母亲抛在脑后，走出门外。她走过洗衣店、火车站、烟草店、干货店、纱丽店和裁缝店，路过村中心的哈努曼神庙，发觉自己来到了纺织合作社的小门前。她能听到里面风扇嗡嗡作响，纺织的机器正在运作。刚织好的布料散发着幽微香气，混合着刚煮熟的米饭、春雨、柚木以及棉花籽的味道朝她扑来，她不愿挪开脚步。她觉得布料的暗香要比多数花香都好闻，但这阵香气很快在风中消散了。

她拉开吱呀作响的小门，果断走了进去。

珀妮玛家有两台织布机，一台她父亲用，一台她母亲用。她母亲在世时，每过两三天他们两人就能各制一件纱丽。只剩珀妮玛的父亲一人织布后，制成的纱丽数量减半了，收入也减半了。珀妮玛整日忙于纺线和家务之间，她的弟弟妹妹年纪尚小，连织布机的踏板都踩不上，珀妮玛的父亲只能另觅帮手顶替她母亲留下的空位。他问了每个熟人，在傍晚常光顾的茶水摊四下打听，还去了纺织合作社，提出如果有人愿意来帮忙，他将得到每件纱丽利润的四分之一，而且能够免费吃饭。即便如此，还是无人回应珀妮玛的父亲。尽管因陀罗瓦利村的村民大多以纺织纱丽为业，但年轻男人都精力有限，只顾得上自家生意。据说，村子建立于伊克夕瓦库王朝时期，古时为王宫织布制衣。退出印度运动爆发后，甘地坐在纺车前纺线的形象深入人心，家庭纺织的概念流行起来，村里的纺织业走向繁荣，尤其在印度独立前的那几年得到了迅速发展。可如今，穿棉质纱丽的大多成了农民，偶尔有知识分子。二〇〇一年，村里像珀妮玛家这样织布工种姓出身的年轻人勉强能养家糊口，他们当中很多人也已另谋出路，不再以织布为生。

“纺织这一行没落了，要完了，”珀妮玛的父亲说，“我听说现在时兴用机器织布了。”珀妮玛知道这就是父亲希望她能快点出嫁的原因。他苦笑着说：“织布机器倒是有了，我要瞧瞧会不会有种地机器。”

珀妮玛也跟着笑了。父亲的话她没怎么听进去，她在琢磨能否说服他多买一些煤油，这样她就能在晚上就着煤油灯的光亮织布，也用不着再雇人了。

然而，一周后，就在珀妮玛做饭时，家门口突然出现了一个女孩。珀妮玛抬头看去，女孩倚着门框，如同一棵强壮的棕榈树，她背对阳光，看不清脸，不过从女孩的身形轮廓以及她弯腰进门时低头的姿态来判断，珀妮玛知道女孩很年轻。女孩的声音证实了珀妮玛的猜想，不过她的声音要比珀妮玛想象中的更柔和，也更成熟。“你父亲呢？”

她显然是在同珀妮玛说话。“晚上再来吧，”珀妮玛瞥了她一眼，说，“天黑之前他会回来的。”米饭熟了，珀妮玛低头去揭锅盖，手指刚碰到锅盖便被烫到了。她甩开手，将烫红的指尖含进嘴里。等她又抬起头时，吓了一跳。女孩仍站在原地，看起来不知所措，像是一棵找不到北，不知该如何生长的棕榈树幼苗。珀妮玛问：“你还有什么事？”

女孩似乎摇了摇头，又好似没有。女孩离开后，珀妮玛盯着她刚刚驻足的门口发愣，心想，她要去哪儿？珀妮玛想跃出门外，追上她。女孩一离开，家门口，乃至整个家好似都缺了点儿什么。为什么会这样？她是谁？珀妮玛一概不知。她去井边打水时从没见过这女孩，这女孩也不像是住在附近的样子。珀妮玛猜测她可能是从庙那边过来的，想讨口饭吃，又或者只是路过的菜贩子。一阵米饭烧煳的味道传来了，珀妮玛又全然忘了女孩的事。

过了一周，女孩坐到了珀妮玛父亲旁边那台闲置的织布机前。珀妮玛知道她就是之前来过的女孩，因为她家里好像再次充盈起来，却不是多了一个人，一种气息，重现了一种场景那么简单，她刚来了几小时，却使珀妮玛有种被唤醒的感觉。珀妮玛将一杯茶放在父亲的织布机旁，父亲瞟了一眼她，说：“午饭多加一个盘子。”

珀妮玛转身刚要离开，却发觉自己站在了女孩身后。女孩身穿廉价的棉质纱丽，罩衫磨破了，却如同黄昏时分奎师那那艳蓝色的皮肤。女孩的右前臂上有一大片圆形胎记，一直延伸到手腕内侧，正好止于手腕上血管最密的地方，像扎紧花束的丝带般束缚着血管，格外显眼。这是花束还是胎记？珀妮玛不好意思地移开视线，想要赶紧离开，这个怪女孩却偏偏将梭子拉向了她这边。珀妮玛忍不住望去，身形瘦削的女孩有着男人那样的大手，这双手却如同她的声音那样温柔。她的手稳稳地抓着梭子，仿佛她的身体是带动梭子运动的轴心，紧紧与梭子相连似的。珀妮玛大吃一惊，她还从未见过有谁的手蕴藏着这般坚定的力量。

那天因陀罗瓦利康达山顶漆黑一团，没有亮灯。晚饭过后，珀妮玛把弟弟妹妹哄上床睡觉。她最小的弟弟只有七岁，她妹妹十一岁，此外她还有一对十二岁的孪生弟弟，他们都是比较听话的孩子，但有时珀妮玛觉得母亲也许是因为疲于照顾他们才去了另一个世界。她一边铺席子，一边训诫双胞胎其中的一个弟弟别再扯他妹妹的头发。这时，珀妮玛的父亲第一次提到了那个女孩。他卷着烟叶说："以后你和她一起吃饭，注意别让她吃太多了。"

珀妮玛扭头问："谁？"

"萨维赛。"

看来这就是那女孩的名字。

珀妮玛静静地站在原地，席子铺开了一半。"我能找到的只有她了，"她父亲躺回麻绳床上，抽着烟说，"纺织合作社说我给的钱太少，我应该庆幸才对。可她明明应该感激我，她父亲沙布杜连自己都喂不饱，还有一个可怜的妻子和四个女儿。"他打了个哈欠说："她看上去弱不禁风，但愿能有力气干活。"

珀妮玛在黑暗中微微一笑。她知道女孩能行。

起初萨维赛不大与珀妮玛说话。珀妮玛猜测萨维赛应该比她大一两岁，但她们其实谁也不知道自己的年龄，在因陀罗瓦利村，只有男孩有确切的出生日期。有一天，午饭时珀妮玛问起这事，萨维赛告诉珀妮玛，她母亲说她出生的那天出现了日食。她母亲临产那天，正午时分的天空忽然变暗，太阳慢慢消失了。她母亲害怕极了，觉得自己肚子里的孩子是罗刹[①]之子，就连分娩的痛苦也顾不上了。万一要是生出一个怪物来该怎么办？她吓得浑身打战，不停祈祷，暗自期望婴儿胎死腹中，甚至想要动手了结他。她后来对萨维赛说，还不如这样做呢，总比把恶魔带到世界上要好得多，换做是其他人，也一定会这样想。日食很快结束了，萨维赛出生了，她不过是一个啼哭的普通婴儿罢了。

“你妈妈一定松了一口气。”珀妮玛说。

“并没有，因为我是个女孩。”

珀妮玛点了点头。萨维赛仿佛每天二十四小时不间断织布一样狼吞虎咽地吃着饭。

“所以她给我取名为萨维赛。”

“这名字有什么含义吗？”

“你以为呢，我妈妈认为，如果用‘太阳’给我命名，那太阳从此就不会消失了。”

说完，萨维赛舔了舔指头上的辣汤汁，她手腕上的胎记在嘴唇和盘子之间晃动，如同一张吊床。她还想再来一份酸奶饭。

“要放盐吗？”珀妮玛问。

“我更喜欢甜味的。实话跟你说吧，我喜欢往酸奶饭里加根香蕉，把果肉碾碎，拌进饭里吃。别做出那种表情，你应该尝尝看，味道好极了，就像日出那样甜美。我这么说可不是因为我的名字和太阳

---

①罗刹：印度教传说中夜间活动的怪物。

有关，真的，你一定要尝尝看。”

“可是，香蕉——”珀妮玛说着，想到了母亲，想到了以前她每天要给母亲买两根香蕉的日子，想到了那些香蕉最终也没能留住母亲的生命。

“我知道，香蕉很贵。不过，珀妮——你不介意我这样叫你吧？你不能每顿都这么吃。这种吃法太难得了，太奢侈了。日出也不是每天早上都能看见，对吗？你会接受这种吃法的，我是说，接受它的颜色。瞧，你一定想象到了，你把头转过去了。”

“如果我每天都必须吃这个，也会觉得恶心吧。”

“不，你会吃下去，不假思索。”

不假思索？

珀妮玛想，噢，原来她一点儿也不腼腆。这也就罢了，她吃饭的口味怪得要命，竟然喜欢用香蕉拌酸奶饭。她叫她珀妮，她舔指头的样子像是她再也吃不上下顿饭似的。珀妮玛的父亲曾对珀妮玛说过，萨维赛家要比他们家更穷，她可能很难想象他们过得有多难。珀妮玛的父亲说，萨维赛家一共有六个孩子，萨维赛的父亲沙布杜身体虚弱，很久以前就没法织布了，萨维赛的母亲依靠给其他人家打扫、做饭为生。说完，珀妮玛的父亲不屑地补充道：“待遇和用人差不多。”至于萨维赛的哥哥，他们去了海得拉巴，答应会给家里寄钱，但萨维赛家却连一派士也没收到过。不仅如此，沙布杜的四个女儿都还没出嫁。“四个。”她父亲惊叹地摇了摇头。“这个老男人算是完了，”他说，“他还不如去找四块砖和一条绳子，把她们统统淹死在离家最近的井里。”

“萨维赛排行老几？”

“她是他们的大女儿，他们连她的嫁妆都拿不出手。”所以她到现在都还没嫁人，和珀妮玛一个情况。珀妮玛的父亲眯起眼，看着珀妮玛问：“她有没有吃得太多？会不会偷偷给她那几个妹妹带吃的？”

“没有，”珀妮玛说，“她吃一点儿就饱了。”

除了萨维赛的那双手，珀妮玛最喜欢的是她充满自信的样子。在珀妮玛眼里，无论是她父亲、老师还是祭司，都不像萨维赛这么有自信。可是，珀妮玛问自己，萨维赛是对什么感到自信呢？香蕉拌酸奶饭吗？日出吗？这么说没错，但却又远不止这样。这种自信还有关她手握梭子的模样，她走路的姿势，她在腰部系纱丽的方式，有关珀妮玛自身不确定的一切。几周过去了，萨维赛渐渐地会在午饭时间和珀妮玛多待一会儿。此外，她早上会先做完自家家务活然后来给珀妮玛帮忙。她还开始和珀妮玛一起去井边打水。

一天，她们挑着装满水的土罐走在回家的路上，土罐摇摇晃晃敲打着她们的臀部。她们经过烟草店，四个和她们一般大的男孩正站在店门口抽烟。其中一个男孩约莫二十出头，顶着一头浓密的头发，瘦得像根芦苇。他注意到了珀妮玛和萨维赛，用手指了指她们。

“瞧啊，”他对其他男孩说，“她们的屁股简直是印度的一道风景。”

一个男孩吹了声口哨，另一个说：“就连甘地先生也抗拒不了这个呀。”四人哄然大笑。“你们看好哪个，伙计们，”那男孩继续问，“黄的还是蓝的？”

珀妮玛发觉他在谈论她们的纱丽。

“蓝的！”

“黄的。”另一个男孩叫着说。

“多希望我是那装水的土罐。”第三个男孩说。他们再次大笑不止。

珀妮玛和萨维赛有麻烦了。男孩慢慢靠近了，从四面包围了她们。虽然他们人数不多，可形势却不妙。珀妮玛看了看萨维赛，萨维赛仿佛没看到那些男孩似的，定定地注视着前方。“我们该怎么办？”珀妮玛小声问。

“走过去。”萨维赛干脆地说道。她的声音如同她正盯着的因陀罗瓦利康达山上的寺庙一样坚实。

珀妮玛的目光从萨维赛身上回到了自己的脚尖上。

萨维赛说：“别低头，往前看。”

珀妮玛缓缓抬起头，四个男孩紧紧绕着她们，蟋蟀般上蹿下跳。一个男孩拉着萨维赛的纱丽末端，紧拽不放。萨维赛打开了他的手。男孩们爆发出一阵大笑，他们越发起劲地跳着笑着，仿佛萨维赛刚才的举动是某种邀请。珀妮玛扫视四周，其他女孩正站在自家门口张望着。男人们不见踪影，或许正在暗地里摇头。珀妮玛一阵惶恐，眼下的情况在村里时有发生，通常这些男孩挤眉弄眼一番便会放过她们，可这四个似乎很难缠。珀妮玛看了看萨维赛。萨维赛依然神情坚毅，她的目光笔直地望向因陀罗瓦利康达山和寺庙的方向，像是要洞穿那里。男孩们似乎觉察到了萨维赛那种不屈不挠的劲头，她的大胆越发挑起了他们的兴趣。他们用英语喊道："宝贝儿。"又改用泰卢固语对萨维赛说："在我们当中挑一个吧。"

这一刻正是萨维赛所期望的。

她放下水罐，挺直腰板，纹丝不动地站着。刹那间，四周鸦雀无声。那些站在家门口看热闹的人，那条通往因陀罗瓦利康达山的蜿蜒小路，以及村庄四周的稻田，全都静了下来，就连总是响个不停的织布机也出奇地沉默了，村里静得甚至能听见几公里外奎师那河的流水声和水鸟振翼的声音。

"我很清楚我要谁。"萨维赛说。

那个头发茂盛的瘦男孩欢呼起来，孩子般围着她们跳来跳去。"她有人选了，她有人选了。抱歉了，伙计们，你们真不走运，她是我的了。"

"是谁？是谁？"男孩们叫道。

萨维赛把他们轮流看了个遍，又挑逗般挨个凑到他们面前瞧了几眼。然后她笑了，她的牙齿像那座遥远的白庙般闪亮。她走向珀妮玛，牵起她的手，说："我选她。"说完，她挑起水罐，拉着珀妮玛的胳膊，带她走出了包围圈。男孩们愣在原地，低声嘟囔着："她？"他们嚷嚷道："她比你还丑。"

到家后，珀妮玛仍然怕得全身发抖。

"别怕，"萨维赛对她说，"害怕没好处。"

"我没法不怕。"

"你瞧，我还可以选一棵树、一条狗。"

"可谁知道他们会做出什么坏事来。"

“我可不允许。”萨维赛说。

萨维赛的话好似一首歌、一句咒语。珀妮玛明显感到一份重量正在渗透她的内心。这份重量是母亲的死还是她即将成为公牛这件事带来的？抑或是时间流逝或纺车永无止境的转动在悄无声息中带来的？不过，她细细一想，这份重量从何而来已无关紧要了。她和萨维赛成了亲密无间的伙伴，不去计较谁口味偏咸，谁更喜欢茄子配土豆，每顿饭都一起吃。早饭成了她们最不喜欢的一餐，星期天成了她们每周最不喜欢的日子。珀妮玛甚至会攒出一个派士的钱，抽空去买香蕉。那天早上她因为买了香蕉，买到的酸奶要比以往的要少。中午萨维赛来吃饭时似乎没注意到这件事，她照旧用稀酪乳拌米饭，准备好好享受醇厚无比的酸奶饭。珀妮玛看着萨维赛，第一次把香蕉放在了她面前。

萨维赛惊讶地倒吸一口气，问：“这是给我的吗？”

“是的，我特意为你买的。”

萨维赛高兴得羞红了脸。“我妈妈说过，如果我能少吃几根香蕉，就能为自己攒齐嫁妆了。”

珀妮玛笑了笑，低下了头。

萨维赛停下咀嚼，问：“你妈妈什么时候去世的？”

“四个月前。”

萨维赛剥下香蕉皮，把果肉放进饭里，然后用手指碾碎，搅拌起来。一块块的香蕉被捣碎成糊状的香蕉泥，好似一只湿漉漉的袋狸鼠趴在米饭上，看着令人反胃。

“你喜欢这样吃？”

“尝尝看。”萨维赛用手抓起一撮米饭，递给珀妮玛。珀妮玛使劲摇了摇头。萨维赛耸耸肩，闭上眼，心满意足地吃了起来。

“你知道还有什么比这更好的吗？”

珀妮玛皱了皱鼻头，说：“有太多的东西都比这个好。”

萨维赛没理睬珀妮玛的揶揄，她靠近珀妮玛，像是要透露什么秘密：“我不知道这是不是真的，有一次，我听说世上有种罕见的水果。珀妮，这水果很稀奇，果肉是粉色的，味道如同黄油一样浓郁，又像糖果一样甜，甚至比香蕉更甜，比人心果还好吃。说来你可能不信，这是几年前在市场上有个老妇人告诉我的。她说这种水果只有在布拉马普特拉河的某座岛上才能找到，那里听上去美极了，当时她直视着我，说：‘你知道奎师那是如何在奶牛归家的黄昏时分向罗陀求爱成功的吗？他吹响了长笛，是那笛声征服了罗陀。那笛声也是那座岛的声音。岛上果实累累，笛声会像爱人般追随着你。’”

“她这样说的？”

“是的。”

“像笛声一样的岛？”

“是的。”

珀妮玛沉默了一会儿，问：“那座岛叫什么？”

“马朱利。”

“马朱利。”珀妮玛缓缓地大声说道，仿佛在琢磨什么似的。“你相信她的话？”

“当然，”萨维赛说，“有人觉得这不是真的，但我不这样想。

他们说她老糊涂了，她连火车站北边都没去过，更不用说布拉马普特拉河了。可是，珀妮，你真该看看她当时的表情，她眼里闪着星星似的光，怎么能不相信她说的话？”

珀妮玛困惑不解。“一座岛怎么会像笛声？难道她说的是她像奎师那爱罗陀一样爱着那座岛？”

“不，我不这样认为。”

“那会是什么呢？奎师那吹奏的不过是一首情歌而已。”

“没错，”萨维赛说，“但他吹奏的也是饥饿之歌。”

珀妮玛更疑惑了。“饥饿？”

“也许老妇人是说那座岛终结了饥饿，或者让人开始饥饿。又或者，饥饿没有开始也没有结束，就像奎师那的笛声。”

“可爱情呢？”

“珀妮，什么是爱情？”萨维赛说，“没有饥饿哪儿来的爱情？”

3

接下来的一周，萨维赛邀请珀妮玛到她家去做客。那是一个星期天。珀妮玛只要做好饭，喂饱她的弟弟妹妹，帮她父亲准备好烟叶，为他铺好午睡的毯子，她父亲便会让她出门。这是三月，天气很热，为了避开烈日，萨维赛在前，珀妮玛在后，在树荫和茅草屋檐下前行。萨维赛家在村庄的另一边，那里离因陀罗瓦利康达山更远一些，离奎师那河更近一点儿，有一条铁路穿过。村民们常在铁轨旁洗浴，虽然那里曾发掘出了一些朱罗王朝时期的石碑，却几乎无人问津。因为地理位置的缘故，住在这边的村民有不少都是洗衣工种姓出身，但多数家庭仍然属于纺织工种姓，萨维赛家也不例外。

萨维赛家坐落在一个小山坡上，沿着一条泥泞小径往上爬才能到。高温下路旁的灌木丛枝叶萎靡凋零，珀妮玛伸手碰了碰，一阵灰尘轻飘飘地落了下来，原来是烟灰。萨维赛家实在太穷了，就连炉灶也用不起，屋外沿路都是烧火做饭留下的痕迹，还堆着一些垃圾，偶尔会有野狗或猪过来刨食。午后四点正是午饭时间，但萨维赛家似乎没人。此刻，太阳好似一口铜锅底，天空被照得十分刺眼。汗水浸湿了珀妮玛的后背，在她头顶蒸发成雾气。

她们走到了茅屋门口，珀妮玛发现萨维赛的家境确实要比她自己家更窘迫。萨维赛家的屋顶没铺棕榈叶，而是用一块波浪状的废旧锡板来替代的。屋外的墙上尽是牛粪，灌木丛前方有一小片被清理过的区域，但还是散落着些许垃圾，有泛黄的旧报纸、破铜烂铁、又脏又黑的破布，还有连茅屋间乱窜的野猪仔也没兴趣去碰的腐烂菜叶。珀妮玛跟随萨维赛跨过这些垃圾，走进屋里。一股强烈的气味扑面而来，掺杂着旧衣物的馊臭味、汗味和泡菜味，以及肥料、烟灰和污垢的味道。她闻到了贫穷和绝望的气息，想起了母亲奄奄一息时身上散发的味道。

“我们没有牛奶，煮不了茶，”萨维赛说，“你要来点儿这个吗？”她拿出了一小罐饼干，显然，这是她唯一能用来招待珀妮玛的食物。珀妮玛拿了一块，咬了一口，变质的饼干在她嘴里化成了一团黄色糊状物。“你妈妈和你妹妹呢？”

“我妈妈去给别人家做饭了，就是市场旁边的那个大户人家。我那几个妹妹下午去收东西了。”

“收什么？”

萨维赛耸了耸肩，说：“我本来也要去。”

“去哪儿？”

“镇子外面的基督教公墓那儿。”

珀妮玛知道那里有座垃圾山，它不同于村里家家户户门口堆放着的垃圾堆，珀妮玛所在村子的南面也有三四座庞大的垃圾山。珀妮玛以前只在远处观望过那儿，只有最穷的人家才会到那里拾荒，捡拾被丢弃的布料、废纸、废铜烂铁、残羹剩饭或是塑料制品。通常捡垃圾的都是孩子，不过也有一些大人，也就是那些最穷苦的人。她想起她和母亲有一次经过那儿时，她母亲说：“别往那边看。”她不知道母亲说的是墓地，还是垃圾山上拾荒的孩子。不过现在，她站在萨维赛一贫如洗的家里，回想着母亲从患病到去世的那段日子，她明白了母亲的意思。母亲想说的是，别看墓地，也别看垃圾山。她想说的是，别看向死亡，也别看向贫穷，别去琢磨死亡和贫穷是如何与人的一生形影相随，如何悄然潜伏在生命中，又是如何将生命了结的。

“你也要去？”

“现在不用了，我已经在为你父亲工作了。”

珀妮玛望向茅屋的窗外，因陀罗瓦利康达山近在眼前。她望着山上的寺庙，第一次替父亲感到骄傲；他给了萨维赛一份工作，让她因此不用去垃圾山捡垃圾。珀妮玛从不认为父亲为人慷慨，不过慷慨也许不是一种显性品质，也许就像萨维赛家外蒙灰的灌木丛，被什么遮住了，不太容易被察觉到。“可你是从哪儿学会织布的？”珀妮玛问。

“我父母原来是纺织工。我母亲还留着她原先用的纺车。”萨维赛说着指了指屋子的一角，那里看似堆着一摞木头，而不是纺车。破纺车上方有幅日历，绘有湿婆和雪山神女，两位神明的膝盖上坐着象神和战神卡尔提克亚。纺车旁边放着捆用旧毯子（也许是大披肩）裹住的东西。屋子的另一角堆着几个坑坑洼洼的铝罐铝盆，上方挂着个菜篮，装着一瓣蒜、一个圆洋葱和一个橘黄色的圆南瓜。苍蝇正围着剩饭嗡嗡直转。不远处的墙边立着一张卷起来的破竹席。“以前我们还有一台织布机，可我父亲为了喝酒把它卖了。我们还开过一家烟草店，在镇中心。我父亲为了喝酒也把它卖了。”

珀妮玛第一次听萨维赛说起这些事。在泰卢固语里，酒被称为“梦度”[①]，这个词同时有药和毒药两种含义。“梦度”是一种忌讳，人们不能明目张胆地提起它，女人和孩子必须离它远远的。人们总是低声谈论酗酒的男人，据说他们患有麻风病之类的重病。此时，身在一个酗酒者的家中，珀妮玛打了个冷战。“他现在在哪儿？”

萨维赛扭头看向窗外，说：“也许在山上。”

珀妮玛顺着萨维赛的目光望去，看见的是因陀罗瓦利康达山、寺庙和天空。“他在庙里？”

“他会去那里讨布施。祭司可怜他，运气好的话，他能得到半个椰子、一个糖面球。”珀妮玛很诧异，萨维赛说这话时毫不遮掩。“这些吃的够他活命了。”

①梦度：原文为泰卢固语mondhoo。

她们肩并肩站着，望向那座寺庙。那里曾发生过一件事——之所以它不是传说，是因为有一年珀妮玛亲眼看见了那难以置信的景象。寺庙神像的嘴里流出了甜美浓稠的蜜糖，源源不断。没人知道这蜜糖从何而来，因何而起，又是怎样消失的。此刻珀妮玛环顾萨维赛家，盯着菜篮里的一瓣蒜、不新鲜的洋葱和南瓜，知道那就是他们一家仅有的口粮，也许这就是他们一周的粮食。她想，要是那蜜糖可以一直流淌该多好。如果真如祭司所说我们都是神的孩子，那神为什么不能一直赐予我们蜜糖？

“我不会把挣来的钱交给我父亲。他觉得我是在为自己攒嫁妆，可事实上我是在为妹妹们存钱，”萨维赛看着珀妮玛说，“我要等她们都嫁人了再结婚。”

“你还不准备结婚？”

萨维赛的目光越过珀妮玛，像是照进了山洞。她说：“是的。”

那个农民对珀妮玛失去了兴趣。他给珀妮玛的父亲捎了口信，说他等不了八个月，而且，他听说珀妮玛的肤色像罗望子一样黑。珀妮玛的父亲听完罗摩耶的转述郁闷极了，接二连三地发问：“他还说了什么？还会再考虑吗？他说珀妮玛的皮肤像罗望子一样黑？真的吗？珀妮玛怎么可能有那么黑，你说是不是？生女儿简直是个诅咒。我要是买他的一头山羊或者几只鸡呢？”

罗摩耶摇了摇头，暗示这门婚事算是黄了。他啜了一口茶，说：“看看其他家吧，我又帮你物色了一个人。”

珀妮玛的父亲眼睛一亮，问：“谁？”

这个年轻男人住在雷帕尔莱，念完了十年级，目前在一家纱丽店当学徒。他父母都是纺织工，眼看儿子有了工作，希望尽早给他找个媳妇。这样一来他们能得到一份嫁妆钱，二来能有人接替他们的儿子纺线，多给家里带来一份收入。在儿子的婚事面前，就连织布也没那么重要了。“他们还有一个小女儿，可我没打听到具体情况。”罗摩耶说。他的意思很明显，这家人或许要先等小女儿出嫁，再考虑儿子的婚事。不过，根据罗摩耶的说法，小女儿已有结婚对象，只剩婚礼占卜日[①]和婚礼的时间还没定。珀妮玛的父亲笑逐颜开：“时间倒是很充裕。”他又问：“那么，他们对嫁妆有什么要求？”

罗摩耶喝完茶说：“他们要的不多，在我们的预算之内，毕竟那年轻人还是个学徒工。我们走一步看一步吧。”

第二天中午，萨维赛进屋吃午饭时，珀妮玛对她说了这场偷听到的谈话。珀妮玛和萨维赛总是要等珀妮玛的父亲吃饱了才能吃上饭。这天，珀妮玛的父亲吃了两份甜椒咖喱，珀妮玛和萨维赛之后分着吃仅剩的一小勺咖喱，就着泡菜下饭。“你说他在哪儿？”

“雷帕尔莱。”

萨维赛沉默了一会儿，说：“离这儿很远。”

“这地方在哪儿？”

“比泰纳利还远，在海边。”

“海边？”珀妮玛从未见过大海，在她的想象中，大海就是一片田野或稻田，只不过这片田不是绿色的，而是蓝色的，远远望去能看

①占卜日：原文为muhurthum，指印度婚礼前的仪式。仪式当天祭司会根据新婚夫妇的星盘进行占卜，择定结婚吉日。

见的不是山而是轮船。至于海浪，珀妮玛读三年级时曾和一个女同学讨论过这个问题。“海浪到底是什么？会是什么样的？”珀妮玛的女同学也没见过大海，她说海浪就是不断往外冒的水，像猫伸懒腰一样不断往外延伸。像猫伸懒腰一样？珀妮玛对此不置可否。“你会来看我吗？”

“你知道的，那里太远了。”

“可以坐火车去吧。”

萨维赛爆发出一阵大笑，她用手指夹起一撮甜椒。“瞧瞧这个，你看见了吗，这些对我来说就已是人间美味，”她说着指了指自己那满满一盘米饭，外加去年腌渍的、指尖那么大一点儿的番茄泡菜，“你觉得我能付得起一张火车票的钱吗？”

那天晚上，珀妮玛躺在席子上，心里想着萨维赛，莫名地感到不安。她不想远嫁到萨维赛没法去看她的地方。也就是说，对她而言，萨维赛要比她未来的丈夫更重要。这是真的吗？为什么会这样？珀妮玛自己也不明白。珀妮玛想到了萨维赛那双时而散发着坚毅光芒的眼睛，想到了从萨维赛家往外望去看到的寺庙，想到了萨维赛将米饭、酪乳和香蕉拌在一起，邀请她品尝，想到了萨维赛笑盈盈地将一撮米饭搓成球状，没递给她，而是直接喂到了她嘴边。萨维赛的指尖触碰到她嘴唇的那一刻，珀妮玛好似变回了孩子，恍惚间喂自己吃饭的人好似是母亲。不过，正因为喂她饭团的是萨维赛，所以不会使她联想到疾病和死亡。萨维赛是如此的朝气蓬勃，比珀妮玛认识的任何人都要充满活力，她总是能化腐朽为神奇。珀妮玛一直在寻找某种事物，能够超越母亲给她梳头的那份记忆，超越蓝色闹钟的报时声，超越她时常试图想起的母亲的声音，而当她看着萨维赛，看着萨维赛兴高采烈的样子，她也会由衷地感到快乐。从做饭、打水、洗碗、洗衣到没完没了地纺线，她甚至开始从这些日常杂事里获得刹那的满足感，有时还会觉得愉悦。最令她惊讶的是，她已经无法想象没有萨维赛的日子。萨维赛没出现以前，她吃饭时在和谁闲聊？那时她星期天在做什么？为谁做饭？珀妮玛那一向迟钝的父亲前一晚对她说："萨维赛是个不错的女孩，干活确实很卖力。"然后卷着烟叶又说："女孩不需要这样能干。她多大了？该嫁人了吧？到了一定年纪干不动了怎么办？真不敢想。"

真不敢想，珀妮玛在心里重复了一遍。不敢想什么呢？

她父亲看着她说："他们明天来，可能是中午到。"

"谁要来？"

"雷帕尔莱的那家人。"

"明天就来了？"

"拿着。"她父亲说着给了她几个卢比。"明早让你弟弟去买点儿帕可拉[①]之类的零食吧。"珀妮玛盯着父亲发愣。"别傻站着，把钱收好。"

第二天早上，珀妮玛把提亲的事告诉了萨维赛，萨维赛只是笑了笑，说："不会有什么结果的。"

"你怎么知道？"

"这种事往往是这样的。"

①帕可拉：原文为pakora，一种油炸食品，多以蔬菜和面粉制成。

“什么事？”

萨维赛指着天空说：“有些事可不是老天说了算，还没开始恐怕就结束了。”

“可是——他们在来的路上了，戈比出门去买帕可拉了。”

萨维赛又笑了笑。“几天前的一个早上，我正往你家走去。我经过老泰纳利路，你知道的，就是卡车上高速要走的那条路，正从槟榔店走过时，听到了砰的一声，像是有什么东西被撞了一下。我没想太多，回头一看，地上有只猫头鹰。它显然是被车撞了，有一侧翅膀很不对劲。你知道我的意思吧？它看起来像死了，或者说，像睡着了一样。可它其实还醒着，珀妮，它睁着眼睛，比我见过的任何东西都要清醒。它静静地躺在那儿，没有呼救，也没有抽泣。鸟是不是不会抽泣？不管怎样，自行车、路人和卡车从它旁边经过，一辆卡车甚至从它身上碾了过去，可它仍然醒着。它有一只眼睛正对着我，像块黑底金纹的大理石，倒映着整个世界。我走过去，弯下腰，想看看能不能做点儿什么。可我还能怎么做呢？它的翅膀伤得很厉害，当我看向它时，它却对我说起话来。我发誓，这是真的。你知道它对我说了什么吗？”

珀妮玛沉默着。

“那是只有猫头鹰才懂的话，它在用猫头鹰的语言无声地传达临终遗言。当然，它也说了一点儿我能明白的事。它告诉我，不必担心那个雷帕尔莱的男人，你们不会分开（它说的当然是我和你）。事实上，如果两个人想待在一起，总归会有办法，他们会竭尽所能开创一条属于自己的路。虽然这做法听着有点儿荒唐，乃至有点愚蠢，但如果两个人认为‘陪伴’和‘分离’是很重要的事，想要一直相伴相随，不妨这样试试看——不过，猫头鹰说（这时它快死了，叹了一口气，也可能是在喘气），这是你们人类才会担心的事。你想得太多了，不是吗？”

“等等，”珀妮玛问，“这些全是猫头鹰告诉你的？”

“是的。”

“那么，它知道我，也知道你，还知道那个雷帕尔莱的男人？”

“是的，但它死了。”

“嗯，我知道了。”

“是这样。”

“是这样？”

萨维赛迎着珀妮玛的目光，不动声色地说：“是这样。”

当天晚上，两家人会面了。六点刚过，提亲的那家人和罗摩耶便来到了珀妮玛家。陪同男方一起来的，除了他父母，还有他叔叔和婶婶。珀妮玛对此将信将疑，男方的这位叔叔没准儿其实是他的某个堂兄弟。他们来的时候，珀妮玛的婶婶正在纺织屋里帮珀妮玛穿戴一件淡黄色绿镶边的纱丽——这原本是她母亲的衣服——然后又往珀妮玛的发髻上戴了茉莉花圈。珀妮玛在早上用椰子油抹了头发，指尖还残留着椰子的余香以及点吉祥痣时印下的细粉，仿佛她碰过红蝴蝶似的。她婶婶给她编发辫时紧拽着她的头发，痛得她叫出了声。

“嘘，”她婶婶责怪道，“你已经搞砸了一次，知道这有多丢脸吗？其他人会怎么看你？嗯？谢天谢地，毗湿奴还没放弃你，这事终于有个盼头了。你那可怜的父亲，没了妻子，一个人要养活五个孩子，现在又为你的婚事四处奔走，操碎了心。不过这回肯定能成，你就看着吧。”珀妮玛的婶婶说着往珀妮玛脸上拍了一层厚厚的爽身粉，又重新给她描了描吉祥痣和眼线。接着，她从手腕上褪下一串金手镯，戴到珀妮玛的手腕上。“好好听着，”她婶婶说着往后退了一两步，“你低着头，除非别人跟你说话你再开口。顺着他们的意思来，他们问什么你就说什么，让你唱歌你就唱歌。唱歌最好唱赞歌，赞歌最简单，不容易唱错。”

珀妮玛点了点头。

她婶婶带她走出纺织屋，从后面绕到主屋前门。她们进去时其他人都已坐定了。婶婶推搡着珀妮玛走上草席，坐到了男方母亲和婶婶的那一侧。男方的父亲坐在椅子上，其他男人则坐在麻绳床边。珀妮玛的婶婶和男方的婶婶似乎认识，相互说了几句客套话。男方的母亲凑到珀妮玛跟前，碰了碰珀妮玛手腕上的金手镯。“这镯子有点儿细。”她说。

“是嘛，”罗摩耶不以为然地说，“一切都可以日后再商量。”

男方的母亲笑了笑，立即转移话题，问：“亲爱的，你叫什么名字？”

珀妮玛抬起头，默默注视着男方的母亲，她或许就是自己未来的婆婆。男方的母亲体态丰腴，看来平时吃得很好。她的肚腩溢出了纱丽腰线，圆乎乎的，像一只土罐的肚身。此外，她的指甲和牙齿很黄。“珀妮玛。”珀妮玛回答道。她喜欢男方的母亲称呼自己为“亲爱的”，但却不喜欢她拿腔拿调的嗓音。而且，珀妮玛觉得有些猝不及防，男方的母亲竟然已不再追究手镯的事，而是开始问她叫什么，仿佛例行公事般的盘问。

“你有没有什么想问的，拉维，”男方的婶婶说，“问问她吧。”

提亲的男人坐在床边，珀妮玛只能看见他的鞋（棕色的凉鞋）还有他裤脚的外翻边（灰色的，白色细条纹）。他的脚踝——她唯一能看到的他的身体部位——很黑，腿毛又硬又密。“你会唱歌吗？”他问。

珀妮玛清了清嗓子。她对自己说，一支赞歌就行，快想想怎么唱吧。可她的大脑一片空白。确切地说，也并非全然空白。她想到了临终前对萨维赛说话的猫头鹰。它怎么说来着？开辟一条属于自己的路。要是她孤身一人远嫁雷帕尔莱，过着没有萨维赛的生活可怎么办？这个问题要比她被问到的所有问题都重要，比这些问题加在一起的总和还重要。“我做不到，”珀妮玛说，“我不能唱歌。”

珀妮玛的婶婶倒吸了一口气。“你当然会唱歌，”她尴尬地笑着说，“你还记得那首歌吗，我们在庙里唱过，有关罗摩和悉多的故事——”

“我记得，我当然记得，我只是唱不了而已。就像我说的，我不能唱歌。”

罗摩耶睁大了眼睛，身子微微往前倾了倾。“她这是害羞。她太腼腆了。”

提亲的男人清了一声嗓子。他婶婶说：“那好吧，没关系，不能唱歌也没什么大不了的。她会做饭，不是吗？对了，你一天可以纺几支线？”

“四五支。”

“你们瞧，”他婶婶说，“还不错。”

“斯瓦娜一天能纺八支，”男方的母亲说，“而且是在还要带孩子的情况下。”

两家人有一搭没一搭地聊了起来，喝完了茶，吃完了盘子里的帕可拉和大部分吉乐比[①]，只留下了一些糖浆。他们聊到干旱，雷帕尔莱出发的火车总是晚点，以及花生、杧果和大米的价格，还聊到国大党执政以来物价降了，商品的质量提高了。珀妮玛的婶婶把珀妮玛带到了屋外。正如珀妮玛所料，她挨骂了。“你这个笨蛋，”她婶婶说，“有谁会娶你这样的女孩？你就是明知故犯。感谢毗湿奴，幸好你母亲看不到今天发生的一切，不然这会要了她的命。她怎么会有你那么差劲的女儿。你瞧瞧，这和你会不会唱歌一点儿关系也没有。你这个笨蛋，他们只不过想试探一下你听不听话，孝不孝顺。现在他们明白了，你是在存心气他们。”

第二天，珀妮玛把相亲的经过告诉了萨维赛。萨维赛听完后哈哈大笑，说：“这就对了，就该这么办！”她帮珀妮玛将一缕挡在眼前的头发理到耳后，又说：“这下我们安全了。”

4

珀妮玛相亲过后没几天，因陀罗瓦利村迎来了持续的高温天气。

①吉乐比：原文为jilebi，一种印度油炸甜食。

珀妮玛每天不等天亮就起床了，她必须在日出前做完打水、做饭、打扫、洗衣等家务活，因为一旦太阳从地平线上升起，哪怕只是露出一点点微光，大地就会像着火般燥热。从早上到中午，空气一直凝滞而灼热；夜晚能感受到微风，可几丝凉意却无法撼动热浪。午后，珀妮玛无精打采地纺着线，盼望着晚饭时间快些到来。白天，珀妮玛没机会和萨维赛待在一起，萨维赛要和珀妮玛的父亲在纺织屋里织布，即便珀妮玛会在午后给他们送茶，可她父亲会留意她和萨维赛的一举一动，她们就连交换一个眼神也很难。况且，珀妮玛的父亲正在气头上。雷帕尔莱的那家人提出珀妮玛家要在之前商定好的嫁妆钱的基础上多出一倍。“一倍，”珀妮玛的父亲嘘了一声说，“都是因为你的任性。”此外，珀妮玛家还要给他们的小女儿送一套金手镯。“金的，金的，金的，金的，”珀妮玛的父亲说，“你明白吗，必须是金子打制的。我哪儿有那么多钱买金手镯？”他用充血的双眼愤怒地瞪着珀妮玛。“把你嫁出去后我等个两三年又要操心你妹妹的婚事。还有你那个朋友，萨维赛，你知道她前几天对我说什么吗？她问我她能不能提早来，晚些走，而且不给我干活的时候也让她用织布机。她想借我的织布机，可听她那口气就像是我欠她似的。”他摇摇头，一巴掌拍向停在他胳膊上的蚊子。“都是因为你的鲁莽，”他说，“你们这些现代女孩会被鲁莽毁掉，也会毁了我。”

“为什么？”珀妮玛问。

“什么为什么？”

“为什么她要借织布机？”

“我哪儿知道？”她父亲说，“你自己怎么不去问问她？”珀妮玛站在原地，盯着父亲。他又打死了一只蚊子。“好了，别傻愣着，把苍蝇拍给我拿来。”

第二天午饭时，珀妮玛向萨维赛问起了这件事。茅屋里空气潮湿，光线刺眼，热浪滚滚。苍蝇懒洋洋地叫着，飞了几下又停在地面上不动了。萨维赛刚刚织完布，汗流浃背，汗珠顺着前额流到了锁骨，她身上没有洗衣剂、檀香香皂或爽身粉的味道，只有野性的、麝香味的、动物般的气息。

萨维赛一边站着吃饭，一边听珀妮玛说起雷帕尔莱的那家人想要更多嫁妆的事。“你父亲能拿得出那么多嫁妆钱吗？”

“恐怕很悬，原先说好的嫁妆钱对他来说就已经很多了。”

“那么，这事算翻篇了。”

珀妮玛耸了耸肩。“可能吧。不过大家都被惹恼了。”

“就因为你不想唱歌？他们以为我们是什么？被训练好的猴子？”

珀妮玛没有回应萨维赛，她换了个话题，问：“你想借织布机做什么？”

萨维赛拿起一撮米饭，就着酸豆汤送进嘴里。她眨了眨眼睛，说：“我想给你做件纱丽，当作礼物送给你。你说你父亲会答应我吗？”

“一件纱丽？可从哪儿才能弄到棉线呢？还有，你怎么能同时织两件纱丽？这太难了。”

“所以我才想借用织布机。我会在平时加班加点织完你父亲要求的纱丽，在周六晚到周一早上这段时间里织你的那件。至于棉线，我跟合作社要了一些。他们有多余的，有人把这些线错染成了靛蓝色，可能颜色染不回去了，也可能是不想要了，不管怎样，他们低价卖给了我。”

“一天织一件纱丽？”

“如果我不睡觉，那我就有两天时间。”

“这怎么可能？你不能两天两夜连着织布。还有，为什么你想送我纱丽？”

“这是我送你的结婚礼物。你知道的，无论怎样你都会结婚。但愿你别嫁给雷帕尔莱的那个男人，我希望你能留在因陀罗瓦利村。我送不起你什么像样的礼物，这是我唯一能做的。而且，你看，”她说着拿起了一小撮米饭，“以前从来就没人给我做过饭。我母亲可能给我做过，但我不记得了，只有我给自己、给父母和兄弟姐妹做饭。还有，我知道你为了我攒钱买香蕉。不只是做饭，我记得你所做的一切。你坐在纺车前的时候好像不是在纺线，更像是在编织世界上最奇妙的故事，最可爱的梦境。我还记得我织布时你给我端茶的样子，还有我们打水回家路上你挑水的样子，好似这世界上能与那水罐相衬的唯有你。珀妮，你知道吗，这世上一切都贫乏无味，黯淡无光，除了你。”萨维赛微笑着说，“我唯一能做的就是给你织件纱丽。我想把它织出来，几晚不睡也没什么。我等不及想要看看你把它穿上的样子。”

珀妮玛想起身端走萨维赛手上的盘子，拥抱她。从来没有人想着为她做点什么。要是她结婚了，母亲当然也会送她礼物，但她已不在人世。母亲唯一留给她的是给她梳头时她感受到的那只手的重量。无数次，她感到自己好似身处危险四伏的暗林中，她紧紧抓着这片刻的回忆，抓着那份重量，期望能靠它走出去，来到空地上。可这心愿从未成真，也永远无法实现了。一点一滴的回忆只能给人些许安慰，使她想起曾在医院看母亲打葡萄糖点滴，注射液一滴接一滴流进母亲的血管里的场景。葡萄糖没能使母亲的病情有半点好转，不过也不能这样说，至少母亲的身体里被注入了糖分。“这能让她打起精神。”医生曾这样告诉珀妮玛，说得就好像糖分能帮助她母亲击败癌症似的。然而，萨维赛却想送她一件礼物，给她做件能够随风飘荡，遮挡烈日的纱丽。不是回忆，不是一阵气息，也不是什么会转瞬即逝的事物，而是一件纱丽。她可以穿上这件纱丽，在天台上迎风而行，用它抵御沙尘，或是走进奎师那河里嬉戏。伤心时她便可以将脸蒙在里面哭泣，夜里她可以把它叠好，躺在上面，安安稳稳睡一觉，做个好梦。

5

猫头鹰是对的：珀妮玛家和雷帕尔莱的那家人的婚事告吹了。尽管在罗摩耶的努力下，雷帕尔莱的那家人同意珀妮玛家给他们的小女儿送一只而不是两只金手镯就行，但他们不肯在嫁妆钱上多让一步。“金镯子是一只还是两只有什么区别呢？我连半只都买不起，更出不起那么多的嫁妆钱。”珀妮玛的父亲说。

“关键是他们见到了珀妮玛。”罗摩耶说。珀妮玛给罗摩耶端来了茶，罗摩耶露出了一副嫌恶的表情。珀妮玛觉得他说不定想把茶泼在她脸上，慌忙从他旁边走开了。“说你害羞？”罗摩耶恨恨地说，“你才不害羞呢，只是无礼罢了。你和你父亲都该庆幸我到现在还愿意帮忙。上次相亲的事不光在村里传开了，就连哥达瓦里河畔那一带的人都知道你了。这下谁还会娶你？”

罗摩耶离开后，珀妮玛的父亲狠狠扇了她一巴掌。他一把揪过她的头发，说：“瞧瞧你干的好事。”他在手上下了狠劲，说：“下次要是有人让你唱歌，你该怎么做？”

珀妮玛眨巴着眼睛，眼泪在眼眶里直打转，她头皮灼痛，头发像是要被折断的电线。她的弟弟妹妹躲在门口往里偷看。“说说看，你该怎么做？”珀妮玛的父亲怒斥道，“你倒是快说啊。”

“我会唱的，”珀妮玛疼得龇牙咧嘴，小声说，“我会唱的。”

珀妮玛的父亲将她猛地一推。珀妮玛跌倒在地，撞到了钢制茶杯上，手上裂了道口子。她的一个弟弟连忙找了块破布给她。她用布把伤口包扎起来。鲜血浸透了布面，可她接下来却还要做晚饭。她将弟弟妹妹赶到屋外玩耍，自己倚着墙边发愣。这面墙是朝东的，正对着一扇高大的窗户。她往窗外望去，夕阳来到了因陀罗瓦利康达山上空。粉色、黄色、橙色的霞云刀一般锋利，一齐往山上射去，好似要摧毁这座山。她想，一定是我的幻觉，轻飘飘的云怎么可能伤害得了一座山呢。

她闭上眼，全然不在意手上的伤口、被扯痛的头皮和脸上被打的地方。她已经没有痛感了，而是觉得自己正在一片浑浊的海域里慢慢漂浮。一定是因为太热了。可最热的日子已经过去了。现在是四月，气温要比之前低了几度——不过午后依旧炎热——七月雨季来临之前热浪都不会完全消退。屋里闷得厉害，让人喘不过气来。珀妮玛艰难地呼吸着。她想哭一场，但她感到身体就像毛椰子壳一样干枯。炎热之下，万物萎靡，泪水也是。

现在才四月。

第二天中午，萨维赛来吃午饭时看见珀妮玛手上的伤口和脸上的瘀青，生气极了。“别担心。”她气呼呼地说。

“什么？”珀妮玛问。

“没什么。我是说有件事你可用不着担心。”萨维赛让珀妮玛枕在自己腿上，她捋了捋珀妮玛眼前的头发，然后说，“你想听个故事吗？”

珀妮玛点点头。

“什么样的故事？”

“我说不上来。”

“好吧，那这是一个传说还是我没听过的故事？”

“一个新的故事。”

珀妮玛感觉萨维赛的腿有点硌，但却很温暖，就像是一张凹凸不平的床。她想了想，问：“为什么不讲一个传说？”“因为我厌倦了罗摩耶啊，这座屋子啊之类的事。”萨维赛将珀妮玛的手贴在自己的脸颊上。珀妮玛手上的伤口还未愈合，看起来好似土罐的裂纹。“我喜欢新的事物。”

“那么，在很久很久以前，”萨维赛说，“不过也没有太久，这毕竟是一个新故事——很久以前，一头大象和雨起了争论。这头大象很自大，总是在森林里雄赳赳地走来走去，想吃什么就吃什么，还能够到高高的树枝，其他动物都很怕它。有一天，大象抬头看见了雨，自以为是地说：‘我不需要你，你无须滋养我，你走吧。’雨听完后，难过地望着大象说：‘那我走了。等着瞧吧，你会后悔的。’大象目送雨离开了。接着，它有了一个主意。它知道森林附近有一个湖，如果再不下雨，湖很快就会干涸。”讲到这里，萨维赛停住了。珀妮玛抬起头，坐直了身体。

“大象在打什么主意？”珀妮玛问。

萨维赛扭头注视着珀妮玛，微笑着继续说：“大象看见一只可怜的老乌鸦正在森林里找虫吃，于是命令乌鸦看守这个湖。‘只有我能喝湖里的水。’它叮嘱乌鸦。乌鸦照做了。许久过后，一只猴子来了。它对乌鸦说：‘给我点儿水喝吧！’乌鸦回答说：‘只有大象才能喝这里的水。’猴子摇了摇头，走开了。

“接着，一只土狼来了。它说：‘给我点儿水喝吧！’乌鸦回答说：‘只有大象才能喝这里的水。’

“然后来了条眼镜蛇。它说：‘给我点儿水喝吧！’乌鸦回答说：‘只有大象才能喝这里的水。’

“然后来了只丛林猫。它说：‘给我点儿水喝吧！’乌鸦回答说：‘只有大象才能喝这里的水。’

“随后，熊、鳄鱼和鹿也来讨水喝，老乌鸦都对它们说了相同的话。最后，来了头狮子。狮子说：‘给我点儿水喝吧！’乌鸦回答说：‘只有大象才能喝这里的水。’狮子听到乌鸦这样说，一声怒吼，抓着乌鸦的脖颈，把它揍了一顿，然后喝足了水，回到了森林里。

“大象回来了，发现湖变干了。它问：‘乌鸦，湖怎么干了？’老乌鸦悲伤地低下头，说：‘狮子把水喝光了。’大象暴怒不已，说：‘我告诉过你，谁也不能喝这里的水。作为惩罚，我是应该把你一块块撕碎，还是直接整个吞进肚里呢？

“‘请你直接吞掉我吧。’乌鸦说。

“于是大象活吞了乌鸦。不过，乌鸦一来到大象的身体里，就开始攻击大象的肝脏、肾脏和心脏，直到大象在痛苦中死去，它从大象的身体里挣脱出来，离开了。”

萨维赛说完后沉默了。

珀妮玛看着她，问：“那雨呢？”

“什么雨？”

“雨回来了吗？湖里又有水了吗？”

“这不重要。”

“不重要？”

“不重要。”

“那——”

“都不重要了。”

“是这样吗？”

“没错。”萨维赛说，“重要的是，你要记住，珀妮玛，与其被撕碎了不如整个被吞下去，只有这样你才有活下去的可能。大象并没有那么强大，只有整个被吞下去大象才伤害不了你。”

珀妮玛和萨维赛相对无言。

萨维赛回去织布了，珀妮玛洗着碗，盯着手上因为干活再次裂开的伤口。她想了想她父亲，又想了想故事里的老乌鸦，然后她想，阿爸啊，如果你要吞掉我，那就把我整个吞掉吧。

6

萨维赛开始埋头苦干。她织布的速度很快，但适逢婚礼旺季，纱丽的订单也大量涌来。她每天早早地来到纺织屋，晚上很晚才回家，织起布来比珀妮玛的父亲认识的任何男人都要卖力。有时，萨维赛能看见珀妮玛父亲眼里的贪婪，好似在计算她能给自己带来多少收入，不过她并不介意。“他另外给了我一些钱，”她对珀妮玛说，“再说了，一旦赶完这批纱丽，我就能做你的那件了。”这番话却没能让珀妮玛高兴起来，她只是忧伤地望着萨维赛。罗摩耶现在每晚都来珀妮玛家喝茶，并跟珀妮玛的父亲发牢骚，说他物色不到合适的对象。一天晚上，珀妮玛把她在屋外偷听到的谈话告诉了萨维赛。“没人肯要她，没有人。”罗摩耶对她父亲说，“上次那事所有人都知道了，他们一听见你女儿的名字，还有你的名字，就直摇头说没兴趣。还有，她太黑了。总之，这些话已经传开了。没办法，多加点儿嫁妆钱吧，条件不好的人家应该会上门。”

萨维赛听完后说：“明天来我家吧，我有东西要给你看。”第二天，珀妮玛去了萨维赛家，看到了用来织她那件纱丽的大捆靛蓝色棉线。“我钱不够了，不过合作社允许我赊账。”萨维赛拿起棉线在珀妮玛面前比画着。“这是夜空的颜色，”她微笑着说，“而你就是夜空里的那一轮满月。”珀妮玛挤出了一个笑容。萨维赛给珀妮玛端来了茶，但珀妮玛说她不想喝。于是，萨维赛走到屋子的角落里，问：“阿爸，你想来点儿茶吗？”

珀妮玛回过身，发现一个老男人蜷缩在那儿，隐身了似的，之前一直毫无动静。他好像动了动，但珀妮玛却想，不，求求你，别因为我的原因站起来。接着，他浑身抖动着，嘟囔了一声，也可能是含糊地吐出了某个词，而萨维赛作为回应，往茶杯里倒了一些茶，走过去抱着她父亲的头，将茶杯凑到他嘴边。萨维赛的父亲注视着珀妮玛的双眼，开口说话了。他看似身体虚弱，声音却沙哑而有力。他低声说：“瞧啊，看到那座庙了吗？”他指着对面因陀罗瓦利康达山上那座庙的小窗户，说：“那里的人能看见我们，就像我们能看见他们一样。我曾站在寺庙的台阶上，看向这儿。这个鬼地方的门看起来特别神秘，就像你从这儿看过去，也会觉得庙门很神秘一样。”

“他喝多了。”萨维赛说。

这个未老先衰的男人看似不像是萨维赛的父亲，倒更像是她的祖父。他说：“我像那样往这儿看过很多次，很多次，你明白吗？”

萨维赛手里的茶杯歪了一下，一滴茶水落了下来。她父亲下意识地从毛毯底下伸出手，想要接住。珀妮玛瞧见他的手指虽然皮肤光滑，却像断枝般扭曲在一起，她心惊胆战地往后退了一步。萨维赛注意到了珀妮玛脸上的表情，解释说：“关节炎。”

“不是这样的，不仅仅是关节炎那么简单。”萨维赛的父亲抬起一只手，阳光就像触碰树梢似的，触碰到他的指尖。“你瞧，那是自由，是人类的纯粹意志。如果我们生来便拥有它，那世上就不会有战争，所有人会像兄弟般亲密无间，绝不忍心伤害对方。萨维赛，你知道我那天看见了什么吗？还有，你叫什么名字？”珀妮玛说了自己的名字后他又继续说：“你知道吗，世界上有些地方的人，他们的名字没有任何含义。真的，你能想象吗，那该是怎样的地方啊。要我说，那些地方空虚又忧伤。一个没有含义的名字，就像只有黑夜的日子。我听说，有的地方确实只有黑夜，没有白天。我在说些什么？萨维赛，茶凉了。”他笑了几声，说：“你瞧，我说了太多的话。只有梦能让我保持安静，把话锁在树上。噢，对了！我那天看到什么来着，怎么不记得了。”说完他露出了孩子般纯真的笑容。

珀妮玛对萨维赛的父亲产生了好感。她不在乎他说的这些话是什么意思，也不知道“把话锁在树上”是怎么回事，但她喜欢他，因为他和自己的父亲是两种完全不同的人。他也不像罗摩耶，不像她认识的其他任何男人。回家的路上，珀妮玛将自己肤色黝黑，嫁不出去，家里拿不出足够的嫁妆钱，还有萨维赛家要比她家更穷困这些事都暂时抛到了九霄云外。

一周后，罗摩耶又到珀妮玛家来了。他看起来兴高采烈，几乎是跳着舞进门的。此时是五月初始，水井枯竭，溪流变浅。奎师那河的水位下降了很多，河岸两边的洗衣工甚至能走到河中央闲聊。两周里有几个孩子死于痢疾，政府得知此事后给村里运来了桶装饮用水。打水的队伍总是很长，有时人数多达两百人。人们抬头张望着，哪怕天上有一丝淡云飘过，也会屏住呼吸，盼着老天下场雨。只有等到六七月份雨季才会真正来临，但有人听说一阵小雨滋润了维萨卡的大地，溪流得以恢复了生机。也许雨水也会光顾奎师那河这一侧的河岸。

罗摩耶似乎对干旱这事毫不在乎。“珀妮玛，”他一进屋便喊道，“快给我倒杯水，我渴得嗓子都冒烟了，走得脚底板也冒烟了，你瞧瞧，我脚上全是土，必须洗洗才行。我差不多是跑着来的。”

珀妮玛心想，你让我上哪儿找水去？蓄水罐几乎全是空的，只有其中一个罐底还剩了一点儿水。珀妮玛把这些水用一个小玻璃杯装满，给罗摩耶端了过去。罗摩耶已经和珀妮玛的父亲聊上了。“那人太合适了，我还没和那家人聊过，但他非常合适。”

“谁很合适？”珀妮玛问。

“你以为我在说谁？别在这儿闲着，找点儿事去做吧。”

珀妮玛走回里屋，躲在门口偷听。

“你知道吗，我运气不错，没走太远就碰到了那家人。他们就在南布鲁。男方的祖父母以前是纺织工，生意似乎挺好，在南布鲁附近买了相当大的一块地。建国之前这家人靠种地为生，现在他们把大部分地都卖了，也挣了不少钱。男方是老大，下面有两个妹妹。这家人想给儿子找个年纪和珀妮玛差不多的媳妇。不知道珀妮玛能不能看得上对方，那家人倒是能容忍她的性子。”

珀妮玛听见她父亲问：“男方是做什么的？”

“他是个会计！”罗摩耶欣喜地说，“他就是学这个专业的。你也清楚织布可挣不了几个钱。”

“他们想要多少嫁妆？”

“问到点子上了——在我们的预算之内，唔，八九不离十。不过我听说这家人有点儿问题。”

"什么问题？"

这时，珀妮玛听到有人开始在屋里来回踱步。终于，罗摩耶开口了。他压低嗓门说："那男孩没什么不好的，除了有一点儿。"伴随着一阵沉默，又是一阵踱步声。

"什么？"珀妮玛的父亲疑惑地问。

"你女儿现在很难嫁出去，你知道的。放宽心吧，不是什么大毛病。那人有一点儿做作，有一点儿特殊癖好，不过这没什么好担心的。我也是听说的，顺便提醒你一声，可谁知道这是不是真的呢。"

萨维赛兴奋地嚷嚷着，把珀妮玛拉进怀里，说："那么，也就是说你要结婚了！南布鲁离这儿不算远，我可以走过去看你。"

"是啊，"珀妮玛说，"不过这事还没定呢。"她沉默了一会儿，问："癖好是什么意思？"

珀妮玛站在屋外，盯着眼前的棕榈树。一阵微风拂过，棕榈树顶轻轻晃动了几下。烈日炎炎下，屋外的其他植物——一棵苦楝树、一棵树形弯曲的番石榴树、一株笋瓜藤，都是一副无精打采、萎靡不振的模样。现在刚五月中旬，一直没下雨，也不可能下雨。早晨的气温接近三十九度，到了中午会升至四十一度或四十二度，人即便是在阴凉处也无法忍受酷热的煎熬。待在屋里，又会觉得像被架到了平底锅上煎烤似的。

罗摩耶不断给珀妮玛家捎来口信。他和男方的父母商量过了，他们提出婚礼要两个月后才能办，因为准新郎要准备考试。这个时间点十分理想，再过两个月便是珀妮玛母亲的一周年忌日。男方名叫吉舍尔，二十二岁。“我还没见过他，”罗摩耶说，“不过他们也没必要多说什么，他很不错，大学学历，又是会计。珀妮玛应该知足才是。”

“他们想见见珀妮玛吗？总该来一趟吧？”珀妮玛的父亲问。

“当然，当然，”罗摩耶说，“就像我说的，那男孩考完试会来的。”

“嫁妆怎么说？”

“谈妥了。”

男方的父母答应至少五月底会来拜访珀妮玛家。如果会面顺利，双方会有一个月的筹备时间，然后在六月底办婚礼。六月！“这也太快了。”珀妮玛说。

萨维赛又忙着计划了。“没错，六月。时间不多了，我连这批纱丽都很难及时赶完，更何况还要做你的那件。你觉得镶边选红色的怎么样？红色和靛蓝色很搭。我等不及想要织起来了！你马上要结婚了。我能偶尔留在你家过夜吗？这样事情会更好办一些，我想织多久的布都行。”

当晚，珀妮玛将萨维赛的想法告诉了父亲。“行吧，行吧。”她父亲卷着烟叶，心不在焉地答道。

于是，萨维赛开始留宿珀妮玛家。因为没有多余的席子，两人只能挤着睡。除了异常闷热的那几晚有些难熬以外，珀妮玛喜欢让萨维赛紧靠着自己。她还喜欢萨维赛那种热爱生活的劲头，普通的事物在萨维赛眼里能变得不同寻常。“快抬头看呀！”萨维赛叫着说，“你见过那么多星星吗？”

“那么热的天气，谁还会在意星星呢。”

萨维赛拉过珀妮玛的手，攥在手心里说：“我妈妈说到了明年我大妹的嫁妆钱就有了，可就算是这样我还有两个妹妹等着结婚。话又说回来，能嫁一个是一个，你说呢？”

珀妮玛在黑暗中点了点头。她觉得应该把母亲，还有蓝色闹钟的事告诉萨维赛，可她却没开口。父亲说不定会听到。她静静地躺着，听着弟弟妹妹均匀的呼吸声，突然想到，如果母亲尚在人世，她可能永远也不可能认识萨维赛。如今母亲过世了，躺在她身旁的人变成了萨维赛，但她不认为这样想有何不妥。接着，她想到了她未来的丈夫吉舍尔。吉舍尔一家让罗摩耶带了张照片过来，是吉舍尔和他妹妹的合影。照片上的吉舍尔大概只有八九岁，他站中间，两侧分别站着一个妹妹。照片是在照相馆拍的，他们背后的布景是洁白的宫殿、喷泉和花园，外加一轮高高在上、白云环绕的新月，颇有几分浪漫色彩。珀妮玛曾注视着照片，仔细观察了一番小吉舍尔。他懒洋洋地垂着一条手臂，好像照相前刚不情愿地放下了手里的玩具、玻璃球或是太妃糖似的，另一只手则背在了身后。他长着一张漂亮的椭圆形脸蛋，嘴巴像一枚小小的杏仁，看上去一脸孩子气，有种婴儿般的柔软特质，这让珀妮玛很中意。她还研究了吉舍尔的那双眼睛，试图从中读出他的心思，或者至少透过它们看出点儿什么来，可她发现他两眼空洞无神，仿佛正望着深渊，望着一片怪异之地。“这不过是张照片罢了，”萨维赛说，“难道你还指望能看见他的心？”

是啊，我想看看他的心。珀妮玛想这样回答。

这次相亲，珀妮玛不得出半点儿差错。她再次穿上母亲的纱丽，用橙色的鸟尾花花圈代替茉莉花戴在头上。她很清楚自己的一举一动会被所有人看在眼里。珀妮玛的婶婶坐在珀妮玛旁边，她没有像上次那样拽着珀妮玛的胳膊，而是用一只手压住珀妮玛的发辫，好似随时都准备拉一下。珀妮玛在席子上坐定后便看见父亲朝她微微一笑。她父亲并非是在用微笑给她加油打气，也并非是出于父亲对女儿的疼爱而露出的笑容。这笑容只是在警告她：我在看着呢。我会看着你如何表现，要是你敢反抗，眼里敢闪现出一丝反抗的意愿，那我就会做出行动。珀妮玛低下头，瑟瑟发抖地想，到时候父亲会怎么做?

直到现在，她还没想好怎样才能搅黄这场相亲。吉舍尔没来，他父亲说他在忙着准备考试。来的人有他父母、二妹以及他们在因陀罗瓦利村的一个远方亲戚。珀妮玛稍稍抬高视线，她先是看了看父亲，然后看了看吉舍尔的父亲。他坐在她父亲旁边，与她父亲相比身形较小，看似性格腼腆，优柔寡断。吉舍尔的母亲坐在珀妮玛对面，体态丰腴，举止粗鲁。他们一家是从南布鲁村坐汽车来的，也许是因为旅途劳累，也或许是天气太热的缘故，吉舍尔的母亲神情严厉而挑剔。吉舍尔的妹妹坐在珀妮玛旁边，斜眼看着她，几乎一句话也没说。她的目光和她母亲一样，除了挑剔外还透露着自负、冰冷和不耐烦。不过珀妮玛高兴地注意到这两个女人的身材都很丰满，这意味着如果她嫁了过去就能远离贫穷，拥抱美满富足的生活。吉舍尔的妹妹抓起珀妮玛的一只手，粗暴地揉了揉每根指头，好似在数她有几根手指。然后她松开了手，冷笑了一下。男人们聊着天，珀妮玛一声不吭，暗自替在场的其他人感到尴尬。吉舍尔一家人回去之前，他母亲捏了捏珀妮玛的下巴——她的动作可谈不上温柔，可在珀妮玛看来已是种温柔的举动——说：“你其实没他们说的那么黑。”这让珀妮玛差点儿想要拥抱她。

吉舍尔的妹妹听完后哼了一声，也可能是笑了一声。随后，他们离开了。

那晚，珀妮玛对萨维赛说了这次相亲的事。萨维赛白天回家去帮她母亲做饭了，她在天黑前赶回了珀妮玛家，又织了一小时的布后才来吃晚饭。珀妮玛给萨维赛盛好了饭，盘子里有刚做的烙饼和土豆咖喱，还有中午吃剩的一点儿酸奶和米饭。“至少他们没让你唱歌，”萨维赛说，“单凭这点，我已经开始喜欢他们了。还有泡菜吗？”珀妮玛起身去拿泡菜时，萨维赛又问：“新郎呢？他怎么样？”

“他在准备考试。”珀妮玛说。她沉默了一会儿，问：“如果我和他结婚后无话可说怎么办？我的意思是，他毕竟是念过大学的人，会不会看不起我？他会觉得我是农村人，一个乡巴佬。还有，他在学校里学的那个是什么？什么是会计？”

“会计就是数数，和数字打交道。”萨维赛说，“你父亲会给你钱去市场买吃的，是不是？你买了菜，卖菜的人会找给你零钱。我看见你还会把用钱的情况记下来，每周把这记录给你父亲过目，对不对？这就是会计要做的事。再说了，南布鲁村要比因陀罗瓦利村还小，他比我们更像是乡下人才对。”

珀妮玛认为萨维赛的话一点儿也不可信。事情不会那么简单。

珀妮玛家开始筹备婚礼了。嫁妆和结婚礼物仍有值得商榷的地方，不过罗摩耶很有信心，说他能让对方降低要求。萨维赛争分夺秒地赶制纱丽订单，这样她才能争取到足够的时间来织珀妮玛的那一件。吉舍尔，珀妮玛的新郎，将于月底参加考试。在此之前，珀妮玛家还要先为珀妮玛的母亲举行一周年忌日仪式。仪式定于六月初举行，仪式当天会有持续一天的盛宴，宰杀一头山羊以及请祭司主持普迦[①]。此外，根据习俗，珀妮玛的父亲要重现火葬场景。举行仪式的前几天，珀妮玛发觉父亲焦躁不安，情绪低落，她想父亲可能是在怀念母亲，或是在操心嫁妆的事。她父亲解释说他是在担心纱丽的订单要做不完了。“难道她不知道还有一堆订单等着我们去做吗？”他抱怨萨维赛每晚还要回家一两个小时，然后对珀妮玛说：“你告诉她，如果她肯多留下来工作一会儿，我会给她加钱。我预算有限，但还能再给她一些。”

忌日仪式举行当天，安得拉邦沿海地区气温骤降。那天早上，珀妮玛醒来后感到一丝微风迎面拂来。这阵风算不上凉爽，但却让她雀跃不已。她想母亲一定是在天上看着她，一定有什么话想告诉她。她一定是在说，珀妮玛，我很高兴，你会得到一桩美满的婚姻。她一定是在说，我也很想你。她一定是在说，我还拿着那把梳子，想给你梳梳头。

那头待宰的小山羊拴在茅屋外的杆子上，全身是棕色的，腰部和四只蹄子以及从头顶到两眼间的区域则是白色的。珀妮玛在屋外捡了一些干草，想喂给它吃。羊儿嗅了嗅干草，用一双乌黑发亮的眼睛好

①普迦：原文为puja，指印度教中向神膜拜并祈求祝福的仪式。

奇地望着珀妮玛，当它发现只有干草后，又把头扭朝了一侧。珀妮玛不忍一直盯着小羊，这只会让她更加同情它的命运。可小羊浑身散发着的尿骚味、荒野味和干草味却让她不愿离去。

目睹小羊被宰时，珀妮玛一直想着它的气味。屠刀显然不够锋利，像锯硬面包似的在小羊的脖颈上来来回回割了好几次。宰杀时小羊被侧身放倒在地，一个男人坐在它的臀部上，另外两个男人分别捉住了它的两条腿。一个男人拿着桶在羊脖子下面等着接羊血。不过，这些准备工作其实都是多此一举。小羊起初挣扎了一番，后来，也许是因为看到了屠刀，也许仅仅是觉察到了屠刀将要落下，它突然全身瘫软了。它没了希望，珀妮玛想，也可能是没了勇气。一刀下去，小羊在痛苦中后蹄跃起。紧接着，又一刀从羊身上快速划过，小羊安静了。刀往下越压越深，小羊仍然眨着眼，好似正望向深渊，眼里的光正慢慢消失。小羊最后摇了摇尾巴，继而全身的肌肉都失去了力量。主刀的男人将他的大拇指送进了小羊的嘴里。他是想在小羊临终前给它一丝安慰、一口吮吸，还是出于偶然才这样做，珀妮玛不得而知。过了一会儿，小羊先是身体变僵了，然后眼睛也不眨了，最后咽气了。对于珀妮玛来说，有什么多停留了一会儿。那是一种力量，一种生命感，紧接着，这种感觉也消逝了。

小羊身上的尿骚味、荒野味和干草味被铜的气味，以及珀妮玛说不出的其他金属味所掩盖了，包括她去井边打水手上残留的桶的味道、锅碗洗刷时散发出的气味、河水和河岸淤泥的气味。天气依旧炎热，小羊散发着血腥味，引来了成群的苍蝇，向它的尸体发起进攻，停在它身上吸着血。

那晚，珀妮玛在床上睁着眼睛躺了很久。她以为她会一直想着小羊和它的眼神，可她却想到了母亲。她八九岁大时，有一次，她和母亲去看望外婆。她外婆住在卡扎镇，离因陀罗瓦利村有两小时的车程，她和母亲需要早早出发，这样才能在夜幕降临前赶回家。天还没亮，母亲便把她叫醒了，给她洗了头发，用爽身粉把她的全身的皮肤搓得通红发嫩。然后，母亲给她穿上了她最好的一件兰珈，戴上红手镯和银脚镯，这些曾是她外婆的部分嫁妆。在去车站的路上，她母亲买了两朵粉红的玫瑰花，给自己和她各在发间别了一朵。七点刚过，车便出发了。车上坐满了人，后排坐的都是男人，珀妮玛和母亲坐在前排，和其他女人挤在一起。车里有婴儿在轻声哭泣，珀妮玛跨过走道上的母鸡、成捆的包裹和柴火，坐到母亲旁边，望向窗外。她很少有机会坐汽车，窗外掠过的片片田野使她格外兴奋。她试着去数看见了几条狗、几头猪、几只山羊，但最终却根本数不过来。接着，她又去数茅屋，但也因为同样的原因放弃了。她笑了，心想，那我来数一数山吧。

这时，突然响起了一声巨大的撞击声和一阵刺耳的声音，紧跟着车停了。乘客们面面相觑。后座的几个男人不满地喊了几声。司机身穿熨过的卡其色制服，留着整齐的胡须，坐得笔直。他不慌不忙地发动了引擎。引擎转了起来，车却还停在原地。后座的男人们大声喊道："快啊，快啊，让汽车公司派一辆汽车来吧。""当然了，"有人叫着说，"车的名字叫贡瓦丽[①]，会从草地上飞驰而来。"司机让

①贡瓦丽：原文为Gowri，在印度教里，这个名字有雪山神女的寓意。

他们闭嘴。

司机下车去检查引擎，大部分男人也跟着下去凑热闹。珀妮玛听见司机开始用扳手之类的金属工具修理引擎，接着又没动静了。车彻底坏了，更确切地说是累垮了，再也走不了了。女人们也下了车。婴儿们不再出声，警觉地打量着四周。

那是十月底，秋高气爽，清晨的空气冻得人直哆嗦。

珀妮玛和母亲走下车。她母亲把她随身带着的披肩围在珀妮玛身上。女人们多半在路边席地而坐，孩子们奔跑嬉戏，玩着泥巴。男人们仍然凑在引擎盖旁边。

珀妮玛打量着眼前的公路。远处一片雾霭，一辆牛车正向他们驶来。女人们身着鲜艳的纱丽，蜷着腿，面向水稻田坐着，是田野间的一道风景。绿油油的田地里有座白色的小庙。庙里有座黑色的神像，神像前供着一朵花——兴许是朵粉红的玫瑰，和当时她头上戴着的是同一个品种。珀妮玛挨着她母亲坐下了。男人们抽起烟来，吐着痰，闲聊说笑，女人们照看着孩子。一两个小时后下一班车会经过这里，他们所有人会尽可能挤上去，有些人可能会爬到车顶上或是抓着车门的护栏站在车门口。不过现在，每个在路边等车的人看似都安然自得。太阳像一只刚刚睡醒的黄色小鸟，正从天边升起。

珀妮玛扭头看向母亲。她还从未像现在这样单独和母亲待在一起过。她母亲在家时，她父亲或者弟弟妹妹通常也会在，要么她母亲就会独自出门去办事。珀妮玛常常会帮母亲跑腿，但不曾随她外出。以往每次回外婆家，珀妮玛的某个或是几个弟弟妹妹也会跟着去。在晨曦的照耀下，珀妮玛坐在红土地上，母亲的美就这样映入她的眼帘。

即便周围还坐着很多年轻的母亲和笑得前仰后合的妙龄女孩，可她觉得母亲是她们当中最美的。她母亲黑色的眼眸像两汪深不见底的潭水，她笑起来时，这潭水中像是游着两尾闪光的银鱼。她的头发在后颈处卷成了一绺绺的形状，嘴唇犹如玫瑰般粉红，就连她的黑眼圈也有一种别样的美，好似两弯朦胧的新月。

“你饿不饿？”她母亲说着打开包裹，拿出了前一天晚上做的米饭、香料酸奶和腌杧果。

“饿了。”珀妮玛说。

她母亲无意识地抬头望向远处的地平线，似乎在等下一班车到来，又或者只是盯着正在朝他们接近的牛车。她抓起一撮米饭，将米饭在手掌上搓成球，然后像照顾儿时的珀妮玛那样，把饭团喂给了她。珀妮玛嚼着饭团，母亲用手搓揉过的米饭要比她之前吃过的所有东西都好吃，她想象不出还有什么比这更美味的食物了。她母亲显得心不在焉，可能在想她丈夫或是其他孩子或是她还没做完的家务活。不过，那一刻，待在母亲身边就已让珀妮玛十分满足了，别无他求。在这个寒冷的十月清晨，她依偎着母亲，吃着母亲喂给她的饭团，感受着母亲的体温，她知道她和母亲注定因命运和人事分离，不过不是现在。这一刻，她们还在等车，母亲仍然只属于她一个人。终于，珀妮玛的母亲注意到了珀妮玛眼里闪烁的泪光，她拉回思绪，疑惑地注视着珀妮玛，随后微笑着安慰道：“车很快就会来了，可不值得伤心，不是吗？我们不会等太久了。”

珀妮玛点点头。米饭卡住了她的喉咙。

7

第二天早上，太阳还没出来，萨维赛就把珀妮玛摇醒了，对她说：“给我泡点儿茶好吗？”

珀妮玛卷起席子，叠好毯子，把毯子放在枕头上，把它们堆到屋子的一角。珀妮玛的父亲和弟弟妹妹还在熟睡。

“太早了，”珀妮玛打着哈欠，将头发挽成一个髻，问：“你起那么早做什么？”

“纱丽不会自己变成纱丽。还有，你父亲说如果我在你婚礼之前做完六件纱丽，就能得到额外的报酬。”

“六件？也就是说你三天就要做完一件。”

“一共七件，还有你的那件。”

珀妮玛摇了摇头。她从苦楝树上撅了一小截树枝，嚼起了苦楝叶。萨维赛坐到了织布机前，珀妮玛给她端来了茶。萨维赛喝了一口，又喝了一口。“没放糖？”

“我父亲为了办婚礼到处想办法省钱。”

“那人来看过你了吗？”

珀妮玛耸了耸肩。“我跟你说过，他还要考试。”

“考试？珀妮，他都没和你见过面，就想和你结婚？”

珀妮玛涨红了脸。接着，她感到几分困惑。之前她一直忙于母亲的忌日仪式，现在闲下来了，她开始琢磨自己的婚事。嫁给订婚前未曾谋面或是未闻其声的人并不奇怪，但她的新郎吉舍尔一直没兴趣和她相见，这让人匪夷所思。吉舍尔的父母为了商榷嫁妆来过两次，上周他们在因陀罗瓦利村的亲戚有天晚上来喝过茶，她父亲和罗摩耶过几天会去贡都尔县置办婚礼用品。吉舍尔却一次也没拜访过珀妮玛家。他从大学回南布鲁村的路上会经过因陀罗瓦利村，却也不曾想着来一趟！珀妮玛摇了摇头。她想，要是能见见他该多好啊。可她很快打消了这个念头。她有什么理由强求他？况且，每个人都说这是一段般配的婚姻。她未来的丈夫可是个大学生，她还奢求什么呢？还有，罗摩耶曾暗示过的癖好，之后再也没人提起过，那可能根本就没什么大不了的。

珀妮玛看了看萨维赛。萨维赛喝完了茶，将空茶杯放在满是尘土的地板上，一心一意织起布来。阳光从屋子尽头那扇朝东开的窗户涌进来了，珀妮玛想，我未来的丈夫此刻在做什么？他也在看日出升起吗？会在想我吗？

有时她会想，她结婚后搬到南布鲁村或者随丈夫工作变动搬走了，父亲会想她吗？她这样想不仅是因为萨维赛说的话，还因为她可能会搬到比南布鲁村还远的地方，也许是贡都尔县，也许是维萨卡那样远的地方。至少，她再也不会住在这儿了。到那时，弟弟妹妹会想她吗？她妹妹十二岁了，已经是能够负责做饭、打扫的年纪，也许不久后就要学着纺线，再过两三年也要出嫁了。父亲、弟弟妹妹和她组成的这个家对她来说突然变得陌生了。到底是什么让他们像被捡拾起来放在窗台上的贝壳那样相聚在了人间？

她想，出嫁前，她要问问父亲的心里话。她当然不会问他是否会想念她，但会问他是否会怀念她做的腌杧果或是他最喜欢吃的茄子馅饼。可她又想，无须开口她已知道答案，因为她突然想到，有一次，她听见父亲和罗摩耶谈起了一件她从未听过的事。

这事发生时珀妮玛刚满一岁。在印度教里，新生儿要将头发献给神明，那天是珀妮玛的剃发日，她父母带她去维杰亚瓦达的寺庙祭拜。那天早上一直在下雨，珀妮玛一家去过庙里后走到奎师那河边，在一位渔夫家的棕榈叶屋檐下避雨。午饭时间到了，她母亲拿出了吃的。讲到这里，珀妮玛的父亲对罗摩耶说："雨小了，但天还很暗，河面上都是雾，抬眼只能看到几码远的地方。"珀妮玛的父母开始忙着张罗午饭，珀妮玛却一点儿也不安分，悄悄溜走了。"她走进了河里，"她父亲说，"她可能是跟着船或者其他孩子下去的，她常常会被什么吸引了然后跟过去。"几秒钟内，水没到了珀妮玛的脖子。"她妈妈吓坏了。我跳进水里，拼命游过去。我明明离她只有几步之远，但却像游了几个世纪。几个世纪后，我渐渐靠近她了。我想对她小声说一句'别动'，可我害怕这样做了她就会摔一跤，被河水卷走。所以我什么也没说，只是盯着她，希望她别动。""如我所愿，"她父亲对罗摩耶说，"她像雕塑般立在那儿。阳光从云层的缝隙里射下来，她刚剃过的脑袋被照得发亮。"

"我终于游到了她旁边，但却停住了。"她父亲说，"我知道应该把她拎起来，给她一耳光，可我下不了手。你要知道，她看上去什么也不是，不过是片残渣罢了。在那片大雾里，在那广阔、泥泞、湍急的水流中，她显得渺小极了，像是跳回水中的鱼的头，或者一截小小的浮木。我久久地看着她。我听见她妈妈正叫着向我跑来，但我挪不开脚，站在那儿心想，她只是个女孩，让她就这样去吧。这时，她妈妈赶到我身后，一把抓住了她。珀妮玛哭了，她妈妈也哭了。她们可能都明白了我在想什么，也许我把一切都写在了脸上。”接着，珀妮玛的父亲轻轻笑了一声，说：“这就是女孩，对吧？她们要是有危险，你也没法帮她们。你会想要推一把，任事情这样发展下去。毕竟只要轻轻一推就够了。”

婚礼前一周，罗摩耶从南布鲁村捎来了一条急信。“怎么了？出什么事了？”珀妮玛的父亲端着一杯没加糖的淡茶，坐在麻绳床边，扬起眉毛问。

“是嫁妆的事，”罗摩耶摇了摇头说，“他们还想多要两万卢比。”珀妮玛给罗摩耶的那杯茶放了糖，但他仍然瞪着她，好似这是她惹的祸。

“两万！这是为什么？”

“他们可能从哪儿听到了什么传闻，鬼知道呢，说不定是雷帕尔莱那家人在捣鬼。他们明白现在提加钱有点儿晚了，可话说回来，你已经答应了这门婚事，必须补上这笔钱。”

珀妮玛的父亲厌恶地看了珀妮玛一眼，珀妮玛连忙回了里屋。珀妮玛想到准新郎的母亲，没料到她翻脸比翻书还快，她又想到他父亲听天由命的眼神以及他妹妹的笑声。她纳闷，他在哪儿？我未来的丈夫在哪儿？对于这突如其来、毫无道理的要求，他会怎么看？

第二天一早，萨维赛微笑着宣布道：“今天中午我就开始织你的纱丽。”

“用不着费心了。”珀妮玛闷闷不乐地说。她把吉舍尔一家要加嫁妆钱的事告诉了萨维赛。还有，她父亲说，哪怕他把两台织布机都卖了，也凑不出那么多钱。

“他打算怎么做？”

珀妮玛耸了耸肩，望向窗外耀眼的晨光。

一轮微不足道的降温过后，炎热像被挫败的野兽，带着强烈的复仇劲头渐渐深入安得拉邦平原，在上周夺走了三百多人的生命。早上十点过后，天气就热得无法工作；到了中午，每个人都变得疲惫不堪，不得不睡上一觉，然后在大汗淋漓中醒来。尽管如此，萨维赛却说到做到，当天中午便着手织起了珀妮玛的纱丽。午饭过后，所有人准备午睡时，萨维赛将用来做主面料的靛蓝色棉线和用来做镶边的红色棉线装到了织布机上。“陪陪我吧，”萨维赛对珀妮玛说，“拿上席子坐在我旁边。”珀妮玛起初倚坐在织布机的支架旁，后来她渐渐睁不开眼，往下滑到了席子上。

两人聊起天来，珀妮玛竭力想要保持清醒，但却敌不过午后的高温，感到眼皮像铅一般沉重，于是闭上了眼。她听着萨维赛说话，偶尔回应一两句。萨维赛说她父亲生病了，从没病得这样严重过。她说这几周她额外得到的报酬都拿去给父亲买药治病了。“不过今年我们应该还不缺钱花。”刺眼的阳光下，萨维赛赭石色的脸蛋却显得很柔软。她把发辫在脑后盘成髻，专注地织着布。

织布机咔嗒、咔嗒地响着，好似一支摇篮曲。纺梭抽动的声音仿佛流水般从珀妮玛头顶滑过。她闭着眼，听到萨维赛还在对她说话，先是说起她的某个妹妹把牛奶烧煳了，然后说因陀罗瓦利村正在建电影院。“等你下次回来，说不定我们可以去看电影。当然，只能坐在地板上看。不过，珀妮，想想看吧，那可是座电影院！”

珀妮玛的身体越来越沉，变得像块石头似的。她知道自己快睡着了，但萨维赛的声音仍然不断传进她的耳朵里，仿佛风声的呢喃，雨水的敲打。然后她听见萨维赛说，别忘了一件事。如果你忘了，可不仅是忘了而已，你会像其他石块那样沉入海底。别忘了我们共同为之努力的事，记住这一切，牢牢记着，像珍藏花儿一样把它珍藏在心底吧。当你想要把它拿出来看一看时，珀妮，那就把它举到光明处好好瞧一瞧。

那晚，珀妮玛去睡觉了，萨维赛独自留在织布机前。她调整了灯笼的位置，借着近一半的灯光织布。靛蓝色的棉线好似星光交织的夜空，她的双手双脚好似白日，期待着夜色降临。

织布机咔嗒、咔嗒地响着，萨维赛任思绪游离。她想起了童年，在灯光的照耀下打开了内心深藏的记忆。

那时，她只有三四岁，她母亲靠打扫和拾荒补贴家用，她父亲靠打零工为生，偶尔会带着她去工作。那天是一家大户人家女儿的喜日，她父亲的工作是为婚礼做糖鸟模型。萨维赛不知道那些和她巴掌一般大的小鸟可以用来做什么（她父亲告诉她是装饰用的，可她仍然不解，因为它们看上去特别美味），所以她静静地坐在一旁，注视着锅里的糖浆和做好的小鸟，盼望着糖水会滴下来，让她尝尝看。萨维赛的父亲只有一打模具可用，只好让锅里的糖水一直沸腾，不停地赶活。一旦做好一批模型，等它们冷却成形后，他便将这些翅膀张开的糖鸟放到阳光下晾干。萨维赛想趁父亲不注意时尝尝小鸟的味道，哪怕舔一口就够了，但她发觉父亲在盯着自己。此时，她父亲已经做了一百多个小鸟模型。萨维赛弯着腰，注视着它们。过了几分钟，她父亲倒吸了一口气。她扭头看向父亲，他睁大眼睛，指了指那些小鸟，说：“瞧，那只鸟的翅膀断了。”

萨维赛顺着父亲所指的方向望去，确实有只站在队列中的小鸟断了翅膀。她跳起来，不安地问：“阿爸，我们该怎么办？他们会让我们赔钱吗？”

她父亲板着脸，摇着头说：“不，我觉得不会。不过，以防万一，最好把它吃掉。”

萨维赛领悟了父亲的话，开心地笑了。“让我来吃，阿爸，让我来吧。”她跑到那只小鸟所在的那一排，俯下身，小心翼翼地靠过去。突然，她失去了重心，摔了个趔趄，除了她面前的那一两只外，小鸟全被撞碎了。萨维赛趴在一地碎片里，泪水涌上了眼眶。她知道自己要挨骂了，没准儿还会挨一顿打，不仅如此，这些小鸟她父亲都白做了，必须重新来过。最终，她战战兢兢地站起来，糖衣碎片粘满了她的胳膊、腿和裙子，甚至她脸上也挂了几粒糖。她涨红了脸，泪珠滚滚，不敢看父亲，不敢与他对视。不过，当她抬起头来，她却惊讶地发觉父亲正咧嘴大笑，笑出了满眼泪花。她困惑极了。“阿爸，你要重做一遍了，不是吗？”她父亲仍然指着她大笑不止，说：“你比原来更甜美了。”

片刻后，她明白了父亲的意思，飞奔到了他怀里。她父亲又笑了一会儿，然后紧紧抱着她，将她举到半空中。“别再为这些鸟儿发愁了，”他说，“你，我的女孩，你就是只会飞的鸟儿。”

在这个闷热的六月夜晚，萨维赛坐在织布机前，想到了那天的场景，想到了那个浑身粘满糖片的自己，还有“你就是只会飞的鸟儿”那句话。

一道黑影挡住了灯笼的光。

萨维赛回过头，原来是珀妮玛的父亲。他朝她笑了笑。她想这太反常了，平时他从来不笑。随后，他说：“跟我来。”

8

珀妮玛从熟睡中惊醒了。屋外传来了一阵野狗或猪之类的动物发出的呜咽声。她竖起耳朵继续听，那声音又出现了。有人在哭。

这哭声是从哪儿来的?

纺织屋。

珀妮玛从床上跳起来，往那儿跑去。

一道黑影从纺织屋里闪过，灯笼被打翻了。“萨维赛？”珀妮玛轻声叫道。

起初，回应她的唯有沉默。黑暗中，屋里的死寂伴随着炎热变得越来越厚重。接着，她听到了一声微弱的呻吟。

“萨维赛？”珀妮玛说着朝声音传来的方向走去。等眼睛适应黑暗后，她看见屋子的角落里有个要比周围更暗的黑影。她走过两台织布机，它们潜伏在暗处，好似两个邪恶狰狞、饥肠辘辘的高大巨人。然后是那个轻轻抽泣的黑影，模样可怜，好似从出生开始它就在这样抽泣。

她跌跌撞撞地走过去，弯下腰来。

她僵住了。有那么一刹那，她想冲出屋外。她想，我可能是在做梦，还没彻底醒来。可当她伸出手，她摸到了赤裸的肌肤，像暴晒下的土地，像沙漠的沙子般滚烫。接着，她看到萨维赛半裸着，衣服被扯碎了，像残破的风帆附在她身上。“萨维赛，发生什么事了？怎么会这样？”

抽泣声止住了。

珀妮玛跪在地上，抓住萨维赛的肩膀，萨维赛尖锐的肩胛骨好似一头小兽，一艘小船的船身。萨维赛往后缩了缩。珀妮玛往萨维赛的头顶上看去，她发辫散开，长发凌乱，发缝却安然无恙，在灯光下像一条穿过山峦的银色河流。

珀妮玛松开手，问：“是谁干的？”

萨维赛将头埋进膝盖里，发出了受伤而心碎的低声呜咽。

“是谁干的？”泪水溢满了珀妮玛的双眼。

萨维赛拼命摇着头。珀妮玛将萨维赛揽进怀里，抱着她的头，和她一同颤抖着哭起来。珀妮玛想去把父亲或者邻居叫醒，可她刚一动，萨维赛便紧紧抓住了她的手。珀妮玛诧异地望着萨维赛，她的手被拽得生疼。

“是谁？”

她们相互对视了一眼。

“珀妮……”萨维赛喃喃道。

这时，珀妮玛彻底明白了。

珀妮玛发出了一声巨大的尖叫，起码有十个人赶来了。萨维赛缩在角落里，像一头受伤的动物，她罩衫的袖子被撕成碎片，散落一地，裸露的肩膀像荒凉的山丘。人们围住珀妮玛和萨维赛，疑问声和惊叹声像箭一般朝她们飞来。珀妮玛双膝一软，跪倒在地。一个邻居走到她面前问："怎么回事？你们两个出什么事了？"

"拿条毯子来。"有人一边叫着，一边想要搀起珀妮玛，可珀妮玛却用身体护着萨维赛，不肯离开。她想，如果我连这都做不了，我这副身体还有什么用？

第二天早上，天气闷热，天空被太阳照得泛白，空气里有股烟火味。珀妮玛醒了，她眨了眨眼，感到眼皮发涩。她不敢相信昨晚发生的一切。萨维赛依旧坐在原地，盖着别人扔在她身上的床单。珀妮玛看着萨维赛，绝望地想，不，这竟然不是梦。过了一会儿，珀妮玛的弟弟溜进屋来，低着头说："阿爸要喝茶。"

珀妮玛注视着弟弟走出门外，盯着门口发愣。

"阿爸要喝茶。"她小声重复了一遍。这句话就像与她无关一样。

珀妮玛头顶烈日，头晕目眩地从纺织屋走到主屋。她将茶壶装了水，放到炉灶上，开火，又往茶壶里加了牛奶、白糖和茶叶粉。她望着熊熊燃烧的火焰，感觉一点儿也不真实。世界的秩序好似在昨夜颠倒了，她无法若无其事地像平常那样煮茶。从某种意义上来说，她给父亲煮茶要比她父亲昨夜的所作所为更卑鄙。珀妮玛盯着茶水逐渐沸腾，感到反胃。倒茶的时候她把茶杯拿得远远的，好似她那因父亲受伤的手，伤口再度开裂，感染，发脓，生蛆，永远也好不了了似的。

她父亲坐在屋外的麻绳床上，正极力想听清不远处村里的几个老人在说些什么。他一见到珀妮玛便挺直了腰杆，漠然地伸出手，打算接过茶杯。一阵强烈的恨意涌上珀妮玛的心头，紧跟着她打了个哆嗦。她一步步朝父亲走去，却感觉地面像棉花一样软绵绵的，根本踩不稳。闷热的空气和刺眼的阳光使她眼冒金星，直犯恶心。

珀妮玛还剩一两步就要到了，忽然，她眼前一黑，一个趔趄，几滴茶水从杯子里洒了出来，一只手撑地才没摔倒。她父亲拽住了她的另一条胳膊。在珀妮玛的印象中，父亲还是第一次像这样和自己亲密接触。她感到了一种灼热的痛感，仿佛有条巨蟒用爪子、芯子和爪尖缠住了自己的胳膊，蟒鳞像燃烧的炭一般滚烫。她一把推开父亲，惊恐地向纺织屋逃去。

珀妮玛回到了萨维赛身边。

她紧紧依偎着萨维赛，好似犯错的人是她自己。她想起父亲曾经出于一种令人作呕的怜悯之情让她保住了性命。对她来说，这简直是一桩持续多年的侮辱。她想问问父亲，为什么你当时要管我，为什么不让河水把我冲走？

萨维赛的父亲来了，面如土色，绝望至极。他不再遮掩自己那双疙疙瘩瘩、关节弯曲变形的手，而是乞求般地举在胸前。他的手指像遭受过闪电袭击和病虫害的树枝那样上下抖动着。

“我的女儿。”他双眼通红，眼里万念俱灰，声音里充满了悲哀，只说得出这一句话来。

萨维赛的父亲想把萨维赛拉走，可她紧抓着珀妮玛的胳膊不放。

“让她待在那儿吧。”有人在门外叫道。萨维赛的父亲又试了一次，萨维赛将珀妮玛抓得更紧了。珀妮玛看着萨维赛的父亲，就像望着一片空田地似的说：“她想留在这儿。”

到了中午，珀妮玛家突然吵吵嚷嚷来了一群人。接着，来看热闹的邻居、老人和孩子都被劝走了，只有男人们留了下来。萨维赛依旧一动不动。并非是自她紧抓着珀妮玛的胳膊那一刻起，而是从那晚她回头的那一刹那起，她便僵住了。除了用床单遮住脖子以下的身体，眨过一次眼以外，她都像石头般坐着，仿佛这就是她的常态。珀妮玛待在萨维赛旁边，一度不知如何是好，甚至还用手指探了探萨维赛的鼻息，确认她是否还活着。萨维赛含着泪，微弱地呼吸着，以此来对抗所有的言语、声音和没完没了进来的人。

有那么一会儿，人们试图把珀妮玛从萨维赛身旁拉开，但珀妮玛只是近乎疯狂地拽着萨维赛。珀妮玛清楚地听到一个声音说：“按理来说，这会让她染上不洁的东西，何况她快结婚了。”另一个声音说：“什么样的人做什么样的事，一旦被搅进去——”

珀妮玛感到自己是风暴中被压弯的一叶草。她轻声对这阵风暴说，求求你，停下来吧。可当风暴停止时，她却被片刻的寂静吓到了。她害怕寂静会穿过烟尘、高温以及她和萨维赛麻木的身躯，将她们四分五裂，吞噬殆尽。

时间在继续流逝。高温持续不下，炎热慢慢侵蚀着万物。珀妮玛的舌头、耳朵和头皮上都蒙了一层灰，但她毫不在乎。夜晚渐渐来临，她竖起了耳朵。村里的长老仍然在屋外商讨事情的解决方案。过了一阵子，萨维赛的父亲加入了他们的讨论。珀妮玛时不时能听见几声叫嚷，像是落入网中的鸟群发出的惊惶叫声。

“都是因为你。”一个声音说。

珀妮玛抬起头。纺织屋门口站着一个珀妮玛不认识的女人，但她似乎认识珀妮玛。

“都是因为你，”她压着怒火说，“这一切都是你的错。”

珀妮玛又往角落里缩了缩，她背后靠着的墙坚硬，粗糙，冷酷无情。她忽然明白了，这女人是萨维赛的母亲。

“你的错，你的错。”

“我——”

“如果不是为了你，不是为了你们之间的友情，我女儿绝不会来这儿，绝不会留下过夜。你这个魔鬼，你们家全是魔鬼。”萨维赛的母亲哽咽着跪倒在地，抓住门框，向动物般地爬向珀妮玛，“还有那件纱丽。要不是她想为你做纱丽，这件事永远也不会发生。”她爬到珀妮玛面前，一股炽热发臭的口气喷到了珀妮玛脸上。“她是我的女儿，我的女儿，你明白吗？不，你不可能明白，你这个魔鬼。”

有人来了。他们把萨维赛的母亲拖了出去。萨维赛的母亲踢着腿，撕心裂肺地尖叫着，仿佛心脏被捅了一刀。珀妮玛眼里进了灰，她眨了眨眼。之后，寂静和灰尘充斥着整个屋子，笼罩在她和萨维赛周围。萨维赛的母亲好似打开了一扇门，空气汹涌而入。珀妮玛忍不住哭了，泪水不断从她脸上滚落下来。如果她母亲的死是一场风暴，那么这件事就好比一场把所有人都卷入其中的灾难。

形形色色的人从纺织屋里进进出出，谁也不曾留意珀妮玛一眼。傍晚时分，一个小男孩爬进了门口，一个老人拎起他的胳膊，将他带到门外。那老人呵斥道："有什么好看的？"他又说："不过是被糟蹋的东西罢了。"

泪水再次溢出珀妮玛的眼眶。

珀妮玛被眼泪呛得咳嗽，她这才发觉自己忘了呼吸，忘了还有空气这种东西，忘了除痛苦以外的任何事物。

她握着萨维赛软绵绵的手，望着老老少少、男男女女从面前经过，觉得自己好似身在电影院，就是萨维赛曾经对她提起的那座。

"萨维赛？"

没有任何回应。

"萨维赛？"

没有任何动静，哪怕是一个动作、一声呼吸、一次眨眼也没有。

"说点儿什么吧。"

直到深夜，村里的长老终于达成了一致的意见，珀妮玛的父亲应该娶萨维赛为妻。这就是对他的惩罚。

没人来告诉萨维赛这个商讨结果，珀妮玛只听见罗摩耶经过纺织屋门时不满地嘀咕道："她竟然要比你先结婚了。这家靠捡垃圾过活的人甚至都不用给你父亲嫁妆。"

珀妮玛瞪着罗摩耶离去，直到她身旁有什么动了一下。萨维赛眨了眨眼。这是事发后的第二夜，她仍然一动不动地坐在那儿。"萨维赛。"珀妮玛说着，疲惫地摇了摇萨维赛。她希望在自己睡着之前萨维赛能说点儿什么，哪怕是一个词也好，或者做点儿什么，哪怕是一个手势也好，她渴望听着萨维赛的声音入睡，睡个一夜无梦的好觉。

“你还记得吗？”萨维赛说。

珀妮玛困倦地扭过头，嘟囔着问：“什么？”

“传说中的马朱利、笛声和那香甜的果子。”

“记得。”

一阵沉默后，珀妮玛再次沉入睡乡，她往萨维赛那边靠了靠，却感到萨维赛没在那儿了。

“我可以成为任何人，珀妮，但我不会成为你的继母。”

“知道了。”

黑暗里响起一阵脚步的窸窣声。

“珀妮玛？”

“我在听。”

“我是那只会飞的鸟儿。”

次日清晨，珀妮玛被叫喊声和喧闹声吵醒了。屋外有人在叫搜寻队。她环顾四周，屋里除了自己空无一人。萨维赛走了。

Part 2
第二部分

珀妮玛

1

珀妮玛的婚礼推迟了。新郎一家坚持嫁妆必须再加两万卢比。萨维赛被强奸后逃跑的事迅速传开了，谣言四起，据说是珀妮玛帮助萨维赛逃跑的——就连从未见过珀妮玛，不住在因陀罗瓦利村的人也这样认为。人们议论道，这样的女孩还能好到哪里去？谁娶了她都会倒霉。

不仅如此，新郎一家每天捎来的口信都透露着他们对这桩婚事的动摇。新郎的父亲说除了那两万卢比，珀妮玛家还需要给新郎置办一块手表和一辆摩托车。阿鲁娜——新郎的大妹，在和南布鲁村的其他女人闲聊时大声嚷嚷，抱怨说她即将有个地位低下的嫂子。一个女人问："地位低下？这是怎么个说法？"据说，阿鲁娜看着对方，严肃地回答道："她和我比她就跟只猴子差不多。"

最令珀妮玛愤怒的是新郎的母亲。她向珀妮玛的一个远方表亲哭诉自己念过大学的儿子竟然要娶个乡下女孩："这可如何是好，我儿子那么优秀，只有与时俱进，同他学历相当，能给他增光添彩的女孩才配得上他。他未来的妻子应当有品位，懂得穿衣打扮，路过加油站，或者从那些芥子一样黑的乡巴佬面前走过时应当穿着时髦纱丽，戴着漂亮首饰，就像万绿丛中的一点红。"可她以前不是捏着珀妮玛的下巴，说珀妮玛没她原以为的那么黑吗？

珀妮玛想把这些烦心事说给萨维赛听，可她一想到萨维赛便胸口疼痛，心里的光猛地熄灭了。

萨维赛失踪有一个多月了，整整三十三天。因陀罗瓦利村的年轻男人组成了一支搜寻队，往西去到阿姆劳蒂，往东抵达古迪瓦达，往南下至贡都尔，往北上至努兹维德。起初，还有一名警察协同搜寻队搜查，可他两小时后便回到警局，擦着额头上的汗水，声称："上次我像这样为了一个女孩花费一个多钟头的时间还是帮一名立法委员找他失踪的女儿，最后我们在离他家不到两百码外的一口井底发现了她。这些事往往都是这样的，记住我说的话吧，在这样的大热天里，用不了一两天，最多三天，她的尸体就会像脆球饼一样浮出水面。"最终，搜寻队一无所获，不仅没找到萨维赛，甚至连关于她的一点儿消息也没打听到。因陀罗瓦利村的女人们议论纷纷，萨维赛能去哪儿？她是从哪儿消失的？

珀妮玛望向东边奎师那河的方向，同样不得其解。

经过两个月的协商，罗摩耶终于促成珀妮玛的父亲和新郎一家定好了嫁妆。珀妮玛的父亲提出在原有的嫁妆数目上多加一万卢比，先付五千，剩余的五千在珀妮玛婚后一年内付清。此外，他答应送给亲家一辆小型踏板摩托车——罗摩耶向新郎家建议说，以后珀妮玛生了孩子（当然是男孩，他小心翼翼地补充道），小型踏板摩托车用起来会更方便。珀妮玛家忐忑地等了一周，新郎一家勉强同意了珀妮玛父亲的提议，并传话说珀妮玛家应该感激他们的宽宏大量。罗摩耶欣喜万分，他总算把这门婚事说定了，可珀妮玛的父亲却愁眉不展。“至少你用不着卖掉织布机了，”罗摩耶宽慰他，“再说了，现在你还有一台空着呢。”珀妮玛的父亲抬起头，沉着脸，不屑地盯着来送茶的珀妮玛。珀妮玛惊讶地发觉自己也对父亲使了一个鄙夷的眼色。

珀妮玛的婚礼将在一个月后举行。婚礼前的一个月内，珀妮玛大部分时间都待在家里。按照婚姻习俗，订婚后女方要尽量避免在村里露面或走动。何况，有不少村民都在背地里嚼舌根，嫉妒她竟能嫁给一个大学生，所以她还是不出门为好。“还有，”珀妮玛那为了帮忙筹备婚礼在她家住下的婶婶说，“你可不能再晒黑了。”珀妮玛对此不以为意。对她来说，肤色是黑是白，心情是好是坏，人生有无未来，都已变得毫无意义可言。

她懒洋洋地纺线或者帮她妹妹梳头时，偶尔会抬头望向屋外，心想，外面那些闪闪发光的东西是什么？为什么那样刺眼？与此同时，她感到所有人都变得陌生了。她不关心任何人，不理解任何人，包括她自己。月初的一天，她弟弟哭着跑进屋里，举着受伤的胳膊给她看，想让她帮忙包扎，可她只是低头看看他，心不在焉地笑了笑，给了他五十派士，把他推出门外，说：“快去买根香蕉，萨维赛要回来了。”月底的某天，她婶婶让她热一热晚上要吃的米饭，她却坐在角落里，用旷野般空洞的眼神瞪着婶婶问：“你是谁？”有那么两三次，她会感到心里一阵莫名的刺痛，如同刺骨的寒冷一般钻心难忍。这是怎么回事？

她觉得自己也许是病了，可能是得了疟疾，但她很确定疼痛的地方位于左胸腔的心脏上方。一开始，这种痛感很轻微，好比几粒米洒在石板上。她把米一粒一粒捡起来，试图缓解疼痛，可米粒却随之变重了，在她掌心堆成了一座小山。她用手捂住胸口，痛感没有减轻，依旧像拳头似的堵在那儿。她想到了母亲抚在她脑后的手的重量。现在，她胸口上也压着一份重量。不同于母亲的那一份，这份饱受摧残的重量与回忆无关，与思念无关，与一去不复返的童年无关，与温柔的女声或有人喂她吃饭的场景无关，只与三个字有关。那就是，她走了。

2

珀妮玛结婚那周，她的婶婶、叔叔和堂兄弟姐妹们陆续来到了她家。珀妮玛家挤满了人，屋外支起了一顶蓝、红、绿和金色相间的帐篷，家门口和门前的小路挂起了用杧果树树叶现编的花环。姜黄粉、点吉祥痣用的朱砂、椰子、米饭、扁豆、成袋的樟脑、线香和油等婚礼用品不时被运进屋里，放成一堆。根据珀妮玛最近一次统计，她需要负责二十多个亲戚的伙食。珀妮玛用翠绿色的芭蕉叶来盛饭，等所有人吃完饭后又要收集用过的叶子，拿去喂猪。珀妮玛的婶婶和堂亲在厨房里给她帮忙，每过几分钟就会有人——通常是珀妮玛某个年轻的堂亲——打断她手头正在做的事，问她："盐在哪儿？"又或者跟她说："你可真幸运，能嫁给那么好的一个男人。"又或者问她："怎么了？干吗这样看着我？"每当这时，珀妮玛只是用手捂住胸口，感到那里有个很疼的硬块。

时间一天天过去了。

婚礼当天，黎明来得很突然。太阳升起时，朝霞散发出红色、黄色和橙色的光芒，紧接着，烈日开始炙烤大地、女人和村庄。清晨，珀妮玛的所有女性亲戚、她未来的小姑和邻居家的女人们都来为她举行新娘仪式，给她的头发抹上油，用姜黄粉擦身，然后挨个用姜黄米、朱砂和檀香油祝福她。如果赐予祝福的是长辈，珀妮玛便起身，弯腰行触脚礼。新郎的妹妹阿鲁娜，那个把珀妮玛比作猴子的女人，站在稍远处观望着，好似这一切都令她厌烦。轮到阿鲁娜向珀妮玛献祝福了，她将姜黄米撒向珀妮玛。珀妮玛低着头，米粒落在她头顶，像拳头，像冰雹。她被砸醒了。她似乎正从一个五味杂陈的长梦中醒来，这梦很真实，因此，当她注视着二十个女人围在身边，朝她露出一口黄牙微笑时，她以为眼前发生的才是梦。她眨了眨眼，越发低下了头。她盯着洒落一地的米粒想，又是米，这世上除了米难道就没有其他东西了吗？

婚礼占卜仪式将在晚上八点十六分举行，祭司会根据新郎新娘的星盘为他们决定举行婚礼的最佳时间。七点过后，珀妮玛和祭司坐在门廊下，在没有新郎的情况下开始了葛里普迦[①]。接下来，珀妮玛将被带到婚礼台曼达帕姆[②]里，坐在新郎吉舍尔旁边，完成后续仪式。最后吉舍尔会给她戴上象征婚姻的项链芒加苏特拉。珀妮玛跟随着祭司的引导进行普迦，可她感觉自己像在梦中，眼前的事好似发生在某个遥不可及的地方，与她无关。祭司念念有词，珀妮玛盯着膝盖，随后像所有新娘都会做的那样，低下头，双手合十祈祷。

她身上红绿相间的纱丽是重缎丝绸制成的，戴着的几件珠宝多是仿制和借来的。她两只手腕上各戴了一串镯子，在香樟木燃起的火焰的照映下闪闪发亮。她的手臂和双脚上覆盖着青苔般厚重的海娜[③]图案。

从婚礼仪式到装饰一新的家到前来帮忙的婶婶们再到做普迦和年轻祭司的唱诵祝福以及朝她一股脑涌来的色彩、嘈杂和人群——这一切珀妮玛都毫无感觉，仿佛是她透过一扇窗户看到的景象。

透过这扇窗，珀妮玛发现祭司正看着自己，于是她有些坐立不安，被焚香的味道呛得咳嗽起来。“注意，”祭司说，“现在起身。”是时候去曼达帕姆了，新郎正在那里等她。

珀妮玛的父亲来到她身旁，准备将她领向婚礼台。珀妮玛望着父亲严肃的脸，她想他也许对她或者对要求加嫁妆钱的新郎一家又或者对自己的无能感到不满，不过，这只是她的猜想罢了。她唯一能看到的是她自己正走向失常。她父亲说：“走吧。”她问：“去哪儿？”

---

①葛里普迦：原文为Gauri Puja，一种印度的婚礼仪式，由新娘完成。

②曼达帕姆：原文为mandapam，一种印度南部举办婚礼或宗教仪式时临时搭建的帐篷。

③海娜：原文为henna，一种印度植物彩绘，用以祝福婚礼。

太阳开始落山了，西边的天空染上了黄色、橙色和红色的霞光。东边的地平线再次泛起灼热的白光。珀妮玛想，我要被带到哪儿去？不过无论是哪儿都不重要吧。可真的是这样吗？她带着好奇望着夕阳想，多美的夜晚啊，我身上的纱丽也很漂亮。这个想法让她觉得高兴，原来她从窗户里见到的这幅景象如此动人。可她听却到内心深处有个声音在说，不，我不想穿这件纱丽，我不想结婚，不想要这个父亲。她问自己，那我到底想要什么？她不知道。于是她不再往下想，强颜欢笑着继续往前走。

一路上，珀妮玛遵从习俗低着头，但她知道她正在靠近婚礼台。她感到越来越热，呼吸也越来越困难。她父亲正一心一意盯着婚礼台，似乎没注意到她的变化。珀妮玛心里发慌，喘不过气，她想拖住父亲的脚步，可父亲却抓着她的胳膊肘不停地往前走。

“我想停下来。”她对父亲说。

她父亲越发用力地拽着她的胳膊，说：“别傻了。”

别傻了，珀妮玛想，有这句话就够了。于是她一遍遍在心底默念，别傻了，别傻了，别傻了，别傻了，别傻了，别傻了，别傻了，别傻了。直到她来到曼达帕姆前，跨上两个台阶，在新郎身旁坐定。

别傻了，她对自己说。

珀妮玛的父亲把她的手放到了新郎手里。珀妮玛不想看新郎一眼。有什么好看的？这个陌生男人是谁？不管怎样，他握住了她的手，做起了普迦。祭司递给珀妮玛两根香蕉、一个苹果。她盯着手里的水果，它们是那样熟悉，那样诱人，好像她命中注定要拿着它们似的。

这是怎么回事？

珀妮玛想问问坐在身旁的男人，也许他会知道答案，但却听见祭司像嘱咐过她好几次一样不耐烦地说："阿玛，你听到没，把水果给新郎。"于是她想，先把水果给他然后再问也不迟。新郎将右手缓缓地伸到了珀妮玛面前，她微微抬高视线，随后倒吸了一口气。这是一只残缺不全的手，少了中指和食指。食指骨节处的肌肉萎缩了，干巴巴的，而且仍然是粉色的。中指末端的皮肉往里凹陷闭合，像是没牙的老人的嘴。珀妮玛吓得往后缩了缩。

那么，她厌恶地想，这就是他们所谓的"癖好"吧。她记得还有什么人也有一双这样怪异的手，似乎是某个人的父亲。然后她想，可我眼前的这个男人是谁？为什么要把两根香蕉和一个苹果给他？这些水果是我的，我可不想把它们放在他那残疾的手上。

珀妮玛终于醒了，不知是因为水果，还是因为吉舍尔给她戴上了芒加苏特拉。她的五个手指被他的三个半指头拽着，他带着她绕着火堆走了七步。她现在明白了，眼前的景象并非是她透过窗户所看到的。如果她眼前真有那么一扇窗，那也已经被石头砸碎了。新鲜空气扑面而来，她盯着那块石头，那一地玻璃碎片，这一刻，她明白自己嫁人了。

3

珀妮玛丈夫一家不住茅屋，住的是楼房。房子是混凝土造的，两层高，一楼有四个房间，二楼有一个大卧室和一个屋顶露台。露台主要用来晾衣服，此外，夏天最热的那几天里，一家人会抱着席子上楼，在露台上睡觉。大卧室是吉舍尔和珀妮玛的婚房，珀妮玛的新婚之夜也将在这里度过。珀妮玛在她堂妹的陪伴下来到了她的新家。吉舍尔家按照阿提[①]仪式在门口点了一盏灯，珀妮玛的婆婆和小姑站在家门口迎接她们的到来。珀妮玛低头盯着自己的脚趾，跨进门去。

珀妮玛和吉舍尔在亲朋好友的起哄下做起了古老的游戏。游戏规则也是以前传下来的，先将一个铜瓶灌满水，然后往瓶里丢一只戒指，戒指沉入瓶底后，新郎新娘要同时用右手去抓戒指，谁先抓住谁便获胜。为了将手伸入狭窄的瓶口，两人必须十指相扣。这相当于他们在新婚之夜前的第一次肌肤之亲。珀妮玛将手伸进瓶中，随后一阵反胃。她抓住了他的三根手指，大拇指、小拇指和无名指。他用无名指抓着她的无名指，食指骨节和生肉一般的残余部分也抵着她的手背，中指的位置像是空缺着。珀妮玛腼腆地微笑着，努力掩饰着心里的厌恶。她对自己说，这是你丈夫，从此你就要开始新生活了。然后，她抬头看向新郎。与其说他在回望着她，不如说他那异样的目光仿佛要将她洞穿。珀妮玛思索着，这目光其实并不陌生，从童年到青春期再到现在都时常会落到她身上。这目光是属于男人的，当他们这样看向她时是在想象她赤身裸体的模样，想象如何挑逗般地脱去她的衣服，夺取她的贞操，毫无感情地征服她，得到她，满足自己的欲望。想到这里，珀妮玛感到自己似乎已然赤裸，已然耗尽，已然腐烂。

①阿提：原文为aarthi，印度教祈福仪式的一种，仪式中人们为神明点亮烛光或火焰。

她感到她已然被吞掉了。

她仍在假装努力摸索戒指，但她已经知道赢的人是她丈夫，输的人是自己了。她哭了。不过，没人会觉察到她的眼泪，就算有人真的注意到了，也会认为这是因快乐流下的泪水。

那晚，闹洞房的人群散去后，珀妮玛进行了沐浴，穿上洁白的纱丽，将盛开的茉莉花别在发间，然后端着一杯藏红花调香的温牛奶，在她堂妹玛莉和吉舍尔的几个女性亲戚的陪伴下踏上台阶，缓缓走向二楼。她的步伐如此缓慢，以至于玛莉觉得她可能又要流泪了。玛莉对珀妮玛家过去发生的事一无所知，但她知道这场婚礼是在怪异的寂静中举行的，她猜想这可能和几周以来那个在珀妮玛家的纺织屋里爬进爬出，蜷缩在珀妮玛怀里的疯女人有关。那女人玛莉只远远地见过一回，但她的某个堂兄曾好好瞧过，并告诉她那是专吃新生儿的罗刹女。玛莉问他："为什么是新生儿？""傻瓜，新生儿的肉最嫩。"这话确实在理。"所以我们的肉已经硬得咬不动了？"玛莉的堂兄看着她，轻声叹了口气。"我是皮糙肉厚，不知道你的怎么样，让我看看吧。"他捏了捏她的胳膊，又说："恐怕你说得没错。"根据婚礼传统，新娘需要在一名年轻的女性亲戚的陪同下去新家。玛莉几乎不认识珀妮玛，但她很高兴自己能承担这个任务。但当她觉察到珀妮玛正处于巨大的痛苦中时，心想自己还不如和罗刹女待在一块儿呢。

玛莉和其他女人将珀妮玛送到二楼婚房门口，咯咯地笑着跑下了楼。

珀妮玛目送她们离开后，打量起了眼前的房门。门框顶上装饰着一圈嫩绿的杧果树叶花环，整扇门是绿色的，刚刚重新粉刷过，门上印有具有祝福寓意的点点朱砂和姜黄粉。她停在门前，侧耳倾听。她不是在听屋里的动静，她知道丈夫正在门后等她。她说不出自己想听到什么，也许是一个引导她离开这里，走向露台边的声音。可她什么也没听到。她手里的那杯牛奶正在变凉。她低头看着牛奶表面那层绵密的薄奶皮。她惊讶地想，真奇怪，牛奶会想要保护自己？怎么会突然间就变强大了？

珀妮玛将玻璃杯放在门口，走上了露台。露台的水泥地被太阳烤得发烫，她却无知无觉。她瞧见地上好像有什么东西在发光，走近一看，发觉那不过是张太妃糖的糖纸罢了。珀妮玛不知道自己在期待什么，不然她以为这是什么？硬币还是宝石？她失落地席地而坐，盯着糖纸说："你可以是钻石。"她又说："你可以是任何东西。"糖纸闪烁着光芒，仿佛在回应她。此时，黑夜来临，天气已有些许凉意，水泥地却散发着三十几度高温的余热。珀妮玛坐在地上，毫不在意。她想起了一件小时候的事。那时她大概三四岁，有一次她母亲带她去市场买菜。回家的路上，她母亲在干货店停下来买丁香。店里的柜台上有几个糖果罐，里面装满了巧克力糖、饼干和太妃糖。珀妮玛被吸引住了，央求母亲给她买颗糖。她母亲看也没看她一眼便说："不行，我们没钱买这个。"

珀妮玛仍然紧盯着糖果罐。

这时，一个体态丰满的女人带着她胖嘟嘟的儿子进了店里。她儿子看起来年纪比珀妮玛大，却似乎长得比她慢。尽管那时珀妮玛还很年幼，但她明白这个男孩是在蜜罐里泡着长大的，不缺吃穿，颇受宠爱。他指着太妃糖罐，没有开口说话，而是直接拽了拽他母亲的纱丽。干货店的老板见状连忙打开糖罐，喜出望外地说：“尽管拿吧，拉玛纳·卡鲁先生。”男孩抓了一把糖，走开了。老板忙着去招呼男孩的母亲了。珀妮玛的母亲正俯身在香料罐里挑拣丁香。珀妮玛扭头望向糖果罐。

盖子还开着。

回家路上，珀妮玛把那颗太妃糖紧紧攥在拳头里。等到家后，直到她母亲去做晚饭，她弟弟都去玩耍了，只剩她独自一人的时候，她才慢慢剥开糖纸。红色的糖果和她的掌心差不多大，在她手里闪烁着，像一颗外表光滑、味道甜美的宝石。她舔了一下，两下，然后忍不住把它塞进了嘴里。这不是她第一次尝到太妃糖的味道，但这是她第一次吃下一整颗糖。以往她母亲总是会把一颗糖敲碎，让她和几个弟弟分着吃，这令她心碎不已。她总是想，这也太不像话了，为什么非要把一颗美味的红宝石弄碎呢。为此，她恨母亲，胜过跟她抢糖吃的弟弟们。不过，好在她这次吃到的糖是完整的。她不断吮吸着，直到甜味充满了她的口腔和喉咙，糖果变成了薄薄的一小片。她听到母亲叫她时，先把太妃糖咽进了嗓子里，才走到了茅屋后面。她母亲正在做饭，珀妮玛被柴烟呛得一阵咳嗽。

“你在吃什么？”她母亲问。

珀妮玛盯着母亲，一言不发。

“过来。”她母亲说。

珀妮玛往前踏出一小步。她母亲挤了挤珀妮玛的脸颊，珀妮玛像条鱼似的撅起了嘴。“把嘴张开，”她母亲说：“别以为我没看见。”

珀妮玛嘴唇微张。她母亲使劲挤着她的脸，直到她把嘴完全张开，露出了红石榴般光滑闪耀的糖果。

“你偷了糖？”她母亲问。

珀妮玛什么也没说，接着，她点了点头。

她母亲叹了一口气，说：“珀妮玛，你不该偷东西，你知道的，是不是？你永远也不该这样做。”珀妮玛看着她母亲，又点了点头。“糖已经被你吃了，所以明天我们得去店里把钱付了。我不会把这事告诉你父亲，可你要明白，这颗糖不属于你。珀妮玛，你要好好记住，永远别去碰不属于你的东西，好吗？”

珀妮玛的确记住了，但现在她的想法变了。在这个新婚之夜，她坐在露台中央，盯着糖纸，想起母亲，想起那颗红色太妃糖，她感到糖果的那股甜味仿佛仍然余留在舌尖，回荡在喉咙里，却不觉得母亲是对的。“阿妈，”她对糖纸说，“我要是能够到不属于我的东西该多好。我要是坚持在婚礼前见他一面该多好，我就能像他们数我的指头那样数一数他的指头。我要是拒绝了这门婚事该多好。我要是能让你活下来，让山羊活下来，让蓝色的闹钟继续报时该多好。我要是曾对你说你就是笛声该多好。”她捡起糖纸，说：“你瞧，阿妈，我要是能得到不属于我的东西该多好，我要是有勇气该多好。”

珀妮玛扔掉了糖纸，任它随风而去。

她走回婚房门口。她丈夫还在等她进屋，也许已昏昏欲睡。她端起那杯已经凉透了的牛奶，看见奶皮上有几粒灰尘在打转。她试图让它们说服自己。它们好像在说：“坚持住，别沉下去了，让这浓郁的白色水流带你往前走吧。”牛奶会把她带去哪儿？她不知道。她只知道门背后有个男人正等着她，但不是她父亲。她现在属于这男人了，目前来看这是件好事，何况她新家的生活条件也更好。

卧室里有一张床、一个带有全身镜（镜框是结有果实的葡萄藤的形状）的木制大衣柜、一张书桌和一台电视机。这里竟然有电视机！因陀罗瓦利村没有哪户人家能买得起电视机。吉舍尔见珀妮玛紧盯着电视，说：“你要白高兴一场了，电视是坏的。”珀妮玛的目光从电视回到手里的那杯牛奶上。吉舍尔接过牛奶一饮而尽，将杯子搁在了床头的小圆桌上。床上铺着黄色的薄床单，摆着一个用玫瑰花瓣拼出的爱心。珀妮玛不知道是谁制作了如此美丽的造型，她想在避免弄坏它的同时小心翼翼地坐到床边，好好欣赏一番，这样她便满足了。吉舍尔似乎对这个玫瑰爱心完全不感兴趣，他迫不及待地将她推倒在床上，扯开她的纱丽，一头钻进了她的罩衫里。他湿润的嘴唇在她身上蠕动，他抓着她胸部的手指好似马铃薯的茎块。紧接着，有什么东西插进了她体内。她害怕极了，叫不出声，只能发出一声呜咽。吉舍尔嘟囔着骑到了珀妮玛身上。珀妮玛望着吉舍尔那颤抖的脸和扭曲的表情，一时分不清哪种痛苦来得更凶猛：是吉舍尔对她做的这件事，还是她正体会到的感觉。不过，好在随后痛苦结束了。吉舍尔最后一用力，低头看着她，发自内心地露出了微笑。珀妮玛想，好吧，现在我属于你了。接着，吉舍尔把她推到了一边。黑暗中，她感到身下的玫瑰花瓣像雨水般冰凉而宽容。吉舍尔用睡意浓浓的声音说：“我每天要喝两杯咖啡，早上醒来一杯，午饭时一杯，你明白了吗？”

珀妮玛点了点头，努力想明白这一切。

4

吉舍尔和珀妮玛新婚近一个月了。一个周日，吉舍尔带着珀妮玛和他十七岁的妹妹阿鲁娜（她比吉舍尔小六岁）去了维杰亚瓦达。吉舍尔的另一个妹妹叫迪维娅，珀妮玛第一次见她是在婚礼上。迪维娅比吉舍尔小十岁，性格和阿鲁娜截然相反，好学又文静，她因为要准备考试所以不愿外出。因此，早饭过后，珀妮玛、吉舍尔和阿鲁娜便出发了。珀妮玛穿上了她最好的纱丽。这件橘色粉边的纱丽是她的一件结婚礼物。他们在车站附近的一家餐馆吃了玛莎拉多萨。阿鲁娜和吉舍尔对食物很不满意，阿鲁娜抱怨说餐馆的咖喱淡而无味，服务员过于懒散，吉舍尔则说这家餐馆离他以前上班的地方，那家位于安妮贝赞特路的公司太近了，要是远一点儿就好了。珀妮玛什么也说不出来，她之前从来都没在餐馆吃过饭。之后，吉舍尔带她们去了电影院。

这对珀妮玛来说也是第一次。

吉舍尔买票去了，珀妮玛和阿鲁娜在一边等着。珀妮玛忽然热泪盈眶，她多么希望和她来看电影的是萨维赛，就像她们原先计划过的那样。不过，她一走进影院便猛吸一口气，把萨维赛的事全然抛到了脑后。这是她头一次见到如此开阔的空间。电影院内部仿佛是一个巨大的洞穴，只不过被人凿开了，装上了灯光。她惊叹地打量着周围，金色的灯光沿着墙壁从高处射下，人们正急着对号入座。那些毛绒质地的红色座椅有的被磨破了，但看上去仍然很高级。她想吉舍尔和阿鲁娜以前一定来过这里，因为他们轻车熟路地把她带到了中间的一排座位那儿。

帷幕拉开了，荧屏亮了。珀妮玛再次大吃一惊。荧幕上的人高大极了，像是会踩到她。她睁大了眼睛，觉得有点儿害怕，于是不安地扭头望向吉舍尔和阿鲁娜，可他们看似乐在其中。电影讲述了一个伤感的爱情故事，一对恋人因为双方父母反对他们的恋情而被迫分开了。女孩的父母尤其不愿让他们交往，因为男孩既没钱也没工作（起码珀妮玛是这样理解的）。不过他长得很帅气，而且有辆漂亮的摩托车。女孩的父母为了阻止他们见面，把女孩送到了在山区的房子里。虽然故事情节令人难过，其中却穿插着这对恋人在克什米尔、西姆拉和瑞诗凯诗这些地方唱歌跳舞以及在雪地里嬉戏的场景。珀妮玛看到女主角仅身着一件半透明的蓝色纱丽，便凑到吉舍尔耳边问："她冷不冷？下雪天一定很冷吧？"可吉舍尔没有理会她，也可能压根儿就没听见。

电影接近尾声了。女孩家的一个贪心亲戚想将女孩父母的公司占为己有，男孩发现了这个阴谋，用枪指着那个亲戚，将他轰出了公司。女孩一家因此保住了所有财产——钱、珠宝和汽车——并且幸免于陷入无家可归的境地。女孩的父母这才看清男孩的聪明机敏，最终同意让女孩嫁给他。

珀妮玛被这对几经波折终成眷侣的爱人深深打动了，她感动得哭了。吉舍尔和阿鲁娜看着她，哈哈大笑。“这电影也没那么好看。”阿鲁娜说。珀妮玛一点儿也不同意她的看法。在坐车从维杰亚瓦达回南布鲁的路上，汽车驶过一片片空空的水稻田以及枯萎的棉花和花生地。远处的山峦渐渐被夜幕所笼罩，珀妮玛意识到，她哭泣不是因为电影，而是因为她一刻也不曾忘记过去。从某种意义上而言，她看电影时萨维赛就坐在她身旁，这要比吉舍尔和阿鲁娜坐在她身旁重要得多。她可以想象，男主角拔枪时，萨维赛会紧张得抓着她的手。这男主角萨维赛一定会喜欢，因为他和她们一样穷困，同时他对心上人的感情坦诚而强烈。如果萨维赛看见那可怜的女主角在冰天雪地里只穿着薄薄的纱丽，她会摇着头说：“想想看吧，珀妮，她会有多冷啊。”她还会说：“这雪地看着像酸奶饭，对不对？”

之后的几周里，珀妮玛一遍又一遍地在心里回顾这次看电影的经历。她想到的不仅仅是那部电影，还有人们看电影时着迷的模样，尤其是吉舍尔和阿鲁娜当时全神贯注的神情。不仅如此，荧屏上的闪烁灯光和变换色彩也令她惊叹不已。在此之前她从没见过电视机是如何工作的，更别说电影是怎样放映的。过了几个月，珀妮玛感到发生在自己身上的事就像荧屏上放映的电影，时隔已久却记忆犹新，一波三折却毫不留痕。

比方说，有一天晚上，珀妮玛正在给全家做饭，她婆婆走进厨房（珀妮玛的新家将一个单独的房间用做厨房，这让珀妮玛觉得不可思议），问她有没有看到一对花状的石榴石耳环，她要戴着它们去寺庙祭拜。珀妮玛并不知道婆婆还有一对这样的耳环，所以回答说不清楚，然后转身又去做茄子土豆咖喱了。她正往咖喱里放盐时，婆婆仔细瞧了瞧她，然后大声叹了一口气，咕哝道："这些穷人啊，他们知道什么呢。"珀妮玛放下勺子，望着婆婆离开了厨房。她想，穷人要知道什么呢？

不久后，这部围绕珀妮玛展开的电影却变得越来越真实，越来越危机四伏。

一个周日下午，全家人正坐在一起喝茶吃帕可拉，珀妮玛刚坐下来喝了口茶，阿鲁娜便紧盯着她，然后扭头对珀妮玛的婆婆说："我有条丝制的夏瓦尔[①]被洗脏了，阿妈，你说这会是谁干的？"她解释说那条夏瓦尔原本是淡粉色的，却染上了刺眼的蓝色和紫色斑点。阿鲁娜和她母亲同时看向珀妮玛，眼里闪过一丝恨意。"你洗衣服时把这条夏瓦尔和别的什么搞混了，对吧？是不是那条蓝毛巾？我敢说你一定是这样洗的。阿妈，她这是嫉妒，有的人就不配拥有美好的东西。你就是这么洗的，对不对？你怎么能做出这种蠢事来？"

珀妮玛张了张嘴，想要辩解几句，但她无法肯定自己是不是真的做错了事。全家的衣服都是她洗的，也许她的确是将阿鲁娜的夏瓦尔和一条蓝毛巾泡在了一起。可如果真的是这样，她也不是故意的，更不是出于嫉妒才这样做的。珀妮玛看了看吉舍尔，他正专注地吃着洋葱帕可拉。她又看了看她公公，只要她婆婆在场，他便很少说话，家里一旦起了争执或是需要他主持公道时，他就会默默离场。今天，她公公坐在一旁，双手合十，像凝视一口深井那样盯着其他人。只有迪维娅会站在珀妮玛这一边——珀妮玛逐渐对这个神情严肃的女孩产

①夏瓦尔：原文为shalwar，一种印度女式灯笼裤。

生了好感，但她作为全家年纪最小的成员说话没有分量，总会被训斥闭嘴。

珀妮玛还未来得及向迪维娅展开求助，就被坐在她身旁的婆婆扯住了发辫，她不得不把头扭了回来。“还不快道歉，”她婆婆低吼道，“快点啊。”珀妮玛对此感到很诧异，她沉默着，连一声叫喊也发不出来。最终，她婆婆松开了手，她也道歉了。当晚珀妮玛辗转难眠。她想，我不该这样做，不该退缩。我不确定自己是不是做错了事，甚至不记得自己是不是见过那条夏瓦尔。我根本没理由道歉，这个道歉毫无意义。于是，那一刻，珀妮玛做出了一个决定——她没料到自己竟然也会有想做决定的一天——那就是她不会为自己没做过的事，为自己没犯下的错误道歉。这样想着，她微笑着沉入了梦乡。

珀妮玛新婚六个月后，她的生活越发艰难了。珀妮玛的父亲在婚礼上给了吉舍尔家事先说好的五千卢比。之后，他从纺织社借了高利贷，还雇了一个不怎么会织布的年轻男孩，保证家里的两台织布机每天都在工作。可是，他还没给吉舍尔买小型脚踏摩托车，也无力支付另外那五千卢比。珀妮玛对这些情况一无所知，她基本上和父亲没有往来，直到吉舍尔一家开始频频暗示她还欠着钱。不过，与其说是频频暗示，不如说是反复追问。

起初，珀妮玛甚至不知道吉舍尔一家说的是这五千卢比的嫁妆钱。他们的说法很委婉，而且会用“某些人”来指代她娘家。他们说，某些人拖拖拉拉的一直不还债。或者说，某些人，尤其是家里有几个女儿的穷人一点儿也不值得信任，他们的不幸凭什么要由我们来承担？再或者，他们会说，骗子，我最受不了的就是骗子。直到几周后，吉舍尔一家才挑明了话头。一天晚上，珀妮玛等其他人都吃完晚饭后——吉舍尔和他父亲先吃，然后是他母亲、阿鲁娜和迪维娅，最后才轮到她——正坐在厨房的地上吃自己的那份时，她婆婆走进门，来到她面前说："亲爱的，这些够你吃吗？"

珀妮玛惊讶地抬起头。亲爱的？

"没关系，"她婆婆接着说，"尽管吃个饱吧，你可以靠我们生活。不过，我们又能靠谁呢？"

珀妮玛想找个机会和吉舍尔谈谈嫁妆的事。一天晚上，两人回到楼上的卧室后，她决定对他敞开心扉。现在是一月，夜晚有些凉了，薄被单收起来了，睡觉需要盖羊毛毯。深蓝的天空上，星星闪着寒光。珀妮玛在露台上待了一会儿。她往远处望去，和她从小长到大的那个家一样，南布鲁村多数人家都住茅屋。灯笼的金色火光照亮了茅屋间尘土飞扬的小路，空气中传来了柴火的味道，似乎有人在烧火做饭，烤制小麦做的圆普卡[①]。珀妮玛注视着因陀罗瓦利村的方向，她知道那里的夜晚也很寒冷，那里的空气里也弥漫着相同的气息。不过，她对那里已毫无留恋。冬天仿佛住进了她心里，她的心被烟火味和遥远的寒星填满了。

珀妮玛进屋后，吉舍尔便让她来到床前。他躺在毯子上对她说："脱掉罩衫。"珀妮玛照做了，然后将纱丽末端绕过肩膀，挡住胸部和一双纤细的手臂，在纱丽的遮掩下她的身体曲线仍然隐约可见。"不，"吉舍尔说，"全脱掉吧。"珀妮玛半推半就地脱下衣服。尽

①普卡：原文为pulkas，一种面粉做的烤饼。

管结婚六个月以来，每晚吉舍尔都会骑在她身上，释放体内原始的兽欲，可她还是会下意识地害羞。吉舍尔又说：“给我按摩按摩脚。”珀妮玛听罢，走到床尾给他按摩。她的手每天都在替她忍受屈辱、指控和家务的折磨。她还在因陀罗瓦利村时，双手就因纺线和做家务变得很粗糙，如今她频繁劳作，手上起了茧，还有很多裂开的口子。她抬了抬眼，看见吉舍尔闭着眼睛。她感到胸前受凉，但却不敢披上纱丽。她想吉舍尔一定睡着了，于是稍稍放缓了按摩的速度，他却立刻喊道：“继续按，谁让你停下来了？”她听到吉舍尔轻轻哼了一声，也可能是嘟囔了一句什么。过了一会儿，他说：“过来。”他先让她趴着，要了她一次，然后让她翻过身，又要了一次。他坐在她身上，发泄后久久不肯出来。珀妮玛眼睁睁看着三只蚊子轮番攻击着自己，贪婪地吸着血，把肚子喝得鼓鼓的。

等吉舍尔把她推开后，珀妮玛酝酿了一会儿，深吸了一口气，说：“我没办法，我父亲拿不出钱，我也不知道该怎么办。”

屋里一阵沉默。空气变得异常凝重，两人炽热的体温又引来了一只蚊子。珀妮玛扇走了它。

“你会有办法的。”吉舍尔说。

珀妮玛在黑暗中瞪着他。片刻后，她问：“我能怎么办？”

吉舍尔的声音变得冰冷无比，屋里的温度也骤然下降。蚊子全飞走了。“告诉你父亲，”他说，“要是他还拿不出钱来，那就做好最坏的打算吧。”

“最坏的打算？什么意思？”

吉舍尔没有回答。过了几分钟，他打起了鼾，很快睡着了。珀妮玛失眠了。好在蚊子又回来了，她心甘情愿地为它们奉上鲜血，希望自己别再想下去。

也许是这场谈话的缘故，也许是另有原因，那晚过后，珀妮玛接连几周一有机会就会把自己锁在卧室里。有时是在做家务的间隙里，有时是在迅速干完家务活以后，有时她干脆随便找个借口溜回楼上，在床边坐下。她不想躺在床上，这会使她想起吉舍尔。她也不愿想起萨维赛，所以也绝不闭上眼睛。

相反，她会把整个卧室仔细打量一番。房间的墙是浅绿色的，其中两面墙上有水印。房门两侧各开了一扇面朝露台的窗，两扇窗都装有防盗栏和百叶窗。她想，这里能偷的东西可不少。比方说，那件美丽的木衣柜，她那因陀罗瓦利村的家里没有哪件家具能比得上它。衣柜里主要挂着吉舍尔的工作服，此外，还有她在婚礼上穿的纱丽，吉舍尔用来保管文件、珠宝和现金的上锁的金属盒，以及一个据说是吉舍尔的某个远房亲戚从美国带回来的罩着塑料套的洋娃娃。还有一尊被小心翼翼珍藏着的铜像，放在指定的位置上，用几件衣服包裹着。吉舍尔在大学里连续四年成绩排名都是第一，这尊铜像是学校因此颁发给他的。还有樟脑球，散落在衣柜的角落里。卧室的另一侧摆着电视机和书桌。电视机还是坏的，珀妮玛猜测兴许一开始就用不了。不过电视机能彰显财力，为了防止落灰，上面还罩了块棉布。

书桌紧挨着电视机，桌上有几份文件。吉舍尔曾对珀妮玛说过，这些文件和衣柜里的那些不一样。衣柜里的是政府文书和银行存折，桌上的是工作文件。珀妮玛看到那些工作文件摆放得有些凌乱，于是起身走到桌旁整理。她拿起文件一看，上面原来是表格。表格共有六列，每行都写满了数字，做了标记。她觉得看不懂，于是把文件理了理，放回桌上。突然间，有什么引起了她的注意，她又瞟了一眼表格第一行的数字。将第二到第五行的数字相加就能得到第六行的数字，至于第一行，写的是日期。这其实没那么难懂。珀妮玛小学只读到了四年级，之后便没有继续上学，但她算术加法学得很好。她又研究起了表格里其余几行，最终明白了那也不过是在做加法罢了。

吉舍尔的工作就是做这个？珀妮玛差点儿放声大笑。他每天要求她给他按摩足部，早上给他熨衬衫，等他下班回来一进门便要给他倒水喝，好似他回家需要穿越沙漠，好似他的工作任务有多么艰巨，实际上，他上班只用做加法而已！不过，她又看了看其余几页文件，却发现它们更复杂，不是把数字相加那么简单。

珀妮玛叹了口气，往楼下走去。午饭的餐盘还没洗，晚饭也要准备。她婆婆和阿鲁娜要在下午四点喝茶，而现在已经十点多了。她来到厨房忙碌起来，把水和牛奶烧开，迅速往茶壶里加入茶粉，然后拿出糖罐。她继续琢磨着那些文件和表格。也许萨维赛是对的，做会计不比父亲让她去市场买菜难。父亲给她的钱往往不够用，可她仍然要买够全家人吃的蔬菜和大米。而且，他还要求她节约用钱，并向他交代买菜的情况。如果她买了五卢比一公斤的马铃薯，他会说："这些我用四个卢比就能买到。"如果她用四卢比买到了一公斤马铃薯，他又会说："这些太小了，而且坑坑洼洼的。"

珀妮玛舀了几勺糖放进茶里。突然间，她放下了勺子。她抬起头来，惊讶地发觉自己刚刚想起了萨维赛。不同于往常，这一次她没有感到那习以为常的钝痛，也没有疑惑或是想念，就连那股对父亲的强烈恨意也不见了。她第一次如此平静地想起萨维赛，以往她心头涌现出的那些情绪仿佛是只风筝，忽而被劲风吹走了。珀妮玛露出了微笑。但下一秒，她的笑容消失了，绝望、悲伤、混乱的感觉跟着全回来了。萨维赛的失踪让她揪心不已，有时在夜里，她会蜷缩在露台的一角，望着月亮和星星流泪。

不过，有两件事她很确定，那就是她心里总算轻松了一会儿，而且她明白了做账并不难。

5

珀妮玛第一次跟她婆婆起争执是在阿鲁娜相亲那天的早上。阿鲁娜比珀妮玛大六个月，可她直到现在还没出嫁。对于阿鲁娜和她母亲来说，问题出在上门提亲的男孩都达不到她们的期望。有个海得拉巴人做着一份薪水优渥的工作，但他是个秃子。另一个相亲对象个头高，长相帅气，可他母亲尚在，父亲却在外面另有所爱——谁知道重婚这毛病会不会遗传？还有一个对象，她们对他的工作、发际线、家庭声誉等方面都很满意，但他几乎和阿鲁娜一样高，而阿鲁娜去电影院或餐厅都喜欢穿稍微带跟的鞋。“我能怎么办？”阿鲁娜撅着嘴说，“难道要像其他村民那样去哪儿都穿拖鞋？”

今天来提亲的男方是贡都尔县的，在塔塔咨询服务公司工作，以前因为做项目出差去过美国，以后兴许还有机会再去。他是独生子，以后会继承家族的全部财产。还有，他长得像电影男主角，起码前去打探情况的媒人是听男方的某个邻居这样说的。“哪个男主角？”珀妮玛问，“是我们上次看的那部电影里的吗？”阿鲁娜皱了皱眉，摇摇头。“不，不是那个，你懂什么，是一部好电影里的男主角。”

提亲的人到底长得像哪部电影的男主角其实已无关紧要。早上四点，吉舍尔一家便起床忙乎，拖洗每个房间的石地板，擦拭所有家具，掸去沙发和椅子坐垫上的灰尘。阿鲁娜洗了头发，换好衣服，简单地做了普迦——向拉克什米女神供奉，并点燃香火。提亲的那家人下午三点上门，但他们没说会不会留下来吃晚饭，所以珀妮玛要备足酸豆汤和咖喱，以及炒饭和巴吉[1]。锅里的油热了，珀妮玛正将用于制成巴吉的茄子切成条时，她婆婆走进厨房，催促她快点干活。送奶工把奶送来了，她还要加热牛奶，盛好酸奶。珀妮玛将火关小，打算去拿奶锅。这时，她婆婆将她上上下下看了个遍，然后说：“等那家人来了，你就待在楼上吧，别露面，也别出声。我们会跟他们说你今天回因陀罗瓦利了。”

珀妮玛扭头问：“为什么？凭什么我必须待在楼上？”

珀妮玛的婆婆重重地叹了一口气，说：“你不是——好吧，我们犯不着让阿鲁娜因为你而降低身份。何况，这都过了六七个月了，你却还没怀上孩子。阿鲁娜的好机会来了，我可不希望让你毁了她的婚事，怀不了孕的女人不吉利，这种场合你最好别出现。”

厨房里一阵静默。珀妮玛竖起耳朵听，锅里的油开始沸腾了，发

①巴吉：原文为bhajis，一种由蔬菜和面粉制成的油炸小吃。

出了微弱的嗞嗞声，这阵沉默因此被放大了。“你怎么知道是我怀不上？”珀妮玛说，“万一是你儿子有问题呢？”

一个耳光冲珀妮玛狠狠地扇来。珀妮玛感到一阵天旋地转，不由地往后一退，继而撞到了炉子。牛奶还没来得及加热，但锅里的油已然滚烫。热油溅了一墙，流经花岗石墙角，砸在地板上。有几滴油溅到了她的胳膊上，脆饼般铺开，发出蛇一般的嘶嘶声。

她婆婆恶狠狠地瞪了她一眼，说：“你就得意吧。等着瞧吧，你的好日子到头了。”

什么？为什么说好日子到头了？吉舍尔也这样对她说过。难道她会遭到飞来横祸吗？

到了下午，提亲的那家人来了。珀妮玛被勒令待在楼上，直到有人叫她，她才能下楼。她不以为意地在露台上待了几分钟。为了避免被人看到，她特意坐在了露台中间。此时是四点，卖花的小贩在村庄里走街串巷，唱着歌，叫卖着各种鲜花。珀妮玛听见卖花老人的歌声响起，仿佛嗅到了醉人的芳香正从两三条街外的地方飘来，卖花老人正挑着茉莉花环，那茉莉花骨朵像枕头一样蓬松，正欲盛开。

珀妮玛的婆婆有时会买上一串茉莉花，剪两截手臂那么长的花串给阿鲁娜和迪维娅戴上（迪维娅不喜欢在发间佩戴茉莉花，只要她母亲一走开，她就会把花摘下来），然后给自己留一串短的，盘在发髻上，再把余下的留给珀妮玛。珀妮玛自她母亲去世后就没从父亲那里得到过买花的钱。当她有花可戴时，她会立即给头发涂油，编上辫子，洗把脸，往脸和脖子上再涂一遍爽身粉，然后画上眼线和伯图[1]。只有做完这些事后，她才觉得自己配得上这些芳美的茉莉，才会将它们别入发隙间。有时，吉舍尔要完她后——她纳闷他是否注意过这些茉莉花，他对此一句话也没评价过——她枕着枕头，花香弥漫了整个房间，像雾，像细雨，像难以承受的忧伤。吉舍尔背对着她，百叶窗紧闭，但仍有一丝微风潜入屋内，使得床单微微荡起。她在黑暗中睁着眼，沉醉在温柔的花香里。

卖花老人的叫卖声渐渐远去，珀妮玛起身穿过露台，回到卧室，关上门。那些文件在桌上原封不动堆了两周了。珀妮玛将有着简单加法表格的那页搁在一边，研究起了第二页。这页的表格上数字更多，表格上方还用英语注明了名称。珀妮玛看不懂表格的名称，不过，表格的其他内容是用泰卢固语写的，比方说，第一行标注着诸如轿车（6）、货车（3）、拖拉机（2）、联合收割机（2）等机械工具，每种工具名称后面都附有一个数字。珀妮玛根据数值大小和每种工具后附带的数字——比方说，轿车后面附带的数字都大同小异——做出判断，猜想数字代表的是每类机械的价值。表格上写有“汽车”的某一格注有“受损”这个单词，也就是说这辆车有些贬值。此外，货车的价格普遍要比轿车的高。珀妮玛又翻了一页。她是出于无聊才看起了这些文件，但某种意义上来说它们很有趣。她说不出为什么，仅仅是琢磨这些数字和表格的含义就能让她获得满足感。当她纺线时，或是做了一道美味的酸豆汤时，或是去给她母亲买两根香蕉、一个苹果和一把腰果时，她都不曾有过这种心情。好吧，显然，她母亲去世了，酸豆汤做好后会被吃光，

①伯图：原文为bottu，一种印度女性绘制在前额的装饰标记。

而纺车总是停不下来似的一直转呀转。可这些文件呢？她能感受到它们的意义所在。她放下第三页纸，又拿起了第四页。

珀妮玛的婆婆和吉舍尔对珀妮玛的不满逐渐升级。阿鲁娜的婚事基本敲定了，唯有嫁妆钱和首饰的数量（按照金子的盎司数来衡量）还没谈妥。这笔嫁妆钱对珀妮玛的公公婆婆来说不成问题。不过，为了凑出买金首饰的钱，他们不得不卖掉了他们在卡扎镇郊区的一座小农场。即便如此，钱还是不够。所以，每当珀妮玛在屋里进出，她婆婆就会追着她嚷嚷："你那没良心的爹答应一年之内会付清五千卢比，现在一年多了，我们供你一日三餐，你却连孩子也没怀上。要我说啊，爹不中用，女儿也就不中用。我那可怜的儿子，他那么优秀，怎么就被你缠上了？怎么就摊上你们家了？"珀妮玛不声不响地瞟了一眼吉舍尔的断指，心想，是谁缠着谁？

吉舍尔的不满表现得更隐晦，也更令珀妮玛痛苦。他和珀妮玛同房时动作更粗鲁了，充满了暴力的意味。他揪着珀妮玛的头发，逼迫她绕床一圈，然后将她狠狠一推。她的头撞在了床后的那堵墙上。第二天，珀妮玛全身青一块紫一块的，好似夜里有小鸟在她身上用羽毛和树枝筑巢似的。两周后，珀妮玛的腿和胳膊已经看不出原本的肤色。每天，吉舍尔下班后她越发小心地伺候他吃晚饭，掌握好盛饭的速度，甚至越发仔细地洗碗。到了睡觉时间，她一步一步走上楼去，知道吉舍尔在等着她，知道等待她的是怎样的夜晚。有一两次，她走到门口后闭上眼，祈求当她睁开眼时萨维赛会出现在露台上，笑着对她说："我们快走吧！"她忍不住想，她的倒霉日子算是开始了。

吉舍尔的工作文件成了珀妮玛的慰藉。好多天以来，她会在家务之余盯着它们看上几小时，想要弄明白表格的含义。她清楚这些文件每一页是什么意思，但却不知道它们加在一起意味着什么。第一页显示的是吉舍尔所在的公司过去三个月各方面的开销费用。第二页是一张罗列着轿车和货车的清单，代表着公司资产。第三页的表格上列有其他公司的名称，每个名称后面附有一个数字。这些数字有的大有的小，珀妮玛一眼便看出这是吉舍尔所在公司的贷款。可是，这几张文件之间有着怎样的联系？吉舍尔为什么总在上面涂涂改改，增加小型机械设备的数量，不是抱怨这个，就是抱怨那个超出了太多的预算？难道这些表格指的是公司的负债或者贷款？似乎这也说不过去。整整一周，珀妮玛都在晕头晕脑地干家务。一天下午，她晾衣服时，阿鲁娜的一条夏瓦尔随风翻飞，掉到了地面上。阿鲁娜见状冲到珀妮玛身后，一把拽住她的胳膊，迫使她扭身朝向自己，然后问："你知道这条夏瓦尔是谁的吗？知道它值多少钱吗？"珀妮玛看着阿鲁娜，忍不住露出了微笑。答案竟然如此简单，书桌上的那些文件加在一起原来意味着公司的价值。

吉舍尔会把看完的文件带回公司，下班后再带新的文件回家。他一点儿也没察觉到珀妮玛也在琢磨它们。这些文件让珀妮玛学会了用另一种方式去看待世界。她渐渐明白了，很多东西人只能短暂拥有，有的东西可以用来交换，最后剩余的（如果有的话）才是属于自己的能够真正去热爱的。

6

珀妮玛结婚一年半后，吉舍尔一家对她的不满转为了公开的敌意。珀妮玛每天都得忍受落在身上的巴掌和针对她的呵斥，或是被迫道歉（哪怕是因为她在石地板洒了几滴茶水这样微不足道的原因）。珀妮玛的父亲仍然欠着那五千卢比，每当珀妮玛吃饭或喝水的时候，她婆婆和吉舍尔都会向她提起这事。“你这个吃白饭的，”她婆婆责骂道，“你以为你喝的水不要钱吗？我们花了三千卢比安水泵，所以你才用不着去井边打水。你以为这三千卢比是哪儿来的？你父亲给的？你们两个不要脸的贼。”可水泵在我来南布鲁的前一年就有了。珀妮玛想这样说却没开口。她不是因为害怕，对她而言，害怕逐渐失去了意义——很长时间以来她每天都在害怕，先是害怕她父亲，然后是害怕她婆婆、阿鲁娜和吉舍尔。她厌倦了害怕，就像是厌倦了洗碗和熨衣服。她在怕什么？她远离了父亲，生活却一成不变。也许生活本来就是这样。萨维赛逃走是对的，她应该离开。害怕是不对的，可厌倦害怕也是不对的。

随后，有一天，一切戛然而止。

训斥、命令和暴力都从珀妮玛的生活里消失了。珀妮玛做家务时，其他人一律对她视而不见。偶尔，她发现吉舍尔一家在看着她，像是在等待什么似的。他们在等什么？她只知道一件事，她必须趁早怀上孩子。她听说女人如果婚后不能生育，妻子的地位便会不保。她倒是不在乎这个，反而觉得这样会更好。但她明白，一旦吉舍尔另娶他人，她就必须回因陀罗瓦利村了。有时，她幻想自己回了家，走进纺织屋，看见萨维赛正坐在织布机前等她。可事实上，如果她回去了，能看见的只有父亲。她不想见到他，就连过节她也没回去过。她能回去干吗？“不，”她总是斩钉截铁地说，“我才不回呢。”这时，她婆婆便会在她耳边絮叨：“不回，不回，不回。你为什么不回家？你要是回去了能帮我们节省一周的口粮呢。”

阿鲁娜的婚事终于落定了，她将在八月底和贡都尔县的那个男人举行婚礼。对于吉舍尔一家来说，这是一个天大的好消息。这才七月，他们已经迫不及待地开始筹备婚礼了，忙着采购婚礼用品，发结婚请柬以及预订礼厅。阿鲁娜沾沾自喜。她搂着迪维娅的胳膊转圈，眉开眼笑地宣布：“迪维，他又帅又有钱。我们以后会搬到美国去生活，他父亲跟阿爸说，他很快又要去美国做项目了。啊哈，迪维，你能想象吗，我要去美国了！阿妈，我得买几件新衣服，夏瓦尔可不行，我要时髦一点儿的。阿妈，你听到了吗？”珀妮玛一边听阿鲁娜继续往下说，一边暗自庆幸阿鲁娜马上就要搬走了。

七月中旬，婚礼筹备仍在紧锣密鼓地进行着。一个平静无风的午后，媒人巴拉基在下午茶时间来到了吉舍尔家。其他人对巴拉基的到来习以为常，可珀妮玛的婆婆只看了他一眼，便放下茶杯问：“怎么了，出什么事了？”

巴拉基望了望茶水即将见底的茶杯，又看了看珀妮玛，说：“别傻愣着，给我们加点儿茶去。”

珀妮玛回来添茶时，阿鲁娜正在抽泣。

“想把婚事退了？为什么？”珀妮玛的婆婆哀叫道。

巴拉基没透露太多，说是那家人心意已变。

“变心了？为什么？我们答应了他们所有的要求。”

巴拉基啜了一口茶，同情地盯着阿鲁娜说：“她是个好女孩，一定会找到其他好人家的。”

“其他好人家？你这个蠢货，怎么会把事情办成这样？眼看着就要办婚礼了，他们却退出了，你倒是好好交代清楚。”

巴拉基除了劝珀妮玛的婆婆想开一些外不肯再多说一个字。“向前看，”他说，“这是唯一的办法。”

不过，吉舍尔一家从别的地方听到了一些风言风语。

其中主要的一种说法是贡都尔的那家人听说吉舍尔的手是先天性残疾，担心阿鲁娜生下来的孩子可能会不健全。

“一派胡言，”吉舍尔气愤地说，“这些白痴，无赖！”

吉舍尔说这话时，珀妮玛正在伺候他吃晚饭。她往他盘子里舀了一勺米饭，然后问：“这是真的吗？”

“什么是真的？”

“真的是先天因素造成的？”

吉舍尔的脸色变得煞白，他起身离开餐桌，一言不发地走出了餐厅。

“给我出去！”珀妮玛的婆婆吼道，“滚出这里！都是因为你，这门婚事才吹了。都是因为你，你这个煞星。”

我是煞星？珀妮玛茫然地想着，往楼上走去。她没有回卧室，因为吉舍尔在屋里。她踏上露台，注视着远处摇曳的棕榈树和树荫下的茅屋。她望向西边。夕阳下沉，余光殆尽，仿佛太阳不再需要光明。珀妮玛也想追随着夕阳离去。她想，我的生命有多少价值？我失去了什么，还拥有什么？我所拥有的这些又有多少价值？忽然，她听到身后有脚步声传来。她准备好了要去面对吉舍尔，转过身去。来人是迪维娅，她手里端着一盘米饭，说：“你还没吃饭吧。”

珀妮玛感激得差点儿哭了。

迪维娅转身下楼了。

珀妮玛一直在露台上待到天黑才悄悄溜进屋里。吉舍尔面朝墙的方向侧卧着，珀妮玛以为他睡着了，可他的呼吸声听上去时轻时重。他还醒着，而且生着气。珀妮玛能感受到他的怒气，她缩在床的另一边，不知道接下来等着自己的将是什么。然而，或许是吉舍尔睡着了，或许是她先睡着了，最后什么也没发生。

第二天早上，家里出奇的平静。迪维娅去上学了，阿鲁娜自从婚事解约后大部时间都待在她和迪维娅共享的卧室里。吉舍尔没去上班，他说他病了，但却没休息，而是和他母亲锁着门待在卧室里。到了中午，珀妮玛的婆婆来到楼下，亲切地望着珀妮玛说：“亲爱的，我下午茶想吃巴吉，你做一些吧，怎么样？”

珀妮玛愣愣地看着婆婆。她头一次听见她婆婆用这种口吻对她说话。

家里只有一个土豆和一些洋葱可以用来做巴吉，珀妮玛把这些蔬菜切碎，开火，倒油。她婆婆待在厨房里，还帮她切起了菜。珀妮玛连忙说她一个人来做就行了。锅冒烟了，油星子开始往外飞溅，于是珀妮玛将一片洋葱蘸了蘸面糊。就在这时，吉舍尔来了。珀妮玛吓了一跳，她还从没见他来过厨房。

吉舍尔冲珀妮玛甜甜一笑。

不可能，珀妮玛想，这怎么可能呢。

这种事绝不会发生。

珀妮玛把洋葱丢进面糊里，往后退了退，离她婆婆和吉舍尔远了一步，也离炉灶远了一步。突然，他们同时行动了，一个冲向她，一个冲向炉子。

珀妮玛眼前一片模糊，她看不清是谁抓住了她。她用力挣脱，却仰头摔倒在地。等她看清时，她婆婆和吉舍尔已经都站到了炉边。

他们想干什么？为什么要站在那儿？还没等她反应过来，一只手从她面前扫过，有什么东西向她泼来。吉舍尔和她婆婆飞快地蹿到了厨房的另一侧。

珀妮玛扭头想去看他们，热油却落到了她身上，溅到了她的左脸、脖颈、上臂和肩膀上。她感到火焰好似在她身上燃烧，一切都随之灰飞烟灭了。

7

吉舍尔和他母亲拒绝为珀妮玛出医疗费，所以珀妮玛第二天只能出院。来接她回家的只有她公公和迪维娅。她坐在嘟嘟车里，脸、脖子、胳膊和肩膀都缠着绷带。天气炎热，但她却冷得发抖，感觉自己像婴儿般柔弱。她公公对她说：“你休息一两天就走吧，继续留在南布鲁对你一点儿好处也没有。今晚我去帮你买回因陀罗瓦利的票。”

珀妮玛轻轻点了点头，左脸传来一阵剧痛。

珀妮玛他们到家后，她婆婆和吉舍尔坐在客厅里，不屑地注视着她。珀妮玛在迪维娅的搀扶下上了楼。她们来到露台以后，珀妮玛先让迪维娅去卧室里把大衣柜的镜子遮住，然后才跟着进屋，进屋后就在床上躺下了。迪维娅直到晚上才又上楼，来给珀妮玛送饭。珀妮玛看着晚饭哭了。过了一会儿，迪维娅又端来一杯牛奶，强迫珀妮玛喝了下去。

第二天，仍然只有迪维娅在卧室进进出出，照顾珀妮玛。迪维娅带了课本上楼，她打开书，开始学习。珀妮玛发出了一声短促的叫喊。迪维娅抬起头，解释道："这是我的泰卢固语课本。"

迪维娅告诉珀妮玛，南布鲁村小学的课本是英国殖民印度那段时期里留下的，学校没钱买新的。珀妮玛微微张开了嘴，她想开口说话，痛感却向她袭来，仿佛炮弹从她脸上穿过似的。

"你想听听上面说的这个故事吗？"

珀妮玛眨了眨眼。

迪维娅读起了课本。这个故事发生在二十世纪初，是从一名轮船旅客的角度出发来讲述的。这个旅客名叫科尔比。迪维娅读到这里，顿了顿说："这里没说科尔比是他的姓，还是他的名。"说完，她继续往下念。

科尔比从本地治里坐船去非洲。他在船上认识了一位要去莫桑比克探亲的葡萄牙陆军上校。上校告诉科尔比，他的亲戚在那边种剑麻。他对科尔比详尽地解释了一番剑麻长什么样（"看起来像墨西哥龙舌兰"，科尔比这样记录道。尽管课本对剑麻和墨西哥龙舌兰都给出了注释，珀妮玛和迪维娅却还是不明白它们分别是什么），以及这种作物的生长和收割情况。上校说剑麻甚至比剑还要锋利。于是，科尔比问："既然如此，你们要怎样割剑麻呢？"

"噢，我们不用做这事，"上校说，"交给黑人干就行了。"

轮船将在次日清晨抵达洛伦索马贵斯[①]，这是老上校在海上度过的最后一夜。这个晚上，他对科尔比讲了一个故事：

多年前的一个冬天，我被派到马德拉斯[②]附近的韦林格通负责驻军。我们的部队刚刚驻扎下来，军营里突然冒出了成百上千的老鼠。粮仓、宿舍、军火库里到处都是。"不是那种普通的老鼠，而是个头吓人的硕鼠。"上校说到这儿，用双手比画出了和餐盘一样大的形状。好吧，没人知道怎样才能消灭它们。我们撒药，设陷阱，甚至请深山里的巫师作法，也让鼠类和蝎子研究专家来看过，但这些办法统统无济于事。老鼠继续糟蹋粮食，乱撒乱尿（这里有一个注释说明上校指的是排粪）。

大约过了一个月，一名年轻士兵往地上吐了口痰，之后一只老鼠跑到他面前，嗅了嗅痰液，抬起头，用充满仁慈和关切的眼神看了看他。那个士兵在晚饭时半开玩笑地说起了这件事，但我听得出他其实心里有些害怕。当晚，军医听闻这件事后便给那个士兵做了检查，最后确诊他为早期肺结核。

科尔比写道，上校啜了一口香槟（珀妮玛和迪维娅也不明白香槟是什么），放下酒杯说："你知道的，那时医学还不够发达，而老鼠能帮人检测肺结核病。那只该死的老鼠可以说救了全营的性命，听上

①洛伦索马贵斯：莫桑比克首都马普托的曾用名。

②马德拉斯：印度东南部城市金奈的曾用名。

去是不是难以置信？”

科尔比问：“那老鼠呢？这些老鼠后来怎样了？”

“问得好。有一天老鼠全都离开了，消失得无影无踪。这些老鼠好像就是为了警告我们避免感染肺结核，为了拯救我们这些想尽办法要消灭它们的人类才出现似的。”

这时，科尔比写道，他听完后忍不住哈哈大笑，可上校却闭上眼睡着了。第二天一早，轮船进港了，人们想叫醒上校，却发现他已撒手人寰。科尔比躺在轮船狭窄的床铺上写道，上校脸色煞白，血色全无，他甚至能看见上校的心脏正在失血。

故事到这里就结束了。珀妮玛打量着迪维娅，想起自己第一次遇见萨维赛时，她们就是迪维娅那么大的年纪。随后，她的目光停留在迪维娅的脖颈处，迪维娅的皮肤是树皮那样的深棕色，她脖子上有条血管像灯塔不断发射灯光那样规律地跳动着。珀妮玛回想着故事里可怜的上校、老鼠和莫桑比克。她无须知道莫桑比克是个什么样的地方已能体会到心脏失血的滋味。

第二天是周日，每个人都在家。清晨，珀妮玛听到楼下传来走动和谈笑声。小贩们，多半是菜贩子，挑着早上刚摘下来的新鲜茄子、蚕豆和辣椒等蔬菜在各家门口叫卖。这些蔬菜上一定还挂着清晨的露水。尽管奎师那河并不经过南布鲁村，珀妮玛还是从风中捕捉到了它的气息，她仿佛看到河面上渔网正像少女转动兰珈的裙摆般舞动着。她闭上眼，看到河岸边晒着刚洗好的纱丽，这些五彩斑斓的纱丽好似一片片野花，在微风中翻飞。

珀妮玛现在时常闭着眼。除了下楼上厕所外，她其余时候都待在卧室里。自从皮肤被烫伤以来，她就再也没洗过澡。她身上有股麝香和动物的混合气味，掺杂着汗水、绷带和铜的味道（也许她是来月经了，但她压根儿不关心这事）。她的伤口仍在灼烧，散发着烧焦的煳味，十分刺鼻，这使得她难以入睡。不过，她也并不想睡觉，而是想整夜保持清醒。她公公前一晚到楼上来了，他买了回因陀罗瓦利的火车票。不是常见的三等座票，而是座位要更舒适一些的二等座票。她公公将票给她的时候没有与她对视，但她明白他心有愧疚。她其实一点儿也不了解他，但她突然感到他的一生一定充满了悔恨。她公公在卧室门口站了一会儿才离开。她躺在床上，看着他，觉得她和他像是两只遍体鳞伤的动物，在黝黯的洞穴里来回打转。

珀妮玛等她公公走后，看了看车票，然后把它塞到了枕头底下。从南布鲁发往因陀罗瓦利的火车每天有两趟，她要坐的这班车下午两点半出发，两点五十五分到达，只有短短二十五分钟的路程。

这天晚上，珀妮玛以为吉舍尔会上楼来看看她，确认她是否要准备离开，但却只有迪维娅端着饭来了。晚饭是米饭和扁豆，米饭煮得很软，珀妮玛不用费劲去嚼，就能咽下去。迪维娅走后，珀妮玛又闭上了眼睛。等她再次睁开眼时，天已经黑了。上弦月明亮的月光照进屋里，珀妮玛在黑暗中能隐约看到家具的形状、石地板反射的亮光，以及盖在她身上的床单的花朵图案。她看向书桌，曾经即使在夜里，她也依旧想去琢磨那些会计文件，它们给她带来了快乐，赋予了她一种成就感，让她从中找到了某种意义。现在它们什么也不是了，她的心已经死了。在她遭受泼油这件事以后，一切都已失去了意义。

她挣扎着起身，借着银色的月光踏上露台。日后她会想念这里。在南布鲁村生活了两年后，唯有露台和迪维娅会让她怀念。她走到露台边，望着天上刚刚升起的星星，不知道自己的寿命还有多久。也许她今夜就会死去。如果她今晚过后还活着，如果她能够知道自己何时死去（比方说，一天或者一周），那接下来的这些日子，这么多年，她该如何度过？她看向未来的同时也在回望过去。珀妮玛忆起她母亲年轻的时候，想到她在灯光下织布，弯腰煮饭，或是忙着照顾她的某个弟弟或妹妹，给他们擦脸，洗澡，帮他们撩开挡在眼前的头发的场景。所有有关母亲的记忆里，母亲好像一直在为他人忙碌。即使是她内心深处关于母亲最柔软的记忆——她和母亲坐车去看望祖父母，母亲用手给她喂饭的那次经历，还有母亲给她梳头时她感受到的那只手的重量——也是关于母亲照顾儿女的一抹印象。母亲从来没有为她自己做点儿什么。她想，母亲就是这样度过一生的吗？人的一辈子就该这样吗？

接着，珀妮玛又看向未来。明天下午两点五十五分她将回到因陀罗瓦利。下车后她会来到以前住的家，看见她父亲坐在门廊的麻绳床上，抽着烟，看着她向他走来。而她也会以同样的目光注视着他。她的弟弟妹妹到时候可能会在场，也可能不在。刹那间，一幅有关未来的场景清晰地浮现在她眼前，比她刚刚看见的场景还要清晰。那是一幅战争场面，人类历史上的任何战争都远不及这场战争那么惨烈。她看到地上有个浑身是血的生物，周围还散落着一摊东西。她慢慢走近了，跪下来看，然后大吃一惊：这原来是她自己。她周围散落着四肢、器官、双手双脚、连带着头皮的头发，甚至还有一块块像被野狗撕下来的皮肤。

珀妮玛眨了眨眼，她没有哭。可刚刚是什么东西进了她眼里？她不知道，但她却能看见它像灰尘般漂浮在四周，使她透不过气。

她走回卧室，从枕头底下取出车票，将它撕成两半、四半、八半，然后将纸屑抛向空中，欣然看着它们像彩色纸屑一样飘落在地。接着，她拉开衣柜的门，拿出那个上锁的金属盒。她不知道钥匙在哪儿，她婆婆在纱丽的腰带上拴了一串钥匙，也许其中的某一把能打开这个锁。她冷静下来，抓起那尊塑像——吉舍尔在大学期间因为成绩第一而获得的奖励——砸向金属盒。锁开了，塑像主体（一只站在树枝上正欲起飞的鸟儿）和底座也一分为二。珀妮玛把塑像的两部分都丢回了衣柜里。她对盒子里的文件不感兴趣，不过她将里面的一条细的金手链和两只金镯子——吉舍尔把其余首饰都存进银行的保险箱了——塞进了她纱丽末端系着的荷包内，把荷包放入了腰带里侧。她把现金（大约五千卢比）藏进罩衫里靠近左胸的位置。随后，她将盒子扔回衣柜，关上柜门，站在衣柜前。

衣柜上的全身镜仍然罩着被单，珀妮玛盯着被单，仿佛它会向自己揭示某种答案或是暗示点儿什么。可它其实只是条床单罢了。她一把把它扯下来，在屋里掀起了一阵风。她的头发在风中飞扬，悬浮在她脸庞四周，好似她此刻对面是一片海。下一秒，这种感觉消失了，没有风，也没有海，只有她静静地站在镜前。这是她第一次认认真真端详自己。还在因陀罗瓦利时，她能用的就是一面手持镜，在南布鲁生活了快两年，她也从未好好照过镜子。透过镜子，她看到自己已不再是个小女孩。她可能原本长得还不错，但相貌却无法复原。她往前迈了一步，一条一条拆下脸上的绷带。她左脸和脖子的情况比她之前预计的还要糟糕。烫伤面积很大，皮肤发红，起了水泡，烫伤处的边缘是灰色和黑色的。她的左脸颊出现了水肿。她的左臂和肩膀好在当时只被溅了几滴油，伤口正在愈合。她的脸和脖子却需要更换绷带，重新擦拭碘酒，以防感染。她摘下绷带的模样要比戴着绷带的时候更怪异。她回想起在医院被打了一针吗啡后，医生对她说："你很走运，脖子以下的部位都没事。"

她昏沉沉地看着医生。

"你不用担心你丈夫会不要你。女人只要还有胸部，男人就不会轻易抛下她。"

她听到这句话时，眼皮发沉，下一秒就睡着了。她其实想说，我希望把胸也一并毁掉。

珀妮玛躺在床上，等待着。到了深夜，她换上干净的纱丽，将迪维娅之前给她送来的那杯水一饮而尽，然后偷偷溜下楼，走出吉舍尔家，离开了南布鲁村。这一系列行动她都是在无声无息中完成的，果断而决然。她很清楚自己是在做什么，无论她还有多远的路要走，无论路上会遇到怎样的困难，她都会去到她要去的地方。

那就是萨维赛身边。

8

珀妮玛粗略推算了一番，萨维赛当时应该是凌晨四点离开的。她之所以这样认为是因为萨维赛失踪的那晚，她是搂着萨维赛睡着的，天亮后她醒来，萨维赛已经不见了。如果日出是在六点三十或者七点左右，萨维赛为了避免被人发现一定会把出发时间提早，比如说四五点。差不多是四点，珀妮玛猜测。不可能是凌晨两三点，珀妮玛想，这么早她能去哪儿？那时候汽车和火车都不开，在高速公路上搭货车又太冒险了。而且，如果萨维赛真的走到了泰纳利路，跳上了一辆货车，那么她现在在哪儿都有可能，没准儿是阿萨姆、喀拉拉、拉贾斯坦或者克什米尔，也没准儿是这些地区之间的某个地方。珀妮玛决定忽略这种可能性。

萨维赛失踪近两年了，在这段时间里，她说不定又到其他地方去了。不过，珀妮玛同样决定无视这个事实。她对自己说，毕竟时间这回事很简单，一点儿也不神秘。人人都能看见时间在一分一秒地流逝，就像耕地的水牛沿着一条道一直往前走。时间就是那些她在因陀罗瓦利和南布鲁度过的日子。可地理问题要怎么办呢？对珀妮玛来说，地理是一个谜，她对山峦、河流、无尽的广阔平原，以及她从未见过的大海一无所知。

那么，假设萨维赛是在凌晨四点左右动身的，那个时间只有两班汽车可坐。一班车朝南开往蒂鲁帕蒂，另一班车朝北开往维杰亚瓦达。另一个问题出现了，萨维赛会选哪班车呢？

珀妮玛陷入了沉思。忽然，有个念头从她脑海中一闪而过。与其说是一个念头，不如说是一抹宛如蜘蛛丝般纤细的回忆。她很确信那是一条线索。她试图掸去她脑海里结起来的蜘蛛网，往记忆深处寻找。此时，她已来到南布鲁村外，向高速公路上的车站走去。村里也有一个车站，但只有来这儿坐车才不会有人看到她。她走近了，一张醋栗油广告画映入她眼前。在这幅广告画上，阳光照射着绿醋栗果，醋栗果正往下滴油，油流进了下面一个浅绿色的瓶内。瓶子旁边是个女人的头像，她浓密的长发往前甩起，摆成了扇形。珀妮玛推测这广告是在宣传醋栗油的功效，意思是女人在使用了醋栗油后拥有了一头闪亮的秀发。珀妮玛仔细琢磨着广告画中的醋栗果、醋栗油和女人头像，然后目光停留在了醋栗果上。蜘蛛网被拨开了，她豁然开朗，萨维赛一定是去了马朱利。

珀妮玛露出了微笑。尽管她的脸因此被扯得剧痛，但她还是忍不住笑了。可马朱利在哪儿？萨维赛说过马朱利在布拉马普特拉河上，而珀妮玛知道布拉马普特拉河在北边。于是，二十分钟后，珀妮玛上了一辆开往维杰亚瓦达的汽车。她脸上没裹绷带，伤口宛如粉色的朝霞，她根本没注意到司机、售票员和她邻座的老妇人都神色不悦，在用异样的眼光打量她。

珀妮玛到了维杰亚瓦达后，第一件事就是去药店买绷带和碘酒。药店店员是一位戴着眼镜的老人，他向她示范了如何擦碘酒以及包扎绷带。老人没问珀妮玛的伤是怎么回事，好似他对此已见怪不怪。她想可能每天都有被烫伤的女人来店里买药，而他唯一的疑问或许是，这伤是油还是酸造成的。他也没问她这个问题，也许他只用看一眼便能知道答案。不管怎样，珀妮玛觉得老人很和蔼，他教会她如何包扎脖子和脸颊上的伤口，如何得当地固定绷带。他说："要透透气。"他指的是伤口。然后他又问："你还需要什么吗？"

珀妮玛想知道火车站在哪儿，老人听完后点了点头。这问题似乎也不出他所料。

“离这里还很远，”他说，“你最好坐公交车去。”不过，珀妮玛决定走路。她在路边买了一包白米糕，这是她目前唯一能嚼动的食物。她又去茶摊买了杯茶。喝茶的男人们有的目瞪口呆地看着她，有的在偷窥她，他们都明白她的绷带是怎么一回事，无一例外地表现出了嫌恶。

一个小时后，天蒙蒙亮了，珀妮玛来到了火车站。亮得反光的白色大理石地板上睡着过夜的人，老老少少都有，珀妮玛小心翼翼地跨过他们的腿和胳膊，走进车站大厅，研究起了时刻表。马朱利是一个岛，显然，没有火车直达那里。于是，珀妮玛开始找往北开的火车。维杰亚瓦达没有哪班火车是去往北方的。

珀妮玛对着时刻表看了一遍又一遍，以为是自己眼花了，可火车往北最远只到埃卢鲁。她转身走向询问台，可那儿要两小时后才有人上班。珀妮玛寻思她可以在大厅里等一等，不过她又决定先去站台上打听打听情况再说。

她花了五卢比，买了一张站台票，走上了熙熙攘攘的第一站台。从金奈来的夜班车刚刚到站。咖啡铺和茶摊上冒着热气，卖炸薄饼的小贩从火车的这头跑到那头，跑上跑下，高声叫卖着。卖袋装炸豆饼和白米糕的摊位将食品高高摞起，几乎要堆到车站顶上。杂志店、香烟店和饼干店都开门了，铁路另一侧的鲜榨甘蔗汁店人满为患。她路过一座很深的水池，水池的六个水龙头旁都站满了等着用水的人。

珀妮玛从没来过这么热闹的地方，有那么一刻她感到不知所措，稍后才想起要做什么。她注意到上百个身着砖红色短袖的搬运工在车站里忙碌着，不过他们对珀妮玛毫不理睬，甚至有一两次嫌她碍事把她推开了。于是，珀妮玛走到远离火车的墙边，静静地站着。二十分钟后，火车开走了，站台一下子冷清了。没活干的搬运工懒洋洋地啜着茶或咖啡，等待下一班火车进站。珀妮玛用纱丽遮住脸，朝一座大柱子旁边站着的三个人走去。那三人虽然沉默着，但看似彼此认识。

“你们知道去北边应该坐哪班车吗？”珀妮玛问。

三人中最年轻的那个人把珀妮玛从头到脚打量了一番，然后盯着她的脸问：“你当我是询问台的工作人员吗？”

“询问台还没上班。”

“那就等着吧。”他们当中的另一个人说。

“没有开往北边的火车，最远的一班只到埃卢鲁。你知道这是怎么回事吗？”珀妮玛转向第三个男人问。这个男人年纪更大些，留着灰色的胡须，头发浓密，满是头屑。

他盯着珀妮玛隐约可见绷带的脸，说：“纳萨尔派①把埃卢鲁以北的铁路炸毁了。”

“所以那里不通火车了吗？”

“你听不懂我说的话吗？”

“没有火车去那儿了？一班也没有了？怎么会这样？”

那个年轻男人笑着说：“去问问印度铁路局吧，他们肯定很乐意告诉你这到底是怎么回事。”

珀妮玛避开搬运工们，走回墙边，慢慢蹲到地上。

①纳萨尔派：印度毛派政党。

只靠五千卢比撑不了太长时间。不过，现在就把首饰卖了也为时过早。珀妮玛觉得她可以留在火车站，像其他人那样在大厅里或是离铁路办公室最远的站台上过夜，直到北边的铁路修好，或者直到她被赶出去。她可以在水池边洗漱，在售货亭买吃的。至于上厕所，好吧，这可以在铁轨上解决。我怎么就忘了随身带床毯子呢？她懊恼地在心里自责。

做出这个决定后，珀妮玛立即买了个可以用来洗漱的小水罐。随后，她在希金伯瑟姆报刊亭旁边席地而坐，假装是在等火车，或者在等某个人——某个即将随火车进站，对她来说很重要的人。报刊亭的杂志和漫画架后面有个壁龛，珀妮玛如果进去后抱着膝盖坐，就刚好能藏在里面，也不会被人发现。她躲在壁龛里待了好几个小时，当她抬头往上看时，发现几乎没人会低头向下看。

随后，她从壁龛里出来活动手脚，在车站的天桥上走来走去。天桥连接着每个站台，从桥上望去，能看到所有进出的火车，站台的顶棚像掌心纹路般往四面八方延伸。铁轨——这里有多少铁轨？也许有二十条，也许更多。她以前从未见过铁轨，也不知道火车站原来有那么多商店，那么多人，原来有那么多人会坐火车。

从此，珀妮玛每晚在站台或大厅过夜，次日清晨醒来后第一件事就是查看火车时刻表。如果没有通往埃卢鲁以北的火车，她便去买袋白米糕，再视心情而定买杯咖啡或茶，接下来要么在车站里闲逛，要么蜷缩在希金伯瑟姆报刊亭后面的壁龛里。

在车站度过了不到两周后，珀妮玛遇到了里希。里希身材瘦弱，看似和她年纪相仿，也可能比她更小一点儿。珀妮玛之前就注意到他了。里希和她一样，每天都在车站里。他总是躲在站台的角落里，端详着每一个经过的路人。他的神情如此专注，以至于珀妮玛怀疑他要么是想画速写，要么是想搞抢劫。不过，里希却没抢过任何人，起码珀妮玛没见他这样做过。有一两次，里希也打量过珀妮玛，但珀妮玛每次都装作没看到，从他旁边走了过去。可是，里希貌似觉察到了她在希金伯瑟姆报刊亭后面的藏身之地。一天中午，里希走进报刊亭，站在摆有杂志和漫画的货架前，拿起一本《五卷书》，飞快地翻看起来。紧接着，他又拿起一本封面是红裙女子的电影杂志。在他正将杂志放回货架上时，珀妮玛听到有个声音叫道："嗨！嗨！说你呢，不买就别碰，别把你妈妈的发油弄得到处都是！"珀妮玛能看到里希脚上的凉鞋。他往后退了一步，摇了摇头，看向珀妮玛。

珀妮玛从壁龛里跳了出来，她的心悬在了嗓子眼。这男孩是警察吗?

"你的脸怎么了？"他问。

珀妮玛一言不发，她将纱丽末端罩过头顶，就差连眼睛也遮住了。

"你听不见吗？"

珀妮玛耸了耸肩。

"让我瞧瞧。"他说着朝珀妮玛走去。珀妮玛退向墙边。他稍稍弯下膝盖，温柔地俯下身。这下珀妮玛能肯定他不是警察，但她依然低着头，只是抬高了视线。他直视着她，问："你脖子也受伤了？是你父亲还是你丈夫干的？"

珀妮玛沉默了一会儿，然后下定决心似的说："不是这样的，这只是个意外罢了。”

男孩点点头，说：“生活总是充满意外。我叫里希，你呢？”

这男孩为什么要找她说话？他想要什么？她显然不是有钱人，可他却对她紧追不放。她把他当作小弟弟看待，不过，并没有回答他的问题。里希又在珀妮玛旁边待了一会儿，然后耸了耸肩，走开了。珀妮玛的目光紧随里希，他往前去了，仍然还在她的视线范围之内。他停下来跟某个正从货车上卸麻袋的人说话，接着买了杯茶。喝茶时他往珀妮玛这边瞟了几眼，好似在确认她还在不在。喝完茶后，他冲她挥了挥手，仿佛她是他早已相识的故人，某个他来车站送别的老友。随后，他和她擦肩而过，走出了车站。

第二天，里希又出现了。第三天和第四天他也来了。无论是早上进站，还是晚上出站，他都会朝珀妮玛挥挥手。出乎珀妮玛意料的是，她开始盼望见到他。每天中午，她和里希都会在那十个站台附近晃悠，可是，好几次里希从她身边经过，却不同她打招呼，甚至看也不看她一眼。有一天，他们在车站的天桥上差点儿撞了个满怀，他却也把她当作陌生人。这太奇怪了，她想。这天晚上，里希正朝出站口走去，珀妮玛冲到他面前说：“我叫珀妮玛。”

里希看着她，冲她露出一个微笑。珀妮玛松了一口气，心头涌起了一股热流。

从那天起，珀妮玛和里希几乎每天都会一起在车站边走边聊。珀妮玛对里希说了吉舍尔和她婆婆，甚至还有因陀罗瓦利村，并且透露了一点点关于她父亲的事。然后她问：“你每天晚上都去哪儿了？”

里希挺直腰板，严肃地回应道：“我有很重要的工作要做。”

“是吗？可你整天都待在车站，你上的是夜班吗？”

里希沉默了片刻，然后说：“我就在这儿工作，现在就是我的工作时间，到了晚上我就去向老板汇报。”

“你在工作？可你每天只是走来走去而已。”

“话虽如此，你其实对我一无所知。”

话虽如此，珀妮玛知道里希显然做的不是正经工作。“你的工作是什么？”

“找人。”

“什么样的人？失踪的人？”

里希耸了耸肩。“你打算在这儿待多久？就一直藏在希金伯瑟姆报刊亭后面？”

“直到北边通车为止。”

“那边的铁路被纳萨尔派的军队炸飞了。”

“你为什么觉得我会一直待在这儿？”

“你在北方认识什么人吗？有人在那儿等你？”里希大惊小怪地问道。

“是的，从某种意义上来说是这样。”

“铁路要过好几周或者好几个月才会修好。你为什么不去车站附近走走？”

珀妮玛从未有过这种想法。至于为什么，答案显而易见。

“你在说谎。”

“我哪里说谎了？”她说。

“没人在等你，我能看出来，你是独自一人。”

珀妮玛抓了抓脸上的绷带。她的伤口开始变得瘙痒难忍，却不能随意抓挠，这让她吃不好饭也睡不好觉。“这话怎么讲？”

“我的任务就是帮助像你这样无依无靠的女孩，”里希说，“我让她们自力更生，保护她们的人身安全，直到她们准备好离开这里，比如说，等铁路修好了就离开。不过她们中的大多数都会喜欢上自己的工作，就此安定下来。”说完，他问珀妮玛要不要来一杯茶，珀妮玛说好。

“她们做什么呢？”

“她们在办公室上班，当秘书之类的，或者在百货店、纱丽店这类地方做一些简单的活计。”

“你帮助过很多人吗？”

里希点点头，说：“噢，当然，大概几百个，也可能更多。每个独自走进车站的女孩我都记得。我的记忆力相当好，我认识她们每个人，知道谁急需一份工作。”

珀妮玛沉默了一会儿，然后问：“你说你记得每个人？”

“没有哪个独自一人的女孩能逃过我的眼睛。我记得她们的脸，永远也不会忘。就像你我的相遇这样，有时候我会走过去和她们说话，帮她们找到工作，而后她们会回来感谢我。”

“我从没见有哪个女孩来感谢你。”

里希重重地叹了一口气，接着说：“你整天鼹鼠似的躲在报刊亭后面，怎么可能有机会见到呢？好了，我还要继续工作，我不能整天耗在这里和你说话。记得把杯子还回去。”他说的是她手里的茶杯。

里希慢悠悠地转过身，准备走下站台。

“等等。”珀妮玛在他身后喊道。里希站在离她一两米远的地方，她有一种感觉，他一定在笑。可他在笑什么呢？

里希回过头，板着脸问：“怎么了？我可忙着呢。”

“你认识来过车站的每个女孩？”

“没错，我刚刚说过了。”

“你在这个火车站待了多久了？”

“为什么问这个？”

“只是好奇罢了。”

里希想了想，说：“三四年吧。”

珀妮玛浑身打了个激灵。万一里希见过萨维赛呢？他会记得吗？“不到两年前，有个个子比我高一些的女孩可能来过这儿。她是因陀罗瓦利村的，穿着一身孔雀图案的蓝纱丽，笑容很美，你有印象吗？”

里希寻思许久，眼睛一亮。“她还有什么其他特征？”

“她很瘦，不过看上去比我结实，直发，前额有几绺小小的自然卷。她当时可能也要去北方。”

“她的嘴唇是不是很漂亮？你说她穿着件蓝色的纱丽？”

珀妮玛同样眼前一亮。“没错！她叫萨维赛，你知道她吗？”

“萨维赛？你说萨维赛？”里希消瘦的脸上绽开了一个大大的笑容，好似这一刻他等待已久。“你怎么不早说？我当然认识她。”

“真的？”

“是啊，我想起来了，那是两年前的事了。她是因陀罗瓦利村的，你也是吗？”

“她有没有说什么？她去哪儿了？”

“你怎么会认为她去北方了呢？她就在这儿，维杰亚瓦达。我给她找了一份工作。”

“她在这里？维杰亚瓦达？”

“没错，跟我来吧，我带你去找她。”里希再次冲珀妮玛笑了笑。这次，珀妮玛注意到他有颗臼齿变色了。她盯着那颗牙，半信半疑。

9

从火车站出去后，他们走的是珀妮玛近两周前来车站时走的那条路。他们仿佛走了几个小时，穿过了格林公园殖民地①和奇特提纳噶尔②，接着进入了一片贫民区。这片地方的茶摊看起来更脏，男人们都用充血的双眼注视着他们。不过，他们一看见珀妮玛脸上的绷带便飞快地转移了视线。

“你必须戴着吗？”里希问。

“什么？”

“绷带。”

①格林公园殖民地：印度维杰亚瓦达邦的一个区。

②同上。

珀妮玛一想到绷带就又想去挠伤口。“唔，没错，我不能摘。”

“萨维赛肯定不喜欢你这样。”

“她为什么会这样想？”

他们继续往远离奎师那河的地方走去。路边尽是大片大片的空地，只能见到猪、野狗和成堆的垃圾。在其中一片这样的空地旁有一座高大显眼，维护还算不错的房子。里希领珀妮玛朝那房子走去。“萨维赛在里面？就在这里工作？”

“算是吧。”里希含糊其辞地回答道。

里希没按门铃便带珀妮玛直接进屋了。他们刚进门，珀妮玛便听到二楼传来一阵动静。她抬头望向阳台，瞧见上面有五六个和她年纪相仿或者更小的女孩，她们相互推搡了一会儿，然后转身走开了。这些女孩当中没有萨维赛。里希说：“来吧。”他带她穿过一楼的走廊，在走廊尽头的那扇门前停了下来。这一次，里希敲了敲门才进去。书桌后面坐着一个瘦巴巴的男人，戴着副硕大的眼镜，皮肤像波罗蜜的果皮般疙疙瘩瘩。珀妮玛想，可能他小时候得过什么病所以变成了这样。那男人抬头看了珀妮玛一眼，他原本一脸烦闷，突然就露出了厌恶的神情。不过，珀妮玛从他眼神里看到的更多的是无情和冷酷，她几乎想夺门而逃。

“这是怎么回事？”男人没在看里希，但显然是在冲他发问。

“火车站带来的，古鲁。”

“你这个蠢货。”

“古鲁，你说过我们缺人，所以我想也许——”

“是吗？这就是你能想到的？”

里希耷拉着脑袋，点了点头。

“好了，快把她带回去吧，”男人吼道，“她太丑了。还有，瞧瞧这些绷带，谁来给她付医疗费？没人理应承担这笔钱，你连这点儿觉悟也没有吗？还有，你知道塞缪尔干了什么好事吗，他一声不吭就带着一个女孩跑了。这下没人做账了，还少了一个女孩，这让我怎么办？还有，把她带走，让她离开这儿。”

珀妮玛看了看里希，又看了看坐在书桌背后的男人。她掂量着自己仅剩的钱和那几件首饰，觉得这是自己唯一的机会。于是，她开口说道：“我有个朋友，和我是一个村的，里希说——”

男人正在一个笔记本上涂写着，他抬起头来，似乎很惊讶她会说话。他缓缓一拳捶在桌上。“我说了，让她出去。”

“他说你知道她在哪儿。”

男人放下了钢笔，珀妮玛能感到他极力压抑着，但最终怒火从他眼里喷发而出。“我希望你能明白，对我来说猴子都比你更有吸引力。”

里希抓着珀妮玛的胳膊，想把她拉走。珀妮玛甩开了里希的手。她想到纺织屋，想到萨维赛离开的那个清晨，想到她当时也许想给自己一个留下来的理由，但却站在门口找不出这样一个理由，不得不趁着夜色离开。“我会做账。”珀妮玛脱口而出。

男人盯着珀妮玛。

“我会做账，我以前学过会计。”

男人笑了几声，说：“什么时候农村女孩也学起会计来了？你说你是哪里人来着？”

“我真的会，我可以做给你看。”

男人和里希面面相觑，一致看向珀妮玛。男人把笔记本转朝珀妮玛，说：“来吧。”

珀妮玛细细看了起来。起初，她眼前只是一堆数字，这些数字前多数附有字母，而表格最左边的那列显然是日期。过了一会儿，她找到了某种规律：某些字母后面跟着的数字总是要大一些。至于日期，都是上个月的日子。接着，她明白了，这些字母代表的是姓名首字母，其中S出现了三次，S后面跟着一个固定的数字。她感到脊背一阵发凉。“你要是多记录一点儿情况会不会更有利于做账？比方说，是不是同一个人会来好几次，他在哪天来的，还有他是不是每次都要同一个女孩。这样就会更容易一些。”

屋里一阵沉默。外面的狗吠了几声。“所以你会做账。”男人说完看着珀妮玛，好似他刚刚才见到她。“你还会做什么？”

“做饭，打扫，纺线。”

古鲁朝里希挥了挥手，示意他离开房间。里希走后，古鲁便饶有兴致地用冷酷、精明的目光将珀妮玛扫视了一番。

“古鲁，”他说，“这是我的名字。我们还有六本账，都由你来做吧。你住在哪儿？”

“火车站。”

“这后面有间空房可以给你住。屋里的东西都不属于你，你愿意先待几天试试看吗？”古鲁尖锐的声音好似一把匕首般对准了珀妮玛。珀妮玛明白他此时说的可不仅是做账的事。她点了点头。

古鲁又问：“你的脸是怎么回事？”

“意外罢了。”珀妮玛说。

古鲁脸上露出了一个坏笑。他坐回椅子上，问：“油还是酸？”

珀妮玛的房间位于一楼后院。屋里没有窗，有一张折叠床，房间门上挂着象神的画像，角落里有台小冰箱。此外，还有一个装有便池和洗水池的卫生间，卫生间的窗户很高，珀妮玛够不到。珀妮玛站在窗下，看了一会儿长方形窗户里透进来的光。然后，她仔细瞧了瞧这个卫生间，这还是她第一次看到有独立卫生间的卧室。她把钱和首饰藏在折叠床底下，然后用水桶洗了个澡。

洗完澡后，珀妮玛想出去看看，却发现门被锁住了。她使劲推门，砸门，大声呼救，可门外没有任何动静。她往后退了一步，盯着门想，也许门是无意中被锁住的？可这不可能，她进屋时注意到了门外有金属门闩。一定是有人把它插上了。这是什么意思？他们不会是想把她关起来吧？她不禁发出一声尖叫，门上的象神画像被震得掉到了地上。她用身体往门上撞去。她不停叫喊着，哭泣着，砸着门，声音逐渐沙哑，双手变得生疼。屋外仍然一片死寂。珀妮玛顺着门滑到地上，闭上了眼。等她再次睁开眼时，她注意到了对面的冰箱。她跌跌撞撞走过去，拉开冰箱门。里面有两瓶水和一碗水果，水果有番石榴、苹果、人心果和葡萄。她关上冰箱，再次回到门边，用手敲打着门。屋外还是没有一声回应。她筋疲力尽地在折叠床上躺下，强迫自己入睡。

她不知道睡了多久。醒来后，她突然害怕了。她问自己，你在怕什么？害怕被关在屋里？害怕门不会开了？又或者突然开了？刹那间，她感到自己眼下的处境和她在南布鲁时别无两样。她再次打开冰箱，拿出一瓶水，谨慎地抿了一小口，随后喝了一大口。她感觉饿了，于是又去拿水果。突然间，她刚要拿起苹果的手停住了。她想起了古鲁说过的话：屋里的东西都不属于你。他为什么要这样说？这话听着很怪，到底是什么意思？她还是不敢拿起一个苹果。她想，这可能是个测试，也许古鲁是在试探我会不会吃这些水果，是否会拿走不属于我的东西。对于一个会计来说，这样的测试合情合理。可她饿极了，所以又想，不管怎样，我最后肯定还是会吃掉它们。可她又意识到，要是萨维赛真的在这儿，哪怕我只吃了一个苹果，可能就会错失和她重逢的机会。

她把冰箱门关上了。

珀妮玛在屋里挨过了三天，什么也没吃。一开始，她能感觉到饥饿在慢慢侵蚀胃部。为了对抗胃疼和虚弱感，她不得不将身子蜷缩起来。饥饿是一头野兽，她把自己按在床上，大口喝水，试图将它驯服。她时醒时睡，在床上一直躺到中午才起。到了第二天下午，她浑身发烫，喝水也起不到什么缓解作用。她想自己可能是病了。她认真考虑过要不要吃水果——如果永远都不会有人来开门怎么办？可她想到了萨维赛就在这儿。只要通过考验，她便能见到萨维赛了。于是，她坐回床上，开始想象各种食物的滋味，可这并没有让她心里好受一点儿。于是，她又开始回想饥饿的滋味。在因陀罗瓦利村生活的大部分时间里她都在挨饿。每次吃饭，她总是把自己的那份分给弟弟妹妹一些，只留一小口米饭和泡菜。可眼下的这种饥饿来得要更加凶残。

珀妮玛越来越虚弱了，她没力气去厕所，也没力气喝水。到了第三天，她变得十分敏感。一滴水砸在她的胳膊上，她全身都为之一颤，仿佛这滴水不是落在皮肤上，而是直接穿透了皮下组织。这一天，她没有洗澡，因为她连站起来都很困难了。她身上散发着一股异味。她想一定是烫伤的地方感染了，或是绷带腐烂了。然而两者都不是。这其实是汗水的味道，只不过闻上去比平时更刺激，更强烈，更苦涩。床单上全是这股味道。虽然她四肢发烫，她却觉得饥饿似乎才该是最真实的常态。她甚至不再想吃饭了，食物成了一种抽象的事物，一种遥远的记忆，有时让她厌恶。

第四天早上，门开了。

珀妮玛睁开了双眼，却不想起身。来人是古鲁。他看着珀妮玛，一脸嫌弃地问："什么味道？"

她看了看古鲁，又把眼闭上了。她说："我没吃那些水果。"

古鲁走到冰箱旁，拉开门瞧了瞧，然后说："的确。"他走回她身旁又说："可你吃没吃都无所谓。"

珀妮玛再次睁开双眼。

"你以为我想要的就是试探你会不会吃水果？"古鲁一阵大笑。"你们农村女孩太可笑了，这些水果一旦过夜就吃不了了。"他说："你想错了，我只是想让你明白我拥有什么罢了。"珀妮玛感到困惑，挣扎着想要从床上坐起来。古鲁见状说："不，别起来。躺回去，头朝下趴着。"珀妮玛照做了，但她仍然扭头看着古鲁。"如果你要为我工作，你必须明白你属于我。"古鲁说，"因为我，你才能吃得上饭，因为我，你才会流汗，浑身发臭，虚弱不堪。不过，最重要的一点是，我赐予了你饥饿。"古鲁站在床上，低头看着她。"你明白了吗？我赐予了你饥饿。”他说着松开皮带，“把头转过去，我不喜欢看到别人的脸，尤其是你的。”

第二天，珀妮玛开始为古鲁工作了。她被安排坐在古鲁旁边的那张小书桌后面，这样古鲁就能随时看着她。不过，古鲁很少会待在办公室。多数时候珀妮玛都是一个人坐在那儿，开着办公室的门，打量着每个从门口路过的女孩。

萨维赛一次也没出现过。至少，她从没在办公室门口出现过。珀妮玛被禁止和这些女孩交谈。如果古鲁在办公室，他会密切关注珀妮玛的一举一动，他不在的时候，厨师拉朱会负责盯着她。尽管如此，珀妮玛还是会朝每个下楼来的女孩点点头或是笑一笑。一些年纪较轻的或者新来的女孩会回望她一眼再上楼，眼神或忧伤或勇敢，不过她们大多数还是选择无视她。这个妓院一共有十三个女孩，她们恐怕都没有十六岁。可她们还能算是女孩吗？她们身上有什么不见了，那是一些对于女孩来说最重要的东西。到底是什么呢？在妓院的头几周里，珀妮玛每天都在思考这个问题。毫无疑问，她们失去了童贞，身体被糟蹋了。可是，一定还有什么不易觉察到的东西不见了。

之后，珀妮玛想明白了。一天下午，一个女孩午睡后拖着步子下楼来上厕所。她从办公室门口走过，揉着惺忪的睡眼，脸上睡意未消，倦意明显。她站在后门往屋外看去，目光平静，一副满不在乎的表情。珀妮玛看着女孩冷漠的眼神，意识到女孩已经失去了对光的感知。她意识到无论是她自己，还是这里的其他女孩，都已分不清光明和黑暗，白天和夜晚。她明白了，她和其他女孩不仅已感知不到外界光线的变化，也感知不到内心的变化了。她明白了，这些女孩所丢失的是内心的光。

此时，珀妮玛又想到了萨维赛。珀妮玛现在需要核实以及平衡六本账本的收支情况，她有了一个吉舍尔用的那种小型计算机器，做起账来更方便了。她一边认真工作，一边试图想办法去其他妓院看看。她知道里希骗了她，他并没有在火车站见过萨维赛。不过，维杰亚瓦达的所有妓院几乎都由古鲁经营，珀妮玛决定先挨个查看确认，再进一步看看去不去北方。于是她留在妓院里，按兵不动。

珀妮玛在妓院待到第九个月的时候，仅趁古鲁去收账时跟着他去过其他两个妓院。“我和那些女孩不一样，”珀妮玛恳求道，“我想出门活动活动。”古鲁虽然不大情愿，但还是答应了她。她感到自己正渐渐赢得他的信任。她从不打偷钱的主意，也不要求工资，做账也没有失误过。古鲁有时会对她说说心里话，甚至会发给她一小笔薪水。从某种角度上来说，是她的伤疤让古鲁对她产生了信任。这听起来有几分荒诞，但却是事实。她用不着再用绷带包扎，伤口已然愈合，留下的是大面积有亮点的粉色伤疤。她的脸给人一种无辜的受害者印象，容易唤起他人的同情。

一天，古鲁进屋后便怨声连连，说妓院里这近一百个妓女在吃穿等方面开销太大。“每个月她们能花掉我几千卢比，可她们除了吃什么也不会做。”

珀妮玛什么也没说。她清楚古鲁每个月在这些女孩身上要花去一万多卢比的费用，有时这笔费用甚至高达二十万卢比。

“有个女孩某天竟然跟我说她过生日，能不能给她买颗糖。就因为这个！于是我跟她说，要是她一晚上能接待十个客人，那她就能有糖吃。”

珀妮玛点头附和。

“她们每天都在不停地吃呀吃。”

珀妮玛对古鲁的抱怨已习以为常，她又忙着做账了。

“她们胆子可真不小。还有一回，一个女孩说她想吃香蕉，我告诉她有饭吃就不错了。你猜她跟我说什么？”

“不知道。她怎么说？”珀妮玛头也不抬地问道。

“她说，可我喜欢把香蕉拌在酸奶饭里吃。你听听，她竟然跟我要香蕉吃，简直无法无天！”

珀妮玛猛地抬起头来。她竭力保持镇定，用平静的口吻问：“噢，那这个要香蕉吃的女孩后来怎么样了？”

古鲁耸了耸肩，说：“我们把她卖了。”

“卖了？卖给谁了？”

古鲁望着珀妮玛，眯起眼睛说：“你以为开妓院能挣几个钱？以为所有的账本都在你哪儿吗？我们主要的收入来源是把女孩卖给沙特或者迪拜那些地方的有钱人。”

珀妮玛倒吸了一口气。她对自己说，冷静，别让他发现了，否则他就不会继续往下说了。“可是，”她轻声问，“那个想吃香蕉的女孩被卖去哪儿了？”

“大概一年前吧，我们做了一笔大交易，她应该就是那时被买走的。有个美国的有钱人想买几个女孩给他打扫公寓。显然，在那边雇人做这些事得花一大笔钱，买这些贱民就便宜一些。他好像在西雅图还是萨雅图有几百栋公寓。不管怎么说，我们卖了一个好价钱。”

珀妮玛感到她周围的温度骤然下降，木门发出了一声巨大的声响。“那你是怎么去到那边的？”

古鲁爆发出一阵大笑。“那里太远太远了，根本没法过去。”

珀妮玛也笑了，但她知道自己一定会过去。

Part 3 第三部分

萨维赛

1

萨维赛知道她没有香蕉吃，但起初她却想不通，争取一根小小的香蕉有那么难吗？

她想要讨个说法。

她知道必须和妓院唯一的头儿古鲁谈谈才有可能吃到香蕉。古鲁不时会来验“货”，这里的“货”指的就是她们这些女孩。萨维赛第一次见到古鲁时，她已经在妓院里待好几周了。那一天，因陀罗瓦利村的长老决定让珀妮玛的父亲娶她为妻，她在次日凌晨逃走了。那一天，她的身体被侵犯了。之后整整三天她都缩在纺织屋的角落里，没有哭，没有眨眼（她感觉不到眨眼这个动作），没有希望，没有祈祷，没有痛苦，没有思考。不过，也许她脑海中曾有一个念头一闪而过，那就是，她是该继续活下去，还是一死了之？也可能这两者其实并无区别？珀妮玛睡着了，萨维赛走到织布机前。她给珀妮玛织的纱丽连一半也没织完，铺在织布机上，像块裹尸布。她解开织布机上打的结，取下纱丽布，将它折成原先八分之一的大小，塞进罩衫，抵着她平坦的胸脯。

随后，她走出了因陀罗瓦利村，知道自己永远也不会再回来了。

她来到汽车站——不是镇里那个，而是高速公路上的那个——第一辆停下来的汽车是去维杰亚瓦达的。车上只有售票员，甚至没有早起赶集的村民。萨维赛身无分文，连一个派士也没有。车门开了以后，她沉住气，望着司机，恳求道：“请捎我一程吧，没人会知道的。”

司机将萨维赛从上到下瞟了几眼，笑了一声，关上门，开着车走了。[illegible]搭货车了。几分钟后，一辆货车飞快地从她眼前驶过去了，后面紧跟着[illegible]第六辆货车有着精心绘饰的车身，挡风玻璃上方绘有一尊象神，中间是幅宁静的湖景，湖岸一侧是小屋和牛群，另一侧装饰着一束玫瑰花。货车的保险杠上挂着两串祈求好运的鲜青柠，驾驶室内最前方的顶上挂着长条红幡，在黑暗里也仍旧闪亮发光。萨维赛站在马路边冲司机招手。车慢慢停了下来，司机看起来很年轻，似乎和她差不多大。萨维赛钻进了驾驶室。司机也许是睡眠不足，也许是眼里进了灰，也许是喝了酒，睡意蒙眬，双眼充血，然而却有着一口皓齿，甚至要比因陀罗瓦利康达山上的庙还要洁白。

“你要去哪儿？”

“要看车往哪儿开了。”萨维赛说。

“这车是去普纳的。”

“那么普纳就是我的目的地。”

司机笑了笑。萨维赛这时觉得他的白牙光亮尽失。

货车沿着公路往前驶去，路过尚未开门的茶铺、漆黑的茅屋、沾满露水的稻田和睡梦中的野狗。不到十分钟后，司机的手从方向盘上挪开了。萨维赛以为他是想调整座椅，但他却把手放到了她的臀部上，说：“我可不急着赶路，你呢？”

萨维赛倒吸了一口凉气。

突然间，她明白了，有扇门开了。不是在今天，而是在三天前。可这扇门是怎么回事？她原来怎么不知道它的存在？她心里没有答案，也或者她根本就不想知道答案。无论如何，门开了，她走过去了。是珀妮玛的父亲把这扇门打开的，是他迫使她这样做的。他就这样生猛地把门拉开了，甚至没征求过她的意见，没问过她。这里有扇门，你愿意让我来打开它吗？你想看看门的另一边有什么吗？可这件事已经发生了。在所有男人眼里，她就是一件物品罢了，他们进入其中，在里面占有片刻，随后离开。

货车继续向前驶去，司机的手在慢慢上移。他们跨过奎师那河，转入国道。

好吧，如果这件事是真的，那么另一件事一定也是真的。她不用费力多想就已知晓还有另一种事物存在，好似它一直在路边等着与她邂逅。那是另一扇门。这扇门更小，却更难开。这是一扇隐秘之门，门后藏有货真价实的宝藏，也就是她对珀妮玛、对家人的爱。这份宝藏光芒闪烁，使她不仅感受到了藏在胸口的纱丽布，也感受到了所有的布带给她的感觉。这份感受像一只手（不是货车司机那样的手，而是一只无欲无求的温柔的手）搭在她胸前，保护着她，随着时间的流逝变得越来越柔软。她父亲因恐惧和渴望而颤抖的双手（这竟然已是回忆）和香蕉拌酸奶饭浓郁香甜的味道交织着的记忆在她心里起伏翻涌，未曾间断，在黑夜里光芒焕发。

“停车。”萨维赛说。货车司机停下了他那快要伸到她裆部的手。

“在这儿停车？”

“是的。”

“可我们还没出维杰亚瓦达。你说你要去普纳。”

萨维赛盯着司机暗沉的嘴唇，他的上嘴唇几乎完全被胡须遮住了。司机朝她笑了笑，似乎期望她能回以笑容。可萨维赛只是继续注视着他布满血丝的双眼和洁白的牙齿。车速慢了下来，可车却仍然在往前走。萨维赛往窗外望去，一只生满癞疮的狗趴在垃圾堆旁，不远处，一只母鸡正在土里刨食。她想，他可能是不想撞到它们，所以突然打了一个急转弯，这样做也的确在情理之中。她又想，我握有门的钥匙。

她将司机的手从臀部上挪开，然后使劲扭了一把他的手腕。司机疼得倒吸一口气，慌忙踩下刹车。车身抖了抖，终于停了。

“你这个婊子，给我滚下去！”

萨维赛下车了。伴随着一声刺耳的声响，货车绝尘而去。萨维赛站在国道上环顾四周。东边是维杰亚瓦达的郊区，虽然这里离市区有一定距离，但却很容易就能走回去。不过，走回头路听起来可不是什么聪明的做法。如果往西走，可以去到海德拉巴、卡纳塔克、马哈拉施特拉，最远能到阿拉伯海。不过以上这些地方萨维赛闻所未闻，她只知道普纳也在西边，过了普纳便是大海。她在满是灰土的路边坐了下来。路上的车越来越多了，但大部分都是卡车。兴许她可以再试着搭车，没准儿这次能遇到个好一点儿的司机。如果她要去普纳，那司机就会把她带到那儿去。那里的人说什么话？马拉地语，一种她完全不懂的语言。如果去班加罗尔呢？那里的人说卡纳达语，和泰卢固语很像，但又不完全相同。她再次扭头看向维杰亚瓦达的方向，琢磨着往回走可能要明智得多。她最好先待在能听懂别人说话的地方，这样更容易挣钱养活自己。她猜测因陀罗瓦利村的人会四处寻找她，而维杰亚瓦达这样的地方会是他们最后的搜查方向。无论如何，她清楚，明智要比聪明重要得多。

每个人都叫他老板或者古鲁，但他的真名却无人知晓。古鲁戴着一副偌大的眼镜，身材精瘦，看似有几分病态。他最使人印象深刻的地方是他的眼神。萨维赛能够清楚地感觉到，当他望向自己时，就像是在不耐烦地扫视岩石、山峦或是喜马拉雅山脉，只不过他想要发掘的不是金属、矿物或是宝石，而是长相不错却一贫如洗的女孩。再后来她学会了一个词用来形容他寻觅的东西，那就是“利益”。

萨维赛第一次见到古鲁时她还没摆脱毒瘾。说来可笑，古鲁他们毫不费力就让她上钩了。那天她走回了维杰亚瓦达。接下来的三周里，她白天挨家挨户去裁缝店和缝纫工那儿打听工作，晚上躲进金匠区的一条水沟，闻着首饰店的炭火炉加工黄色金属后产生的废水味，和老鼠、猪挤着入睡，以至于有一次她睡着后耳朵差点儿被老鼠咬了。香蕉皮里吃剩的果肉、被咬过一半的饼、迦那迦杜尔迦女神庙里供着的一片椰子，只要是可以吃的，她便拿来果腹。她就这样在维杰亚瓦达待了近一个月。之后有天清晨，她路过安妮贝赞特路旁的一条小巷，在一群围着茶摊喝茶的男人旁边停了下来，望着窄巷两旁满是煤灰的墙，穿插在楼房间的晾衣绳，抬头打量着头顶被日出照耀的那一小片天空，寻思着自己该做点儿什么好。一个她之前没注意到的男人从她身后冒了出来，给了她一杯茶。萨维赛望了望手里热气腾腾的加了糖的茶，又看看眼前的中年男人。他穿着干净的衬衫和裤子，头发抹了发油，梳得很整齐。

“喝一口吧。”

萨维赛迟疑着。

“你在等人吗？”

“是的，等我丈夫。”

“你的芒加苏特拉呢？”

萨维赛耸了耸肩。男人笑了。萨维赛下意识地摸了摸脖子，随即反应过来不该这样做。男人见状又友好地笑了笑，说：“喝吧，全城最好喝的茶就在这儿。”

萨维赛啜了一口又一口，最后把茶喝完了。她有点儿头晕，她想可能是她太饿了。可等她再次睁开眼，却发现自己来到了一个无窗、潮湿的水泥房间里。她躺在一张麻绳床上，被绑住了手脚。无论她如何挣扎，如何叫喊，都无人应答，绳索也丝毫没有松动。她感到大概过了几天后，才有人进了屋里。来的似乎是个男孩，但屋里屋外一团漆黑，所以她不能肯定。男孩伸手在床边摸索着，等摸到了萨维赛的脸后，他紧捏她的鼻子，直到她不得不把嘴张开。他往她嘴里灌了一种苦味液体，但不是茶。

她再次昏睡过去。

也许又过了几天，也许过了一个月，门再次开了。屋里射进了一束黄光，萨维赛看见来的人是个小女孩，提着一只沉甸甸的水桶，水洒了一地，将她胸前破旧的连衣裙打湿了一片。萨维赛一直头脑不清，全身发软，但她还是对自己说，快跟这个女孩说话，告诉她你愿意为她做任何事。萨维赛动了动嘴，或者说她想要动一动，可她什么也说不出。她觉得眼皮发沉，于是闭上了眼。她盯着眼前的一片混沌，再次命令自己开口说话。终于，她用微弱的声音说："求求你，给我松绑吧。"

女孩好像没听到似的，开始用一块湿布擦拭萨维赛的腿、阴部、腋下和胸部。我的胸部，萨维赛想，珀妮玛的纱丽布是不是还在那儿？她沙哑着声音，问："这里有块布，是不是？"女孩发现了那块布，把它举起来闻了闻，然后扔到了房间的角落里。萨维赛发出一声动物般的哀号。女孩不为所动，开始用湿布擦萨维赛的脖子和胳膊。女孩擦到萨维赛的手时，萨维赛一把抓住了她的前臂，将女孩拽到面前，借着昏暗的灯光，仔细瞧了瞧她的脸。女孩的双眼正望着萨维赛，好似有阵风把墙上的水泥吹进了她眼里，她眼珠灰白，一动不动。困惑、混乱和愤怒包裹着萨维赛，她心里的火焰在燃烧，但她还留有一分清醒："你能听见我说话吗？"

女孩发出一阵号叫，听上去比萨维赛的哀号更野性，更悲伤。萨维赛这才明白自己是被囚禁了，这才看清了自己的命运和处境，她发觉自己不够聪明，也不够明智。这个女孩是个聋哑人，而上次来的男孩是个盲人。

萨维赛疯狂扭动着身体，她想挣脱手腕和脚腕的绳索，绳索却反而更紧了。她叫着，哭着，用头撞击麻绳床。她想用牙齿把绳索末端咬开，最后被磨得牙龈出血。她尝到了铜的味道，心想，好极了。她又想，还有多久血才会流尽，我才能死？每次男孩把毒品灌进她嘴里，堵住她的嘴后，接着她就会吐出来。他开始直接给她注射。通常他会把针管扎进她胃里，但如果她反应过于剧烈，他会扎到她臀部侧面。即使萨维赛处于眩晕状态，但她仍能清楚地看到床的形状、屋里阴暗的角落、潮湿无窗的墙面以及她失去的美好事物：阳光、风和水。

她时睡时醒，满身是汗，偶尔呕吐。不过，她却感到某些记忆浮现在眼前，像气息般飘荡在空中，越飘越高。比方说，因陀罗瓦利康达山上闪光的寺庙，煮熟的米饭散发的香味，卖花小贩的叫卖声，街面上洒落的花瓣，猫头鹰的临终遗言，操作织布机的感受，纺线的手感以及亲手在织布机上织出一匹布的感觉。她明明可以织出一条河、一片海。为什么她会躺在这儿？为什么？

女孩又来给萨维赛擦拭身体了。她走后，过了一会儿，门再次开了。这次来的是一个萨维赛从未见过的男人。萨维赛全身浸泡在汗水里，虚弱无力，四肢早已麻木，她在毒品的作用下又累又兴奋，以为是父亲来了。

然而，来人不是萨维赛的父亲。

之后，萨维赛会知道这人的名字叫古鲁。他把门敞开着，让光照进屋里，萨维赛被刺得眯起了眼。古鲁带着一丝笑意走向萨维赛，将一把刀摆在她够不到的床边。萨维赛虽然身体虚弱，但出于求生的本能，猛然惊醒。她朝那把刀蠕动起来，麻绳床剧烈摇晃着，险些翻了个面。刀哐当一声掉到了地上。古鲁不以为意，朝角落走去。那块纱丽布还在那儿，古鲁用鞋尖踢了踢它，稍稍弯下腰，凑近瞧了瞧。接着，他把脸别了过去，仿佛他刚刚看见的是一块烂肉似的。他笑了笑，说：“这种织法很特别，我知道，你是因陀罗瓦利村的，对不对？”萨维赛没有回应。古鲁走回床边，咧嘴笑着。萨维赛看着他，拼命恳求着。她预感到了接下来将会发生什么。“你很难闻。”古鲁静静地说。随后他补充道：“没有什么比难闻的女人还要糟的了。”他捡起刀，仔细研究着刀锋。过后许久，他说：“也许还有更糟的，那就是不听话的女人。”刀尖从萨维赛的脸颊和脖子上滑过，古鲁扯开她的纱丽，划破了她的罩衫。刀锋在她两胸周围游走。“你没多少胸，”他低头看着她问，“亲爱的，你会听话吧？”他用近乎怜悯的眼神盯着萨维赛，朝她脸上吐了口痰。萨维赛无力极了，害怕极了，她转头想避开这口痰，痰却落在了她的唇边和脸颊上。古鲁把痰液在她脸上抹开了。“你瞧瞧，多脏呀。”他轻声说完，起身离开了。

那口浓痰在萨维赛脸上慢慢变干。她能闻出古鲁之前嚼了槟榔，接下来一连数小时里，她都忍受着这股味道。

萨维赛身上的绳索被解开了，但她还是被关在屋里。他们先让她对毒品上瘾——如果给她打针的男孩来迟了几分钟，她就会陷入疯狂，不停砸门，不停恳求，浑身发抖，皮肤像着火般发烫，然后，再给她戒毒。过了一段时间（可能有一两个月之久），萨维赛才终于被允许出门。此时她体重掉了近十公斤，面色憔悴发白，头发成把脱落，浑身瘀青，手腕和脚腕依旧发炎红肿。老鸨瞟了萨维赛一眼，发出了谴责的啧啧声，仿佛萨维赛是个玩过了饭点才回家的淘气鬼。

萨维赛低着头，好似认错一般。

萨维赛的第一个客人是个四五十岁的中年男人。从他的打扮上来看，她能猜出他是个白领。他穿着干净的衬衫，系皮带，戴金表，脚趾很干净。他的前额上有一条模糊的灰印，大概是他早上做了普迦，也或许是他妻子弄上去的。

一开始男人还有些腼腆，等紧挨着萨维赛在床边坐下后，他却开口问：“你能给我一个吻吗？”

萨维赛看着男人说：“我不知道怎么做。”她的回答如此坦诚，差点儿扫了男人的兴致。最后他说：“过来，让我做给你看。”

之后，萨维赛开始习惯这样的生活，每天接待五六个客人，时不时被老鸨苛责几句，闲下来了就和其他女孩聊天、嬉笑打骂或是静静地待在一起。萨维赛总是记不住其他女孩的名字，她的头脑似乎变迟钝了，凝固了，她好像丧失了思考能力，仿佛一位不得不放下王冠，抛弃臣民的国王，放弃了她最重要的东西。她感到不堪重负，血管里流淌的血液似乎在慢慢减少，无法再承受沉重的回忆。

然而，有一样东西，有一份慰藉，一直都在，那就是她身下躺着的布料。每当男人进入她体内，将她的脸按在那从噶维诺佩特布料店买来的粗糙、廉价的床单上时，她会把眼睛闭上，感到自己的脸、背部、膝盖和手掌在床单里越陷越深。磨破的布料和精液的味道充斥着她的鼻腔，她忍住眼泪，忍住不去想珀妮玛，不去想她小时候捡垃圾的情形，不去想父亲、母亲、妹妹和失联的哥哥们，不去想奎师那河充满泥土的气息、河岸边洗衣女工的笑声、寺庙里摇曳的明灯，不去想她在纺织屋的遭遇和她心底永远的哀痛。她真正放下的唯有织布，她的双手就像出笼的鸟儿，得到了解放。

她允许自己回想起一件事。

从因陀罗瓦利村去贡都尔县的路边有几片棉花地。在她小时候，母亲整个夏天都在棉花地里干活。有一次，她跟在母亲后面想要帮忙摘棉花，可她个子太小了，即便是跳起来也够不到棉花秆。她注意到一朵棉铃无意中从母亲手里掉了出来，她把它从地上捡起，兴奋地叫着，仿佛她抓住的是胖嘟嘟的云朵。随后她拽了拽母亲的纱丽，骄傲地把棉铃举到母亲面前。然而，母亲看也没看她，便说："拿着吧，你的连衣裙就是棉花做的。"萨维赛听完这句话，站在炎炎烈日下的棉花地里愣住了。她低头瞧了瞧手上那团柔软、多籽的棉铃，又抬头望了望眼前棉花秆上挂着的排排棉铃，它们就像一轮轮挂在空中的皎白圆月，美丽而遥不可及。接着，萨维赛低头看了看身上穿着的粉色连衣裙。尽管裙边磨损了，裙身褪色了而且很脏，但这的确还是一件连衣裙。可它是怎样由这些裹有棕色小籽的棉花团变成的呢？萨维赛觉得不可思议。她想这一定是个秘密，一个只有大人才知道的秘密。要么，很可能是一种魔术。不管怎样，这永远是一个谜。她长大后学会了纺线和织布，还认识了珀妮玛。从某种意义上来说，她是用自己织的布换来了和珀妮玛坐在一起吃晚饭的机会，退一步来说，至少她用布换来了食物。于是，谜团越变越大了：棉铃能变成衣服，衣服能变成食物，食物能变成朋友。

多年来，这个谜团一直困扰着她，直到现在。在妓院里，她把这个谜团和那块没给珀妮玛织成的纱丽布（某次她毒瘾发作时歇斯底里地想要它，有人——不是出于好意，而是为了让她闭嘴——在水泥屋的角落里发现了它，用脚趾头把它捡起来，扔回了她脸上）藏在枕头里。

从此，这个关于织布的谜团和那块纱丽布，就像所有谜团那样，在她枕头里燃烧着。

2

萨维赛第二次见到古鲁是在几个月后。一个女孩被客人传染了性病，臀部和阴部起了很大一片水泡和红疹，卧在床上，连一口酪乳也咽不下。女孩们纷纷围在她床边，其中有个女孩去叫了医生。老鸨慌慌张张地跑来了，挤到床前查看情况。“今天可是星期天，请医生要比平时贵。”老鸨毫无愧疚地说。

一个星期天。

萨维赛突然意识到，原来还有一种事物叫作日期，有一种事物叫作时间。

她感到有什么刺痛了她的心，有什么正在发生微妙的变化。

那天下午，古鲁现身了。老鸨给他打了电话，恳求他赶来看看。女孩们再次聚到床边。这一次，萨维赛注意到古鲁穿着低帮皮鞋，他的牙齿被槟榔染成了橘色。他说："你把我叫来就为了这事。"

老鸨搓着手，说："这么严重的情况我还是头一回遇到。"

病危的女孩脸色苍白，嘴唇因为发烧开裂流血了。古鲁端详着女孩的脸，问："她是头牌吗？"

"是的。"老鸨说。

古鲁又盯着那女孩看了一会儿，然后转身走向门口，说："让她就这样去吧。"

萨维赛注视着古鲁离开房间。病危的女孩在睡梦中啜泣，仿佛听见了古鲁的话。不过，隔着炎热、消逝和荒芜组成的层层屏障，她不可能听得见。让她就这样去吧。这句话在空中悬置了一会儿，穿过包围着萨维赛的炎热、消逝和荒芜，抵达她耳畔。一束光刺痛了她，她睁大了眼。她想起来了，记忆里有一扇隐藏门，她所有的宝藏都藏在门背后。从她在茶摊被下药，到被囚禁，被迫服用毒品再到成为妓女，这段时间里这扇门一直紧闭着，直到古鲁的话穿门而过。

萨维赛环顾四周。

房间里的女孩都是等待死神到来的孩子。下一秒，她又想，不，不，我们都老了，都是被时间蹂躏过后等待死神到来的女人。

有了这个想法，其他想法也都接踵而至了。她脑海里仿佛突然爆发了一场雪崩，规模不大但却向她准确袭来。

她的第一个想法是，她不能继续待在这里了。对她来说，想到这一层并不容易。珀妮玛父亲强暴了她，从那以后，她便一直挣扎于某种形如生活却并非生活的事物当中。他用手捂住她嘴的那一刻，一阵阴影便落了下来。他打开她双腿的那一刻，一阵阴影又罩了下来。她的生命中本来有一根不断生出香蕉、希望和欢笑的枝条，当她看向他时，这根枝条被折断了。他的脸从某种程度上来说使她想起珀妮玛。从那以后，对她来说，在哪儿生活、吃饭都已变得无关紧要，不过是苟延残喘地活着罢了。所以，当她觉得自己必须离开时，她被这个念头吓了一跳。她惊讶地意识到她又想好好活下去了，活着又成了一件重要的事。

她的第二个想法是，她必须通过古鲁才能离开这里。她回想起几个月前，有个客人试图把一个木杵插进她的阴部。她惊恐地冲出了房间，老鸨却把她拖了回去，并对她说："你不会想让你父亲因此被打断了手指，让你妹妹也落得和你一个下场吧？"然而，老鸨说的话其实并不算数，真正能够拍板的人是古鲁，她知道这些就够了。尽管几个月以来她都是麻木度日，然而她注意到了妓院的运作方式有一套体系。这里的长官是古鲁，中尉是老鸨这样的人，给她茶喝的男人、给她打针的男孩、给她擦身的女孩，还有被派去因陀罗瓦利村确认没人再出得起钱、有能力或仍有意愿（符合这三个条件或其中之一）再寻找她下落的人都是小兵。

她的第三个也是最后一个想法是，她需要找到一项优势。世上有用的东西说来说去就是那几样。显然，她没钱，也几乎不识字，她唯一拥有的技能就是织布。抛开这些，她仅剩的优势就是身体。我的身体，我的身体。她一面想，一面低头打量起自己已然被榨干的身躯，看着自己依旧扁平的胸部，依旧很大的双手，依旧暗沉的皮肤。

她走到与床相对的那面墙边，墙上钉着一面绿色的塑料小圆镜。她从没照过那面镜子，一次也没有。现在她把镜子取下来，研究起了自己的脸，瞧了瞧自己的眼睛、嘴唇、鼻子、脸颊轮廓和眨眼的样子。她将镜子凑到眼前，又将镜子挪远。她将镜子斜着看，而后又放正。等等，就在那儿，那是什么？“等等，”她对着房间大声说，“就在那儿。”她把镜子拿稳了一动不动，然后看见了心里的那盏灯。几个月过去了，它竟然一直亮着！它是怎样做到的？无论如何，这盏灯要比她的身体更有用，比任何优势都有用。她笑了。自纺织屋那晚的遭遇过后，她还是第一次发觉这盏灯还在那儿，就在她心里。

之后几天里，萨维赛暗自留意妓院里的其他女孩，观察她们的一颦一笑。她们当中有五个是比她先来的，有一个是上个月才来的。她们心里都已油尽灯枯，唯有她的灯还在燃烧。

那么，现在她有两项优势：身体和心里的光。

她等待着机会出现。每逢满月夜，她都会抬头望向天空。

冬天来了，这是一年当中最好的季节。一个晚上，古鲁来老鸨屋里查账，萨维赛见状走到门口静候。古鲁说他新雇了一个会计，为人很可靠。随后他笑了笑，压低了嗓门说话。等古鲁一踏出门外，萨维赛就来到了他面前。她猜他被吓了一跳，虽然他面不改色，但他的嘴唇哆嗦了一下。

“你是谁？”

妓院的妓女实在太多了，多得他记不住名字。

“萨维赛。”

“萨维赛？”

“你往我脸上吐过痰。”

古鲁沉默着，似乎在掂量这句话、这件事以及这件事被说出来的事实。

“我想吃香蕉。”她说。

这时，老鸨走到门口瞪着萨维赛，干笑了几声，说：“有意思，有个女孩能逗乐也挺不错。”

萨维赛定定地站在原地，尽量挺直腰板，然后回瞪了老鸨一眼。古鲁似乎被挑起了兴趣，鞋尖踢着地板，注视着萨维赛的眼睛，说：“我们这儿米饭管够。”

“我知道，可我想要根香蕉，拌进酸奶饭里吃。”

古鲁笑了好一会儿，而后用石头般沉了下去的声音说：“跟我来，我来告诉你怎样才能吃到香蕉。”

萨维赛跟着古鲁进了老鸨的房间。古鲁把老鸨打发到大厅，关上了房门。屋子中间摆着一张书桌，古鲁走到书桌的一角，那里堆着几本宽大的笔记本，他打开了其中一本。萨维赛从没见过这么大的笔记本，里面全是表格和数字，还有各种各样的涂鸦。“瞧瞧这个。”古鲁指着某页上的一行数字说。萨维赛凑近一看，上面好像只是一些随意的标记罢了。“你瞧，这是你这个月挣的钱，那是我花在你身上的钱，两者的差价就是我所得的利润。你清楚了吗？”

萨维赛点了点头。

“很好。现在你该明白了，你要是哪天想吃香蕉，那天就必须多接待一个客人。一个客人换一根香蕉，懂了吧？”古鲁看着她说。

萨维赛迎着古鲁的目光，说：“我明白了。我还想知道我要怎么样才能离开这儿。”

古鲁在书桌后面坐下来，双手合十，脸上浮现出了几分忧伤，也可能是几分柔情。“我说过，没有什么比不听话的女人更糟的了。忘了那句话吧。没有什么比一个女人知道她想要什么更糟的了。”古鲁缓缓起身，绕着书桌走了一圈，鞋跟噔噔噔地踢在石地板上。“不妨从这儿开始吧。”说完他把萨维赛带到角落里的折叠床上，让她面朝下趴着，要了她。“我不喜欢看脸。”他说。

之后的几个月里，古鲁每次来妓院都会点名要萨维赛。他过来通常是为了把账本送回主妓院做账，他对萨维赛说过，那个办公室在维杰亚瓦达郊外。

他已经记住了萨维赛的名字。

每次他都会问她这个月挣了多少根香蕉。她会说，六根，或者五根。“你那么喜欢吃香蕉？”他问。“吃香蕉能防止遗忘。”她说。“防止遗忘什么？”萨维赛笑而不语，心里的灯越发明亮了。

来年春天，古鲁把萨维赛叫进了办公室。此时距离她离开因陀罗瓦利村已过去了近两年。萨维赛环顾屋内，账本不见了，只有古鲁坐在书桌后面。“坐吧。”他说。等她坐定后，他继续说：“有一个沙特王子。”

“沙特？”

“那是一个国家。”

“你要给我讲故事吗？”

“唔，这样说也无妨。这个王子想买一个女孩，年轻的，但年纪也不能太小。你很合适。”

萨维赛静静地听着。

“十万卢比，你我平分。你在那儿待上一两年就自由了。”

萨维赛睁大了眼睛。五万卢比！这么多钱足够她置办几个妹妹的嫁妆，给父母买一栋房子，乃至一座城堡！可是，等等，古鲁为什么会对她那么好，甚至想分钱给她？

“不过……”古鲁继续说着，萨维赛还是头一次听见他声音里透着犹豫，“不过，他口味很特别。”

“特别在哪儿？”

“他喜欢截肢者。”

“截肢？”

“就是缺手或者缺脚的人。”

萨维赛疑惑不解地摇了摇头。“可我的手和脚都好好的。”

古鲁给了她一个意味深长的眼神。

“不，我做不到。”萨维赛笑着说。她突然明白了古鲁的意思，不禁打了个冷战。

古鲁没说话，仍然紧盯着她。萨维赛从座位上跳了起来，大口喘着气。他说：“对我来说，你只值这个价的四分之一，也就是两万五千卢比。你要是能挣到这么多钱，也可以离开这儿，可你觉得这会花多长时间呢？”

萨维赛想到了那些账本，想到了上面的标记和数字，想到了每次多接待一个客人才能换一根香蕉这件事。“我不在乎。我不能——”

“那么，问题在于，”古鲁打断她说，“你是就值那么多钱，还是能值更多的钱？”

这无疑是世界上最难回答的问题。

萨维赛低头看了看自己的双手，好似看到了自己的未来。她问：“手还是脚？左边还是右边？”他说：“这不重要，比方说，一只手就行。至于左手还是右手，由你来定吧。”

手术原本定于两天后实施，后来又提前了一天。萨维赛想，能改主意的时间又变少了一点儿。手术前的那晚，她躺在床上，整晚都很清醒。她把左手捂在怀里，任左手在身上游走。她疑惑地想，一只手会怎样从身上取下来？怎样才可以做到呢？手作为身体的末端就和内心一样美丽。失去了手，也就意味着失去了手掌、手指和指甲上的月牙。她感到左手冰凉，仿佛血液已不再从那儿经过。有那么一刻，她决然地想，不，我不会这样做的，不会把我的左手交出去。可当她望向眼前的漆黑，她好似看见了失联已久、尚未出嫁的妹妹们。她知道自己会把手卖出去，因为这是她唯一值钱的东西。

3

这不过是一台常规麻醉手术，可对于萨维赛来说，好比一盏灯熄灭了。黑夜如同铁砧般从她身上碾过。她醒后发现左臂末端缠着绷带。医生微微一笑，骄傲地宣布道：“这是我做过的最成功的一台手术，伤口处理得很漂亮。”绷带拆开后，萨维赛坐在自己的房间里，满腹疑问地盯着断手处。他们是怎么把我的手取下来的？要把它带到哪儿去？不过，既然有人想买残疾人，那也该会有人想买一只手吧？

不管怎样，这终是关乎身体的交易。

眼泪在她眼眶里打转，她以后永远都不能织布或纺线了。不过她也用不着再去做纺织工了，五万卢比足够她买下全世界的丝绸、雪纺绸或是带有镶金伯图的纱丽。她从前无法想象的名贵纱丽，现在却能在妹妹们出嫁时当作结婚礼物送给她们。她一边想，一边从枕头底下翻出那块没给珀妮玛织完的纱丽布，将它贴在胸前，把脸埋了进去。她有什么可难过的？她对自己说，你失去的不过是一只手罢了。想想看吧，这笔钱肯定会让阿爸大吃一惊，高兴得不得了。然而，她清楚她真正失去的是藏在内心深处的织布技能。她问自己，你即将拥有的东西重不重要？对自己而言又有多重要？最重要的是，很久以前，靛蓝色和红色的棉线相互交织，一件象征着美丽和勇敢的事物便诞生了。

她抬起头，纱丽湿了一片。她忍不住哭了，棉布吸收了她的泪水。

萨维赛等待着古鲁通知她去沙特，她期待着那一天的到来。她想看看沙特在哪儿，可她没有地图。她去问老鸨，老鸨告诉她：“在沙漠里。”那么，沙特应该离拉贾斯坦邦很近。不过，有一刹那，她觉得自己也许走得越远越好。回到维杰亚瓦达是个错误的决定，在这里，风中仍有奎师那河的气息。这种气息使她惶惶不安，让她意识到自己只逃到了因陀罗瓦利村二十公里外的地方，意识到自己对命运的反抗是如此微不足道，不值一提。她想，如果我当时去了普纳又会发生什么事？她盯着左臂末端，又想，如果我去了普纳，能保住这只手吗？不过，她将要去更远的地方了，有钱了再回来。这是很久以前乌鸦教给她的：任他们把你吃掉吧，不过要确保你也能吃掉他们。

等她有钱了，她就能还击了。

她不再是一个普通妓女了。这意味着什么？萨维赛并不完全明白。她的客人比原来少了，毕竟喜欢残疾患者是一种特殊嗜好，大部分男人还是会找双手健全的妓女。不过，她接待的客人愿意付更多的钱，也更健谈。她失去的手好似成了某种稀有的谈资，某种得以让她走进他人内心深处，了解他人深层恐惧的通道。萨维赛很乐意当个倾听对象。实际上，她十分擅长倾听这件事，以至于她能在每个男人踏入房间的那一刻感受到他的悲伤，并猜到他悲伤的缘由。这其实很简单。如果一个男人进屋时头昂得很高，那说明他有一个爱唠叨的妻子。如果一个男人会像孩子般等她先开口说话，那他一定无人疼爱。至于手头不富裕的男人，会在她身上耗上许久，时间到了也不肯离去。

有一次，一个客人告诉萨维赛他进过监狱。他只说坐牢的原因是他杀了自己的弟弟，但对此没做进一步的解释。不过，他说坐牢的第三年他越狱了，从此开始了二十多年的逃亡生涯。“我逃进了梅加拉亚邦的深山里。”他父亲是个小麦商人，而他身为富有人家的长子，一直过着有人服侍的生活。“我连煮饭都不会，更别提在野外过活了。”不过，他最终学会了在森林里生存，还明白了一些事。

“什么事？”萨维赛问。

然而，男人突然沉默了。萨维赛等着他继续往下说，同时将他打量了一番。男人有着黑灰的头发和一双黑眼睛，虽然她没见过逃犯，但此人和她想象中逃犯的样子迥然不同。她原以为逃犯应该蓬头垢面，一副愁眉不展的模样，可她眼前的男人面色宁静，脸上甚至带有几分恬适的神情，就像他刚刚洗过澡，吃过一顿丰盛的早饭似的。

男人静坐了近十分钟后，眼神暗了下去，光滑的脸庞上显现出了悬崖般的坚毅。他说："我在森林里流浪了十五年后，丧失了对事物的感知力。我不仅感觉不到痛苦、孤独和欲望，也感受不到自己的内心了。你明白吗，我的心仍在跳动，但却变得和石头一样坚硬，硬得足以与其他石头相抗衡。"

当他逃亡到第十一二个年头时，他感到自己已不能称之为人类。"我为了打猎布下陷阱，自制弓箭，抓到动物后会毫不犹豫地结束它们的生命，咔嚓一声打断它们的脖子。当我看着它们的眼睛，我心如死水，甚至感受不到征服带来的快感。我徒手击打动物的脑袋，就和砸坚果没什么区别。"等他逃亡到第二十个年头时，他再也回想不起逃亡以前的日子了。他只能隐约记起自己坐过牢，更不记得自己的父母和弟弟了。他说："这就像是我生来注定要成为亡徒。不仅如此，我活着就是为了当亡徒。你能明白吗？"

萨维赛稍微明白了一点儿。

"偶尔我会遇到其他亡徒或者一些流浪部落，他们一般不会靠近我，也不会向我发问。只有活着的人才会回答问题，而我显然是个活死人。"他说，"我逃亡到第二十四个年头的时候，开始和宇宙对话，而且还会对宇宙发号施令。我能让白云飘散，让鱼游进我空无一物的手里，让风停止吹拂。一天晚上，我正在森林深处熟睡时——我不敢靠近护林站或者村庄，哪怕是没几个人的村子——被一阵奇怪的声音惊醒了。我起身四下观察，发现一条眼镜蛇正直勾勾地盯着我。我想要伸手去拿我造的那把斧头，可眼镜蛇的动作比我更快，就在我拿到斧头的那一刻，它缠住了我的手，说：‘你无法杀死我两次。’于是，我明白了眼镜蛇是我弟弟变的。它又说：‘帮我个忙吧。’我想他是要我去打听我们父母的近况，或是去看看命中注定或者命运轮回的尽头是否真的存在。然而，他说：‘帮我去看看森林的最底层在哪儿吧。’

‘森林的最底层？’我问。

‘没错。你瞧，我尽力了。我曾试着往下爬，毕竟这就是蛇会做的事。可我没找到森林的最深处，我越往下钻，路就越远，好像没有尽头一般。不过，往下肯定能到底，也许尽头是在地心，也许是在更深更热的地方。你觉得呢？’

‘我不知道。’我说。

‘我也不知道。’眼镜蛇说完便溜走了。”

说完，这个坐在萨维赛房间里，已不是亡徒的男人第一次正眼看了看萨维赛。接着他说：“第二天早上，我走出了森林。因为，你瞧，眼镜蛇无欲无求，甚至不想知道森林有多深。它只想告诉我罪恶是无穷的，我们为此付出的代价是无穷的。人本身就是一座森林，森林的最底层就是审判良知的地狱。”

男人注视着萨维赛。她想也许他在等自己说点儿什么，他却只是盯着她，继续说了下去。

“那天早上，我来到最近的护林站，径直走了进去，坦白了我的身份以及我以前犯下的罪行。一开始没人相信我的话。毕竟，谁会相信一个自称在森林里住了二十五年的人？不管怎样，那些护林员经过商量后把我带到了西隆警察局。那里的警察为了核实情况，给贡都尔警局打了电话，可对方说地方法院几年前起了一场大火，犯罪记录的备案全被烧毁了，而警局那一时期的犯罪档案一直放在发霉的密室里，都被老鼠咬烂了，所以有关我的记录也不在了。警察放下电话看着我，几乎是带着歉意向我如实转达了贡都尔警局的意思，然后说我可以走了。”

“后来呢？”萨维赛问。

男人说：“我回了家，我的双亲都已去世。有人说他们是死于心碎。人们总是愿意相信这种浪漫的说辞。要我说，我父亲是死于暴躁，我母亲是死于厌倦。我和弟弟出事后，他们再也没要孩子。我想为此向他们道歉，我为我对他们做过的很多事都感到抱歉。可我知道他们其实也在寻找森林的最底层。”

直到这时，这个曾是亡徒的客人神情静如止水，还没碰过萨维赛一下。他问：“那么，你是怎么失去你的手的？”

4

萨维赛去不了沙特了。在她手术后的第四个月，古鲁把她叫进办公室，告诉她那个王子有了更合适的人选。“更合适的人选？”萨维赛问，“那是什么样的人？”

“显然，是少了一条腿的人。”

“他是这样对你说的吗？”

“不，是他手下说的。”

萨维赛感到自己攥紧了左手——过去几周里，她时常感觉左手还在。她感到左手在流血。“那钱的事怎么说？”

“把那少得可怜的十万卢比忘了吧，我有一个更好的交易。”

萨维赛颓然地坐在古鲁的办公桌前。她累了，厌倦了交易。身为女人，她一生中无时无刻不再用身体做交易。这交易先是与身体的盛开有关，而后与身体的衰败有关。这交易先是关乎流血，然后是贞洁，接着是生育（只能生男孩），最后是守寡。

“你要去一个更远的地方。”古鲁转着手上的钢笔说。

萨维赛等自己挺过这阵疲惫和绝望后，说：“越远越好。”

“我们会帮你办好签证，等你过去了，他们会想办法让你留下来。不过到时候你要是想回来也没问题。”

“他们想要我做什么？”萨维赛惴惴不安地等着古鲁的回答。

“打扫公寓。显然，如果在当地雇女佣要出很多钱，从这儿买就很便宜。”

“可我要怎样——”

古鲁打断了萨维赛的话，说：“我对他们说你干活的速度是别人的两倍。”

“那地方在哪儿？”

“美国，一个叫萨雅图[①]的地方。他们开了个好价钱。”

萨维赛对沙特没有概念，可她知道美国在哪儿。每个人都知道美国，那是一个异常遥远的地方。她曾听人说过，美国在地球的另一端。

“多少钱？”她问。

“两万，你一万，我一万。”

“这根本没几个钱！你说过我值更多的！”

古鲁搁下笔，靠回椅背上，微笑着说：“亲爱的，我说的是美元。”

可是，古鲁为什么要和我平分这些钱？他这样做是出于何种理由？萨维赛望着坐在她对面的古鲁，他眼里闪烁着贪婪的光芒。她又想，他肯定不会把钱白给我。她并不在乎他是否在说谎，也不在意这个谎言是否要很久后才能揭穿，她在乎的是自己值那么多钱

萨维赛听说，她的买主是一个泰卢固人，住在美国的一个镇上，经营着几百所公寓、几家餐厅和一座电影院。她想，也许我终于能去看场电影了。可这个想法让她一点儿也兴奋不起来，也难过不起来，而是让她觉得愧疚。如果现在她和珀妮玛去看电影，她必须坐在珀妮玛的左边，这样有恐怖片段出现时，她们才能握紧彼此的手。这个在美国的泰卢固人有两个儿子、一个女儿。他女儿的丈夫是一个名医，能通过做手术把女人的胸部变大或者把鼻子缩小。萨维赛还是第一次

①古鲁把“西雅图”说成了“萨雅图”。

听说有医生会做这样的手术。她不知道鼻子被缩小后多出的部分是不是和她失去的那只手被放到了同一个地方，又或者，用来扩充胸部的部分也取自那个地方。泰卢固人的两个儿子帮他一起做生意，但他们的婚姻情况却不得而知。泰卢固人的妻子是维杰亚瓦达人，这就是为什么他们会认识古鲁。他的妻子是个虔诚的印度教徒，热衷于在维杰亚瓦达做慈善，会将善款施舍给穷困患病的人，并且每年会给迦那迦杜尔迦女神庙捐献一百万卢比，并供奉一套崭新的金饰。

随后，萨维赛知道了什么是汇率。

这笔生意能让古鲁净赚一百三十多万卢比。这个数目对萨维赛来说无异于天文数字。古鲁对她说："我和你可以买下整个因陀罗瓦利村了。"她听罢和他会心一笑。过了片刻，她问古鲁，为什么会选她——一个只有一只手的人去美国？那些双手健全的女孩肯定也很乐意过去，而且干起家务活来肯定会比她做得更好。古鲁眨了眨眼，说："这件事的美妙之处就在于，只有你能去。"显然，这和古鲁早先提到的签证有很大关系。签证有很多种类，比如旅游签证、工作签证和学习签证，还有一种是医疗签证。

"我要过去接受什么治疗？"萨维赛问。

"那种你即将要接受的治疗。"古鲁说，"至少，他们会这样告诉官员。"古鲁冲她那搭在大腿上的断手处点了点。"他们会说你要去美国做手术，这手术只有到那儿才做得了。有个医生——可能是那人的女婿——会给你的签证做担保。一旦你过去了，之后的事情就简单多了。"

"可我会做手术吗？会有一只新的手吗？"

古鲁不解地望着萨维赛，眼里甚至还露出了一丝轻蔑。“当然不会了，你这个笨蛋。根本没有什么手术，你是去打扫房子的。”

那么，她要去打扫房子了。这听起来还不错，起码比跟男人睡觉强多了。古鲁的话在她脑海里不停回响。不，仅仅听到他这样说还不够。她想要一遍遍地对自己说：只有你能去。

只有你能去。这意味着所有妓院的女孩中，只有她去得了美国。其他女孩或许都比她漂亮，比她健美，比她可爱，抑或有着比她更白皙的皮肤，更饱满的胸部，更长更密的头发，更丰腴浑圆的臀部，可只有她能去。为什么是她？因为只有她缺了一只手。

这意味着什么？

萨维赛微微一笑。

这意味着她有砝码了，她的机会来了。

“我不会去的。”一周后，萨维赛对古鲁说。

古鲁警觉地睁大了眼睛，干巴巴地笑了笑。“不去了？你这是什么意思？想想那笔钱吧。”

“我不去。”

古鲁就像夜色中的野兽，四处张望，留意着森林里的风吹草动。“你是在担心我不会给你钱吗？怎么会呢？你只有去到那儿我才有收据，才能拿到钱。你瞧，这就是一桩买卖。”

她想，压根儿不是这回事。

“答应我一个条件，我就会去。”她说。

古鲁往椅背上一靠，双手一摊，示意她往下说。

“我希望你能给我父母一笔钱，足够他们给我那几个妹妹置办嫁妆，买一栋新房子，而且足够让他们安度晚年。”

古鲁爆发出一阵大笑。萨维赛静静地站在原地。古鲁看了看她的脸，又看了看她搭在腿上的断手处，他收住笑声，说：“我答应你。”

“我希望这事在我离开前就能办成，还有，我不希望让他们知道这事与我有关。”

古鲁点了点头。

“还有一件事，”萨维赛说，“我想让你帮我租一辆车。”

“为什么？”

“一旦这事办成了，我要亲自去看一看。”

萨维赛在午夜时分回到了因陀罗瓦利村。她让司机从泰纳利老路进村，在离她父母家还有几百码的地方把车停了下来。她想，我要怎样才能知道古鲁有没有说到做到？她又想，我只要看看墙上挂着的菜篮就能知道了。为了避免被发现，她没有走大路，而是沿着臭气熏天的山坡往上爬，慢慢从后面接近茅屋。

她望向远处的因陀罗瓦利康达山，寺庙兀自伫立在山顶上，在月光的照耀下变幻着色彩。起初是酪乳和浮岩的颜色，然后是珍珠母的颜色，最后是海水泡沫的颜色。寺庙没有亮灯，山峦在黑暗中与天空融为一体。萨维赛走过一间茅屋，一条狗被她的脚步声惊醒了，冲着黑夜吠叫起来。一只被拴在瘦树下的羸弱山羊被她吓得全身紧绷。

月亮升高了，她终于靠近了父母所住的那间茅屋——这间小屋见证了她和弟弟妹妹的诞生。她无声无息地沿着墙根走到窗边，往里看去，除了一只干瘪的葫芦和一张被老鼠啃坏的毛毯，屋里空无一物。

这次轮到她被吓坏了。她奔下山坡，身体像被重重地打了一拳。无数念头从她脑海里呼啸而过，最后汇聚成了一个想法：我家的人全死了。古鲁没有履行承诺，他为了抵赖把他们杀了。

她狠狠拍打着车门，司机猛然惊醒。她低声喊道："快去打听打听出什么事了。"

司机骂骂咧咧，埋怨自己大半夜竟然接了这么一个活。他们开着车在村里转悠，快到高速公路时才找到一家仍在营业的茶摊。茶摊老板从一扇照壁里拿出了威士忌和其他私酿酒。"疯女人。"司机嘟囔着，呷了几口酒，问了几个问题，然后回到了车旁。

萨维赛没精打采地窝在后座上，身子几乎滑到了座位底下。司机一来，她却像弹簧圈一样弹了起来。"怎么样？什么情况？"

"他们搬走了。"司机说。驾驶座里飘荡着威士忌的味道，随后整个车厢都被酒味淹没了。司机发动引擎，不到五分钟后，他们便从泰纳利老路来到了村子的另一边。司机将车停在了一条路的尽头，让萨维赛下车走过去。眼前是一栋栋凝泥土建筑的豪宅，她不认识有谁能够住得起这种房子。"就在那儿。"司机指着靠左的第三栋房说。那栋房的墙面被漆上了粉色、绿色和黄色，门前有株茂密的杧果树，大门上了锁。她从门外望去，门廊里有个人睡在麻绳床上，盖着条薄毯。房子有扇门开着，屋里有三个人睡在床上。他们有床！

萨维赛走回车前，说："那不是我的家人，里面只住着四个人。”

“你有个妹妹上周结婚了。”

“当真？”

萨维赛让司机再多等她一会儿，然后再次走到那栋房的大门前。她凝视着昏暗的门廊、洒满月光的大理石地板和那熟睡的身影，仍然半信半疑。一阵微风拂过，门廊里传来窸窸窣窣的声响，随后麻绳床上的人把毯子从身上拿开了。就在这一刹那，她看见了那人扭曲变形的手指。她认出了那是她父亲的手，那双手可爱极了，尽管满是伤痕却十分漂亮。

司机想回维杰亚瓦达了，萨维赛却说她还要再去一个地方。司机大声叹了口气，再次调转车头。

萨维赛确信，珀妮玛结婚了。她想让司机把她带到南布鲁村，可她不知道珀妮玛具体住在哪儿，何况，她真的嫁给之前的相亲对象了吗？

那间茅屋还是老样子。茅草顶，脏地板，屋外有着灰扑扑的矮树。月光下，四个孩子睡在地板上，躺在她熟悉的席子上，盖着薄床单，一副楚楚可怜的模样。他们的生活好像比从前更艰难了。麻绳床上躺着一个大人，她对他避而不见，将目光转向不远处的纺织屋，出神地望了一会儿。突然，她心里涌起了一股强烈的怀念之情。她怀念曾经在那儿度过的时光，也怀念过去的自己。随即，她扭头对司机说：“走吧。”

5

两个月后，萨维赛去了美国。出发之前，她学到了很多以前闻所未闻的单词，准备了各种证明材料，在上面签字，按指纹。古鲁带她坐火车到了金奈，此后陪同她的人变成了一个假扮她母亲的老妇人。这个老妇人确实看似和她母亲年纪相仿，兴许还要再年长几岁。萨维赛不知道老妇人的真实身份，不知道她和美国的那家人有什么关系，也不知道她为什么愿意陪同自己。不过老妇人一副仪态端庄的模样，让她来扮萨维赛的母亲简直最合适不过。她穿着一件质量上乘，款式简单而低调的纱丽，戴着副圆眼镜。这眼镜给她增添了几分严肃和忧虑——仿佛她将要陪同心爱的女儿飞到地球的另一端去做手部手术这件事是真的。

萨维赛在金奈给胳膊打了石膏，这样便没人会看到她的断手处已完全愈合。随后，她和老妇人上了飞机。古鲁跟萨维赛解释过坐飞机是怎么一回事，他说要去美国必须搭乘一辆会飞的长途巴士。然而，飞机开始在跑道上滑行后，萨维赛仍然感到费解。接着，飞机升入了高空。假扮萨维赛母亲的老妇人坐在她旁边，几乎没对她说过话，在她们首次见面时也只是点了点头而已。她们上了飞机后，老妇人便往耳朵里各塞了一只连着电线的棉球似的小玩意儿，仿佛陶醉在了自我的世界中，也可能是在犯困或者身体不舒服。随后，老妇人闭上了眼。萨维赛觉得老妇人可能是耳朵发炎了。她有个妹妹在婴儿时期得过类似的炎症，为了缓解她的疼痛，让她停止哭泣，她耳朵里会被塞上蘸有椰子油的棉球。飞机离开了地面，萨维赛抓着老妇人的手，吃惊不已，不停地看老妇人，又看窗外。飞机越飞越高，萨维赛的心悬到了嗓子眼。老妇人睁开眼，低头瞧了瞧自己被抓住的手，然后用另一只手取下一只那棉球似的小玩意儿，接着把萨维赛的手甩开了，好似萨维赛是只苍蝇。她板着脸，用带有泰米尔口音的泰卢固语说：“这是最好的时刻，好好享受吧。”

这话是什么意思？她指的是这段旅程，还是包括整个未来在内她所拥有的最好时刻？也许她说的是，无论是这段旅程、过去或是未来，这便是她拥有的最好时刻。

不管怎样，萨维赛目不转睛地盯着椭圆形窗外的流云看了一个小时左右，随后靠回椅背上，渐渐睡着了。

飞机在希思罗机场降落后，萨维赛首先注意到空气里没有任何味道，这里像是没有动物，也没有花儿盛开，然后她意识到这里很冷，寒气渗入墙壁，从地板缝里钻了出来。她问老妇人她们是否已经到了美国。老妇人说：“不，我们在英格兰。”她问：“为什么我们要来这儿？”老妇人回答说：“从印度到美国要在这儿转机。”她们在过境大厅里坐着，在萨维赛看来，这是一个狭长而拥挤的房间，摆有一排排橙色的椅子。大厅里有一些商店，商店里的灯光过于明亮，使她觉得害怕。她在其中一个橙色椅子上坐了下来，暗自观察其他人。这里的人也让她心生胆怯。她能看到几个印度人，可她周围多数人——睡觉的、吃东西的、看书的或是说话的——长得都无异于巨人，身材高大而笨重，皮肤油腻，有的肤色苍白，有的肤色浅棕。他们都比她高，甚至也比老妇人高。他们从哪儿来？要到哪儿去？刹那间，萨维赛以为世界是巨人的，她也好，老妇人也好，因陀罗瓦利村或维杰亚瓦达也好，其实是被圈在了炎热之地的一小片区域内，都是巨人的玩物罢了。

之后，萨维赛和老妇人又上了另一架飞机。数小时过去了，窗外一片漆黑，萨维赛在黑暗的机舱里时睡时醒，她想她可能死过一次了，现在已是来世。这辆会飞的长途巴士在静寂和星空中往前行驶着，只能看到下方，离他们很远的地方有巨型云团在空中移动。云团由白变灰，最后转成了黑色，眼前的星星比她以往看到的都要黝黯、愤怒。萨维赛指着云团，警觉地问老妇人："那是什么？"老妇人没望窗外瞥上一眼，甚至没摘下棉球似的玩意儿，便闭上眼睛回答说："水。"

第二天早上，萨维赛猜测应该是到了早上，因为老妇人对她说："去刷牙吧。"飞机再次着陆，萨维赛又问："这是美国吗？"老妇人说："是的。"

她们来到了肯尼迪机场。

下了飞机后，她们先是排在一列队伍里，接着又排进了另一列队伍。她们再次坐在了过境大厅里。这里的椅子是蓝色的，不过，一切都与她在英格兰所感受到的大同小异：没有气味的空气，寒冷的天气，高大的巨人。"这是哪个城市？"萨维赛问，"萨雅图吗？""不，"老妇人说，"这里是纽约。"老妇人嘱咐萨维赛待在原地别动，走到大厅外去打电话了。萨维赛看见老妇人走到一根安有电话的杆子旁，往电话里扔了个什么东西，按下按钮，说起话来。

萨维赛坐立不安，她想自己也许只是有点儿孤独。她闭上眼睛，开始想珀妮玛、妹妹们、父亲，还有钻进她鼻子里的那股香味。可她很快脑海一片混乱，疲倦不堪，什么也不想想了。只有一件事她还惦记着。她弯下腰，打开古鲁送给她的行李箱，拿出那块给珀妮玛织的纱丽布，把它凑到鼻子底下，深吸了一口气。即使她已辗转来到地球的另一端，她仍能从这块纱丽布上嗅到织布机的味道，投梭棒的味道，棉线上米糊水的味道，纺车的味道，纺线人手上姜黄粉、盐巴和芥子的味道，还有因陀罗瓦利康达山的味道，以及山上那盏棉灯芯像是被雨水或台风打湿了的黯淡油灯的味道。她将脸深深埋进纱丽布里，感受着在山峦和乡村间蜿蜒，最后归入大海的奎师那河的气息。

萨维赛抬起头，坐在对面的女人正在看她。

萨维赛试图避开女人的目光，可却没成功。

老妇人似乎要挂电话了，萨维赛希望她快些回来。然而，老妇人可能仅仅是结束了一个话题，又开始了下一个话题。萨维赛抬头望去，坐在对面的女人也是巨人，她有着金黄色的头发，脸上雀斑点点，好似熟透的香蕉。那女人俯下身，瞧了瞧萨维赛胳膊上套着的石膏，注视着萨维赛，问："你还好吗？需要帮忙吗？"萨维赛听不懂女人在说什么，所以默默地摇了摇头，又点了点头，希望女人能对她的回复满意，让她静静地待会儿。她想过去找老妇人，可老妇人特意叮嘱过，她得留在原地看行李。

"你会说英语吗？"

萨维赛微笑着再次点了点头。

女人也对萨维赛报以一笑。萨维赛注意到女人有一口细小的牙齿，和她的巨人身材很不相配。她的牙齿像精心喂养的牡蛎产出的珍珠，焕发着炫目的光芒。很长时间以来萨维赛都没遇到过这样面带关切，举止优雅的人了。也或许，她从来就没遇到过。萨维赛想，也许我确实走得够远了，来到了一个都是好人的国家。就在这时，大厅里响起了声音洪亮的广播，萨维赛吓得跳了起来，可那女人却泰然自若。女人从钱包里掏出一张长方形的小纸片递给萨维赛。萨维赛不知所措地接了过来。接着，女人拿上钱包和背包，向听到广播后集合起来的那群人走了过去。萨维赛注视着女人离去的背影，心里涌起了一阵难以名状的伤感。她研究着手里的卡片，愣愣地看了一会儿。卡片上标注着文字，可能是女人的名字，可能还有其他信息，但她看不懂。她抬起头，发现老妇人正朝自己走来，于是迅速将卡片藏进了石膏里。老妇人说，她们到西雅图以后，有人会来机场接她们。

6

飞机从纽约离地升入高空后，萨维赛透过舷窗，看到眼前的天空被染上了深橘色、玫瑰色和铁锈色。她又望向舷窗的另一侧，也是同样的景象。不过，飞机前方的天空更明亮，也更鲜红。她们正向着西方飞去。

萨维赛踏出机场的自动门（她感觉她正在经历来生），正值中午，太阳高悬在空中，阳光很温暖。排成长队的汽车从她面前静静驶过，车身在阳光的照耀下熠熠生辉。有几辆车停在路边，能看到一两个人正把行李放到车上，相互拥抱告别。一对情人在众目睽睽之下接吻，萨维赛尴尬地扭过头去。远处还有几个人在抽烟。除此之外，这里什么也没有。没有噪音或喧闹声，没有搬运工，没有牲畜，没有警察吹着口哨维持秩序，也没有乘客与司机讨价还价，没有人大声欢笑或是边磕花生边把花生壳扔地上，引来鸟儿争食，没有嗅着包装袋、橘子皮或杧果皮的流浪狗，甚至没有站成一堆，抽着烟卷，嚼着槟榔，盯着女人看的小混混。萨维赛继续观察了一会儿。然而，这里什么也没有，一切都如此整洁，在有条不紊和寂静中进行着。

萨维赛又抬头看了看太阳，就连太阳也那样安静。因陀罗瓦利村的阳光刺眼，粗野，张扬，这里的阳光却温顺而柔和。她不确定自己是否喜欢这里的阳光，甚至怀疑这里的太阳也许和因陀罗瓦利村的不是同一个。

一辆黑车过来了，车窗一尘不染，像镜面似的反着光。车停在了萨维赛和老妇人面前，一个男人从里面钻了出来，他叫莫汉，是来接她们的。他看起来要比萨维赛大，也许有三十岁，但萨维赛不太确定，因为他也是大高个。这样高大的印度人她还是第一次见。尽管莫汉的脸有些婴儿肥，但他的身材却一点儿也不臃肿，浑身都是肌肉，像极了有几次她在阿普莎拉和阿兰卡尔看到的海报上的电影明星。她注意到他手臂和胸前曲线隆起，脖子和双手有力地紧绷着，她有点儿不好意思再去看他。她明白他身体十分健康，衣食无忧，这令她有几分不适。

然而，最令萨维赛吃惊的还是莫汉身上具有的忧郁气质。他的眼睛和嘴唇都蒙上了几分忧伤，似乎他在为什么懊悔不已。他从车旁走过去拿她们的行李，忧伤同他形影相随。他先是看了看萨维赛的石膏，然后从下往上把她打量了一番。

“就是这些行李吗？”他用泰卢固语问。老妇人点点头。他们上了车。

车里有股柠檬的味道。

此外，还有咖啡的香气。萨维赛想，这两股味道都又烈又苦。她环顾车内，看见在莫汉开车时顺手能够到的地方摆着一个带杯盖的白杯子，咖啡的味道就是从那儿来的。他们沿着一段弯道使出机场，进入了一条大路。萨维赛第一次见到路面那么黑，车那么多的路。老妇人坐在莫汉旁边，萨维赛坐在老妇人后面，三人沉默不语。过了几分钟，莫汉扭开收音机，里面传来了一种萨维赛以前从未听过的音乐。这音乐没有歌词，旋律时起时伏，高亢处使她想到因陀罗瓦利康达山的高峰，趋于平静后又像是可操控的水管滴水声。她想问问这是什么音乐，可车内持续的沉默好似也在某种操控之中，让她难以启齿。

大约过了二十分钟，他们从大道驶入一条小巷。萨维赛注意到，路边尽是低矮的平房，门口停着车，另外，这里商店（她由那精致的橱窗陈设猜测应该是商店）的门面也和印度的截然不同。在印度，商店里挂着彩带，货物高高摞起，挤满了你推我搡、吵吵嚷嚷的人群。这里的商店却似乎鲜有人光顾。除了透过商店明亮的灯光能看到里面有几个客人以外，这条路上没有其他生命的迹象。车走了半条街，停在一座有一排门的条形建筑前。莫汉和老妇人下了车。莫汉帮老妇人拿了行李，老妇人凑到车窗边对萨维赛说：“你待在车上。”随后，或许是出于不安，或许是出于内疚，她略带迟疑地补充了一句：“小心点儿。”

我需要小心什么？萨维赛疑惑不已。

她望着眼前的一扇扇门，两眼发晕。然而，莫汉和老妇人却没有类似的困惑，径直走进了唯一的玻璃门里。大约过了十分钟，莫汉和老妇人出来后走到一扇普通的门前相互告别。莫汉说："明天见。"之后，他回到车里，腼腆地看着萨维赛说："你可以来前面坐。"萨维赛钻进了驾驶室副座。挡风玻璃赋予了她开阔的视野，她这才感受到这个国家真切的模样。

音乐声再次响起。

他们上了一座桥，从萨维赛所坐的位置望去，他们好似身在雾气中，正沿着一条宽阔的绸带往前行驶。莫汉早先已从萨维赛头顶上挂着的那面小镜子里瞟了她好几眼。镜子下方悬有一串黄色树状装饰物。这是柠檬！原来柠檬的味道是从这儿传来的。车转了一个弯，突然间，他们眼前出现了一座座闪亮的高楼，还有湛蓝的大海和翠绿的山峰。她问："这里是萨雅图吗？"

"西-雅图。"他纠正道。

他们渐渐接近那些拔地而起的楼群，阳光下它们好似发光的长方形。之后，车一个右拐，又转入一条黝黑的大路走了好几里，直到莫汉打破沉默，问："你饿不饿？我们停下来吃点儿东西吧。"

"好。"

"吃饭用不了太长时间。前面有个麦当劳，再往前走还有塔可钟。"

萨维赛疑惑地望向莫汉所指的方向。莫汉打量着她的神情，解释说："不是印度菜，但味道也不算差。"

萨维赛扭头问莫汉："这里能吃到香蕉吗？"

莫汉显然对她的话感到吃惊，他放缓了车速，扭头看向她。她想，他不习惯与女人对视。过了一会儿，她又想，也许他并非面对所有女人都这样，他只是不习惯直视态度坦诚、怀有好奇心的女人，或者，他只是不习惯她眼里的光芒，从前她从镜子里看到过，她眼里就像有一座坍塌的堡垒、一支受困的军队。他们来到一栋停满了车的大楼前。莫汉进了楼里，出来时手里多了个袋子。

袋子里装着的是香蕉。

香蕉一共有六根，个头都很大，是给巨人吃的那种。萨维赛拿了一根，把其余五根还给莫汉。“这些都是你的。”他说。

在萨维赛的一生中，她还是头一回拥有那么多的香蕉。

她在车里吃了第一根香蕉。因为无法单手剥香蕉，她早已学会用牙将香蕉皮咬开。她感到莫汉在看她，便把剥好的香蕉递给他，但他拒绝了。莫汉停车时，她正打算再吃一根香蕉。然而，她心里却莫名升起了一股交织着困惑和畏惧的满足感，因为她竟然还有第二根香蕉可吃。他们面前是一栋四层高的楼房，墙面被漆成了奶油色，窗沿是圆木色，屋顶是棕色。窗户大多开着，有的装有破旧的百叶窗。五颜六色的窗帘在风中舞动，一些窗帘看上去其实是破了洞的扎染床单，另一些则是旗子做的。楼的入口是一扇旧门，门顶上支着残缺不全的遮阳篷，门前有三排格子柜，有的格子带有或变形或生锈的金属封盖。“这是什么？”萨维赛问。

莫汉不解地看了她一眼，用英语说：“邮箱。”

“用来干吗的？”

“收信。”

萨维赛仔细研究起来。不少邮箱里塞满了棕色的信封，似乎数周或数月以来都无人问津。“可为什么没人来取信？他们不想知道信里写了什么吗？”

“不，没人想看这种信。”

萨维赛感到诧异，这种信会是什么样的？她从没收过信（谁会给她写信呢？出于何种目的？再说了，她也不识字）。不过她想，如果她收到了一封信，她不会任它日晒雨淋，而是会立即把它拆开，愉悦地欣赏信上的文字，以及她的名字被写在纸上的样子（她三岁那年学会了如何读写自己的名字）。她会去好好感受一番信纸，毕竟信纸的触感一定不同于她在垃圾山上拾到的纸片。此外，她还会琢磨信纸的颜色和书写使用的墨水。他们一进楼，萨维赛的幻想便被打断了。莫汉拎着萨维赛的行李箱——箱子基本上是空的，她没什么可带的——萨维赛拎着那袋香蕉。他们爬上发霉的楼梯，穿过满是霉味的走廊。等来到走廊尽头，莫汉径直推开了一扇门，好似这是他家一样。窄小的房间里坐着一个男人，他也是印度人，但年纪要比莫汉略大一些。他正端着个玻璃杯看电视——他身下的椅子、玻璃杯、用来放杯子的小桌子和电视机是屋里仅有的四件物品。他们进门后，男人便抬头看了看萨维赛，毫不掩饰自己的不屑，接着用泰卢固语（这个国家难道人人都说泰卢固语吗？）说：“这次买个缺胳膊的来打扫屋子，下次他没准儿会买个断条腿的人来骑自行车。”

莫汉面带尴尬，结结巴巴地解释了几句，然后瞟了萨维赛一眼，就像他正身处战场或是刚从战场归来似的。随后他离开了，接下来的三个月里，萨维赛再也没见到他。

7

那个年长的印度男人带萨维赛又上了一层楼。他看了看她的行李箱和那袋香蕉，一句话也没说，转身往上走去。萨维赛右手拎着行李箱，左臂弯夹着香蕉。他们登上最后一个台阶时，男人开了一间房门。这间房要比男人住的那间还小，里面有三张折叠床，米黄色地毯散发着发霉陈旧的味道。男人指了指离门最远的那张床，说："你睡那儿。"顿了顿又说："我说完了。"他关上门，把她留在了屋里。

萨维赛往前走了两步，来到屋子中央——她仍然拎着行李箱和装有五根香蕉（还有她吃完的一根香蕉的果皮）的袋子——看见屋子的一角有个简易厨房，另一角是浴室。她打量着三张折叠床，它们被摆成了一个U型，中间那张床在屋里唯一的窗户下面，她身后的那张床正对房门，而她自己的床紧挨着浴室门口。正对房门的那张床被打理得十分整洁，床中间放着蓬松的枕头，床边搁着个廉价的小行李箱，和她的那个差不多。中间那张床的被单皱成一团，枕头凹陷下去了一半，床边没有行李箱，床上散落着衣服、洗漱和美发用品，仿佛米黄色地毯是一片海域，而那张床是一艘海上失事的轮船。

萨维赛打开行李箱，拿出她没给珀妮玛织完的纱丽布。她盯着那块纱丽布想，棉铃变成棉线，棉线又在织布机上变成了你。她又想，你是我织出来的。她把纱丽布塞进枕套，取下胳膊上的石膏，将藏在里面的长方形小卡片往深处推了推，然后把石膏放到墙边。接着，她想洗个澡，但却没找到水桶，只在浴室里看到了一个白色的长方形的洞（难道在美国，一切物品都是白色的，长方形的吗？）。过了一会儿，她洗了把脸，喝了杯水，又吃了根香蕉。她刚在床上躺下，房门便开了。进屋的女孩问萨维赛：“你是谁？”

女孩名叫吉塔，她告诉萨维赛，吉塔是吉坦加利的简称。

吉塔用泰卢固语滔滔不绝地说了起来：“我的名字取自一部电影的名字，你有看过吗？”

萨维赛摇了摇头。

“我阿妈在我出生前几个月去看了这部电影。那是她第一次看电影。当时她只有十三四岁，并不明白电影讲的是什么。但电影结束后，她走出影院，却觉得眼前的世界焕然一新，就像是她来了另一个世界似的，而在那个世界任何事都有可能发生。她和我阿爸住在一片黄麻地边，屋子和田地都不属于他们。她看完电影后跳着跑着回到了家。我阿妈说我出生时她又有了同样的感觉。因为我，她感到世界变得不一样了，所以她给我取名为吉坦加利，听着是不是很不错？”

萨维赛表示同意。

吉塔笑了，她清脆的笑声驱散了萨维赛因长途飞行产生的疲惫感。“很有意思，对不对？不过世界还是老样子，他们还住在原来的茅屋，租用着那块地。而我来到了这儿，做着清洁工和妓女。”

萨维赛眨了眨眼。她坐起身来，双腿着地后直打战。

“妓女？”

“你不知道吗？看来他们没告诉你。不管怎样，这里总是下雨。雨水是你在这个国家唯一能听到的声音。你要是弄出了别的什么动静或者想要跟其他人说话，哪怕你只是张了张嘴，就会把他们引过来了。”

“谁会过来？”

“是谁把你带来的？”

“莫汉。”

“怪不得呢，”吉塔用恍然大悟的口气说道。她又笑了笑说：“你很幸运，他人不错。”

吉塔告诉萨维赛，莫汉是买主的二儿子。买主的大儿子名叫苏雷什，继承了他父亲的性格，为人残忍，喜欢虐待，时刻向她们强调他的主人地位。他们一家明明坐拥几万，乃至十几万美元的资产，可苏雷什却要求她们没日没夜地干活，有时碰到公寓或者办公楼的租客要求退房当天清晨打扫的情况，苏雷什就会让她们在前一天通宵打扫，这样第二天新的租客就能立刻入住。“苏雷什随时都可能过来。当然，他有自己的喜好，”吉塔说，“但他总归还是会试试你。”吉塔说完看了一眼萨维赛的断肢和石膏，补充了一句：“好吧，也许他对你不会有兴趣。”

接着，吉塔对萨维赛说了莫汉和帕德玛的事。

“谁是帕德玛？”萨维赛问。

吉塔冲那张凌乱的折叠床点了点下巴。“她说可以命令她去打扫别人家的厕所，但没人能命令她打扫自家的厕所。她确实漂亮，像个电影明星。”吉塔说她发现帕德玛爱上了莫汉。“她这个蠢货，白痴，她和莫汉能有什么未来？我们的命运可都是他父亲说了算。”

“他叫什么名字？”

“谁？”

“莫汉的父亲。”

“戈帕尔拉朱。你能让我把这件事说完吗？”

那是六个月前，吉塔刚来西雅图时发生的事。萨维赛想问问吉塔是从哪儿来的，但她按捺着好奇，继续听吉塔往下说。当时，帕德玛已在这里待了一年多，她在某一刻突然爱上了莫汉。然而，除了种姓、阶级、他们之间奴役和被奴役的关系以及这场感情是否会有结果这些显然易见的问题外，还有一个问题，那就是莫汉拒绝和帕德玛做爱。莫汉的父亲和哥哥都同帕德玛睡过觉，可莫汉甚至从未正眼瞧过帕德玛一眼。帕德玛百思不解，伤心欲绝。吉塔说帕德玛为了吸引莫汉想尽了一切办法。她借来了吉塔的母亲在吉塔来美国之前送她的发卡，还把衬衫的袖子裁短了一截，以便露出她秀美的胳膊。在去做清洁的路上，她学着街上那些美国女孩的样子，将头发披散下来。然而，因为她和吉塔没有洗发水，也被禁止去商店之类的地方，所以这样做只会让她的头发看着像脏扫帚油腻的扫把头。没人留意到她的发型变化，更别提莫汉了，可帕德玛却满怀希望，一直保持着这个发型，直到瓦苏（就是那个住在楼下的公寓管理员，多数时候他的工作是监管她们这些女孩）说：“你要是不想用头发拖地，就把它扎起来。”帕德玛越是想引起莫汉的注意，莫汉就越是不以为意。帕德玛开始在他面前身着低胸上衣，先故意让东西掉在地板上，再用慢得出奇的速度弯腰把它们捡起来。或者，她会在嘴唇上涂上她们打扫公寓时发现的那支亮橙色口红。吉塔笑着说：“这只能让她变成一头红毛猩猩。”“你瞧，这些办法毫无用处，”她说，“直到有一天，莫汉喝醉了。以往他只会在接送我们去做清洁时出现，而且只会在车里等我们下楼，可那晚他上楼了。他盯着我们看了好一会儿，然后一瘸一拐地走到我的床边，躺下来，哭了。”

“他哭了？”萨维赛问。

“没错，哭了，说是抽泣可能更合适一些。”吉塔说。

在他抽泣的这段时间里，吉塔和帕德玛惊慌失措，怀疑自己一定做错了什么事。她们猜测也许戈帕尔拉朱想索回那笔他付给她们父母的钱——那笔早已被家里拿去还债或者置办妹妹们嫁妆的钱。等他不哭了，他坐起身来，说想喝水。帕德玛连忙跑着去给莫汉接水，莫汉喝完水后问：“你们有伏特加吗？”

“那是什么？”吉塔和帕德玛问。莫汉说没有也不要紧。

说到这儿，吉塔停住了。

“后来呢？”萨维赛问。

“什么也没发生，”吉塔说，“我们去了需要清洁的公寓，那会儿已午夜了。莫汉把钥匙给我，吩咐我上楼。我照做了，但我担心帕德玛，纳闷接下来会发生什么，但又觉得其实我已经知道了。大约过了二十分钟，帕德玛上来了。她披头散发，我问她这是怎么回事。她说他要了她，在后排车座上。但她说这话的时候一点儿也不高兴。”

“我的意思是，”吉塔说，“他没和她做爱，而是强行上了她，可我以为她应该挺乐意才对。所以，我跟她说，我还以为你终于如愿了呢。她说：‘是啊，可车里空间太小了，而且他浑身都有股臭味，嘴里也很难闻。’帕德玛又说：‘还有一件事。他干完那事后，不等我把衣服穿完就把我拖出了车外。他把我推倒，站在一旁看着我。我以为他要踢我一脚，没想到他跪到了我身旁。他没看我，而是盯着前方的地面，黑暗中的某个地方在看。我躺在草地上，当时只穿好了裤子。他爬到我旁边，一个个地解开我衬衫上的纽扣，又一个个地系好。他做这事时动作很温柔，甚至比我母亲还温柔，好似那不是纽扣，而是雨滴。’”

“后来呢？”萨维赛问。

吉塔说：“我们继续去打扫房间了。”

“帕德玛呢？”萨维赛问，“她还爱莫汉吗？”

吉塔发出一阵大笑，说：“她比原来更爱他了。”

当天晚上，帕德玛结束了她在苗德蒙的清洁工作后，很晚才回公寓。她瞧了瞧萨维赛，问：“新来的？”萨维赛点了点头算是回应。帕德玛是很漂亮，这一点她自己也明白。她又说了一声“噢”，然后进了浴室，把门关上了。

第二天早上，正如吉塔所说，下雨了。萨维赛要和吉塔、帕德玛一起去做清洁。她洗完澡（吉塔告诉她这个国家不缺水，没人用水桶洗澡，并且给她示范了如何使用淋浴），穿上了她带来的两件纱丽中的一件。帕德玛见状被逗乐了。吉塔告诉萨维赛：“他们不让我们穿这个，太惹眼了。”说完她把一条黑色尼龙裤和一件灰粉相间的格子衬衫借给了萨维赛。衬衫是棉制的，面料很舒服。这显然是一件机织品，但萨维赛还是仔细瞧了瞧它的织法。吉塔和帕德玛又给了她一双旧的运动鞋让她穿，她看了看鞋，又看了看吉塔和帕德玛。吉塔和帕德玛回瞪了她一眼。“她不会系鞋带。”最后帕德玛幸灾乐祸地宣布道，好像她揭开了什么谜底似的。吉塔帮萨维赛系好鞋带，说她会再给她找一双有尼龙搭扣的鞋。“那是什么？”萨维赛问。“等着瞧吧，那种鞋你用牙就能系紧。”吉塔笑着说。用牙就行，萨维赛想，穿鞋竟然能像剥香蕉皮那样用牙完成。

她们三人被送到了工作的地方，负责打扫不同的公寓。吉塔和帕德玛先教萨维赛学习如何使用拖把、扫帚、刷子、喷雾器和吸尘器。这些工具的用法并不难掌握——吸尘器用起来挺有趣——仅用一只手来做这些事却不大容易。一开始萨维赛快不起来，帕德玛和吉塔一小时后过来找她时，她几乎什么也没干成。不过，几天后，萨维赛干活的速度差不多追上了帕德玛和吉塔。两星期后，就像古鲁说过的那样，她干活的速度是其他人的两倍，有时她甚至能赶在帕德玛和吉塔之前结束工作。

她们打扫的这些公寓通常无人居住，这大大减轻了她们的工作负担。公寓的租客往往是大学生，他们东西不多，搬家只需要一天或者几小时的时间。萨维赛每次走进公寓前都会在门口逗留一会儿。因陀罗瓦利的房屋不会有任何气息，那里的门窗和走廊向外面敞开，屋里屋外别无两样。至于那些无窗的小茅屋，它们都有股贫穷的味道。在这儿，每间房的味道都有微妙的区别。她很容易就能猜到公寓曾经的住客是男是女，还能知道这些租客每天吃什么，多久回一次家，多久洗一次澡，以及他们是否喜欢鲜花和雨天。有时候，她还能知道他们是哪个专业的。有个男孩大概是研究星星的，在墙上画满了精密的星象图。他喜欢牛奶、芝士和乳制品，而且不爱洗澡。有个女孩估计是学艺术的，屋里有颜料和油彩的味道。她喜欢雨水和阳光，因为每扇窗都是向外打开的。

这些都是她在踏入公寓前的那几分钟内便知道的事。

大概一个月后，萨维赛每天基本上要打扫十二间公寓，猜测公寓曾经接纳过怎样的住客已令她兴致索然。永远有打扫不完的公寓等着她们。工作结束回到家后，她们用米饭和泡菜填饱肚子，如果她们当中有谁尚有余力，兴许会做一道帕普[1]。萨维赛的右手会因使用过度而抖个不停，她甚至很难把手举起来，将饭送到嘴边。吃完饭后，她们又要马上去睡觉。每当走进需要清洁的公寓，萨维赛总是先快速扫视一番屋里的情况，估摸一遍第一轮清扫该怎样做。她能看出地毯上、墙上或是架子上哪些地方曾经摆着家具、相框、盆栽或书籍，这些物品被搬走后留下了方形、圆形或长方形的块状区域，它们未经脚印或灰尘沾染，也未遭受过破坏，要比周围的区域明亮得多。每当萨维赛站在充满灰尘的沉闷房间里，她希望自己就是这些未遭玷污的小亮块。又过了几周，她在清扫了数间公寓后意识到自己其实是那类黯淡肮脏的区域，先是饱受烈日折磨，接着好似被一只手遮住了光明，从此蒙受着灰尘和不幸。

8

萨维赛来西雅图有两个月了，白日渐短，天气转凉，公寓关门的时间越来越早。她会跑到窗边，把头探出窗外，迫切地想要感受寒冷

①帕普：一种印度豆汤，原料通常包括扁豆、番茄等。

和雨水。她在十二月某个星期六晚上才第一次见到开亮红色的轿车来接她的这个男人，毕竟一般情况下接送她们的人都是瓦苏。

开亮红色轿车来的男人和瓦苏完全是两种类型，个子很高，两鬓银发，挺着小肚腩。虽然他不像莫汉那样有着明显的肌肉线条，但从长相上来看无疑就是莫汉的哥哥。他用泰卢固语说："上车吧。"随后他们驶入一条小路，来到一座平房前。萨维赛已经开始学着识字以及辨认街道的名称和招牌了，但这片地方很荒凉，四周一团漆黑，可能都是工厂，因此她找不到任何街道标识。远处有一盏白色街灯闪烁着，忽明忽暗。苏雷什熄灭了车灯，他们彻底陷入了黑暗。等适应了黑暗以后，萨维赛发现眼前有一扇门，一束光从门缝里透出来，照在街道上，像一把暗中反光的刀。

他们下了车，穿过一片堆满箱子的区域，绕到平房后方靠左的那扇门前。苏雷什敲了敲门，屋里有人说："进来。"萨维赛还未见到那个人，就猜到了说话的是自己的买主——苏雷什的父亲戈帕尔拉朱。戈帕尔拉朱要比她想象中的更年轻一些，头发染成了不自然的黑蓝色，脸庞宽大，神情机敏。就像古鲁一样，他的眼神因为追逐成功和财富变得冰冷无情，只不过他看似比古鲁还要精明世故。戈帕尔拉朱打量了萨维赛一会儿后，故作关切地问："一切都还好吗？"尽管萨维赛明白这是句客套话，但她还是点了点头。戈帕尔拉朱并非在向她嘘寒问暖，而是在强调你会好的。正如吉塔之前对她说过的那样，这句话的意思其实是，假设你觉得这样不好，假设你试图和别人交谈，把自己的情况告知别人，假设你试图逃跑或是大喊大叫，假设你表现出绝望或抵触的情绪，假设你试图打电话、拦截路人或向警察寻求帮助，假设你感到无助或崩溃，想把自己的情况告知于众，那你就永远不会有好日子过了。所以，戈帕尔拉朱话里有话，他真正想问的问题是：你听明白了吗？

随后，戈帕尔拉朱的目光停留在了萨维赛的断手处。

尽管他只是稍稍噘了噘嘴，但萨维赛却能感受到他的厌恶。接着他闭了一会儿眼，神态安详，像是在祷告。萨维赛想，这回她应该能回去了。帕德玛和吉塔肯定已进入梦乡，而她会躺回折叠床上，枕着那藏有纱丽布和长方形小卡片的枕头睡下。

“小心点，别被戳瞎了眼。”戈帕尔拉朱仍然盯着萨维赛，但他显然是在跟苏雷什说话。萨维赛扭头看着苏雷什，后者发出一阵大笑。这下萨维赛明白了，她还不能回去。苏雷什拉开戈帕尔拉朱身后的门，将萨维赛推了进去。屋里一片漆黑，苏雷什开了灯。这个小房间里有张做工粗糙的床，一个小冰箱，还有张散落着几个酒瓶的角桌。此外还附带着一个小浴室。屋里没有窗，弥漫着萨维赛不熟悉的陈啤酒味，以及一些她熟悉的味道：脏床单、排泄物、精液、盐、汗水、香烟。还有缩在房间的角落里的愤怒、倦怠和沉郁，这些情绪都有气味和形状。

苏雷什让萨维赛在床上躺下，跟着他也爬了上去。萨维赛背对苏雷什趴下，苏雷什却说：“不，不是这样。”萨维赛翻过身脸朝上，苏雷什又说：“不，不是这个意思。”萨维赛疑惑地看着苏雷什。他给她做了示范。他拿出一瓶透明的液体，胡乱地涂在她的断手处，说：“像这样。”说完，他回到了原处。这种液体共有四瓶。苏雷什让萨维赛自己涂。他一边看着她做，一边说：“噢，对，就是这样。”萨维赛感到一阵揪心的疼痛，她把头扭朝一边，可疼痛感却像雷声一样，一阵接一阵。苏雷什又说：“没错，噢，是这样没错。”萨维赛哭了，她希望她可以停下来，可苏雷什却说：“继续。”于是她只好忍受着疼痛继续。

萨维赛走进浴室，关上了门。灯光很晃眼，她关掉灯，走到洗手池边，用一小块肥皂不停地搓洗断手处，直到整条棕色的手臂被搓得通红。她拧上水龙头，刚想走出浴室，却听见了一个声音。那是什么？她静静地听着。这声音是从马桶里发出来的，像是一阵哼唱。她俯身聆听，没错，是马桶在哼歌！它在哼唱一首简单的童谣，只为她而唱。黑暗中萨维赛微笑着跪在地上，抱住马桶，跟着唱起来。这首歌旋律简单，但却好听极了。她就这样跪着，哼着歌，贴着冰凉的马桶瓷砖，仿佛感到有一条冰凉的河水从她面前流过

苏雷什正在床上躺着抽烟。他也许是注意到了萨维赛双腿发软，所以用泰卢固语对她说：“过来坐着吧。”萨维赛走到床尾，挨着床边坐下。苏雷什盯着她看了好一会儿，接着就像她能听懂似的用英语说：“你知道吗，我不是在这儿长大的，而是在俄亥俄州。你知道那是哪儿吗？我在学校读书时参加了田径队，他们给我起了个绰号叫‘咖喱快跑’。莫汉在摔跤队，他们叫他‘咖喱在上’。那些孩子没什么坏心眼，每次他们这样叫我，我就笑一笑，然后他们会笑得更厉害。其实我想好好教训他们一顿。我盯着他们，想把他们的嘴撕成稀巴烂。”

苏雷什拿起角桌上的一瓶酒，喝了一口，心满意足地呼了一口气，身子往下缩了缩。他又用英语问：“那么，你的手是怎么回事？”

说完，他把眼睛闭上了。然而一秒钟后他又睁开了眼，突然坐得笔直，眼睛睁得大大的，用泰卢固语说：“嘿，嘿，快看那个。”

桌上有一只飞来飞去的苍蝇。苏雷什出神地盯着它，萨维赛也一样。苏雷什取下嘴里叼着的香烟，让举着烟的手在离苍蝇还有一段距离的地方停住了，就像他清楚苍蝇会往那儿飞似的。苍蝇确实朝苏雷什雕塑般静止的手飞了过去。萨维赛不清楚苏雷什想做什么，她还是头一回见到有人会在等待中变得一动不动。苏雷什仿佛睡着了一般，又像是在做一种邪恶的礼拜。接着，他把手腕往下一扼，苍蝇瞬间被烟头烫死了。萨维赛眨了眨眼，不敢相信自己的眼睛。她又看了一眼才确信这是真的。苍蝇发出了一阵轻微的嗞嗞声，一只脚摆了摆，继而就像苏雷什刚刚举着的那只手似的静止不动了。

苏雷什一阵大笑，说：“我五岁时就能做到了，其他人都不行。”他看着萨维赛，说：“秘诀在于要在大脑反应过来之前就行动，唯有这样才能杀死苍蝇。”

苏雷什举起香烟，苍蝇还黏在烟头上，和烟头融为了一体。他把烟蒂扔进烟灰缸里，笑容跟着消失了，说：“我们走吧。”他把萨维赛送回了她住的公寓，并说：“这一两周内我还会再来。”

萨维赛进屋后望着帕德玛和吉塔熟睡的脸，在原地站了一会儿。

她想，我们曾经都是在树下玩泥巴的小女孩。

她感到一阵恶心，把头扭朝一边干呕着。她走进浴室淋浴。之前她似乎闻到了肉烧焦的味道，可一只苍蝇能有多少肉？她想不通，于是打消了这个念头。洗完澡后她喝了杯水，走到床边，取出枕套里的纱丽布。她久久凝视着它，心想，一两周内他还会再来。她又想，对所有的血肉之躯来说，一两周算得上很长时间了，哪怕是对最微不足道的生物，最贫穷最孤独的人而言，一两周也够久了。然而，一两周内他就会再来。她盯着手里的纱丽布想，走进那个暗房的女孩不是我，那个织出靛蓝色红镶边纱丽的女孩明明才是我。乌鸦明明一直以来都在警告我别被一点点吃掉。可一两周内，我却要被一点点吃掉了。而且之后每隔一两周，我都会像这样被吃掉一次。

萨维赛辗转反侧，一夜无眠。第二天，她要打扫的地方很多，有几间公寓、某栋办公楼的一层，还有一座住宅式酒店的几间客房。在打扫期间，她一直在想心事。她很晚才回住处，吃晚饭时脑子也转个不停。帕德玛比萨维赛回得更晚，在做了一天的清洁后，看上去仍然很漂亮。萨维赛想，可她的美一无是处。她只是个爱打扮的女孩，涂了亮橙色口红，画了重眼线，给陌生人打扫屋子，等待着一个永远也不会来找她的男人。

萨维赛的沉默引起了帕德玛的注意，她问萨维赛："你怎么了？"

萨维赛将帕德玛重新打量了一番，好似初次见到她一样。"你没想过从这儿离开吗？"

"我能去哪儿？"

"回印度。"

"路费从哪儿来？再说了，印度没什么好的，那里什么也没有。

况且，我父亲都用我挣的钱买了辆摩托车了。”

萨维赛沉默着。

“你为什么突然这样想？你想回去吗？”

“不，我只是在为你考虑，你可是个大美人。”帕德玛听完萨维赛的话露出了微笑，还捋了捋头发。萨维赛回以一笑，以为帕德玛不会把自己的话当回事。

可她错了。

几天后，当她再次从枕套里拿出她没给珀妮玛织完的纱丽布时，她倒吸了一口气。纱丽布被撕去了一个长条，留下了不平整的边缘。是谁干的？她看了看枕套里面，又看了看自己的床。纱丽布整整少了三分之一。她坐了一会儿，然后一跃而起，开始搜查整个房间，包括厨房的橱柜、浴室、衣柜，还有吉塔和帕德玛的东西。帕德玛！一定是帕德玛对其他人说了她想离开这里，想回印度了，他们就……她重重地跌回床上。他们只带走了一小片纱丽布，却相当于毁掉了她唯一珍视的东西。他们为什么要这样做？为什么不把整块纱丽布带走？“为什么？”她对着墙喃喃问道，墙壁没有回应。

她决定行事要更谨慎，老天似乎也很赞同她的决定。雨下得更大了，空气越发凝重。

9

之后的几周里，萨维赛每晚在床上躺下后，便会回想她是怎样从印度来到西雅图的。她回忆着整个过程中的每个细节，每份用到的文件。当她和假扮她母亲的老妇人来到金奈机场时，老妇人拿出了两张纸片和两个小蓝本，把它们递给了机场柜台的女士。那两张纸片一定是机票，因为那位女士在上面盖了章后又把它们还给了老妇人。至于小蓝本，那位女士只查看了一眼。她们到纽约以后，整个过程反了过来。萨维赛记得她们排了很长的队，之后老妇人把机票和两个小蓝本递给了一位男士。那位男士在蓝本上盖了章，却没管机票。那么，小蓝本现在在哪儿？萨维赛不清楚。但她知道她不仅需要它，还需要一张机票。不仅如此，她必须先有钱才能得到这两样东西。

忽然，她心里一沉。

她意识到就算真的有了钱、机票和蓝本，她也无法离开。戈帕尔拉朱他们知道她的家人的信息，知道他们住在因陀罗瓦利村。万一她逃走了，她的家人就会出事。戈帕尔拉朱为了买她付了一笔数目惊人的巨款——就像奶牛、山羊、母鸡一样，她也是一种投资。有谁会愿意让自己的奶牛、山羊或者母鸡轻易逃走呢？而且，如果她逃走了，她的家人就会遭到灭顶之灾。她深爱自己的家人，所以她必须留下来。

萨维赛在西雅图待了快三个月了。一个周三的夜晚，帕德玛和吉塔都不在家，她听见屋外响起了一阵敲门声，又惊又怕。瓦苏有房间钥匙，通常他会直接开门进来。难道是苏雷什？可他一般会去她做清洁的地方接她，再把她带到暗房，递给她装有透明液体的软膏药。有几次，苏雷什把她送到公寓楼下离开后，她蹲在路边吐了；有一回，她还被迫在火上烤断手处。那些夜里，她到家时帕德玛和吉塔都已睡着了。

敲门声再次响起。会是谁呢？

她站在门边竖耳聆听，起初什么动静也没有，随后传来了脚步的窸窣声。门口的人没走，她继续等待着。她多么希望自己住的公寓像某些她清洁的公寓那样门上有猫眼，这样她便能透过猫眼看一看门外了。

第三阵敲门声响起时，她静静地旋开门把手，尽可能不发出任何声响地从门缝往外窥视。

来的人是莫汉。

萨维赛把门打开了，莫汉却局促地站在原地。萨维赛僵在门口，纳闷莫汉是不是也要带她去暗房。

莫汉腼腆地笑着，看似有几分忧郁。他将一个棕色纸袋递给萨维赛。萨维赛打开袋子，里面有六根香蕉。她看着这些香蕉，看着那光滑的果皮、坚实的质地和它们所具有的微妙美感，绽开了欣喜的笑容。过了许久，她抬起头来，发现莫汉正注视着自己。

“在美国，人们会把香蕉竖着切开，把冰淇淋放在上面吃。”莫汉说。

萨维赛想象不出那种吃法。“我喜欢用香蕉拌酸奶饭吃。”她说。

他们在门口站了几分钟后，萨维赛想邀请莫汉进屋坐一坐（她感到有点滑稽，这毕竟是他父亲的房子）。莫汉说：“不，下次吧，或许下周吧。”说完他离开了。

那晚，萨维赛吃了两盘香蕉拌酸奶饭。吃第一盘时，她觉得香蕉拌酸奶饭的口感格外香甜浓郁，边吃边留下了泪水。吉塔见状笑出了声，把自己的米饭分给了萨维赛一些。于是，出于莫汉和吉塔的慷慨，萨维赛又吃了一盘。她想起了珀妮玛，眼泪越发汹涌。

“走吧。”莫汉说。

莫汉来了萨维赛做清洁的公寓，站在门口没进屋，就好像地毯是湿的，或者屋里还有其他人似的。

“可我还没干完活儿呢。”萨维赛说。

莫汉又打量了一遍眼前明亮的屋子，目光漫不经心地从房间的这一头扫到另一头，然后说：“这样就行了。”

萨维赛钻进了车里。莫汉到机场接她和老妇人那次开的也是这辆车，车内仍然弥漫着柠檬的味道。萨维赛不知道莫汉要把她带到哪儿去，但她知道他们在往与她所住公寓的相反方向驶去。莫汉一言不发，心情低沉，可萨维赛却完全没觉察到。她往傍晚时分的街道望去。以往她只会坐车往返于她做清洁的地方和她住的公寓之间，每次车程大概十或二十分钟，可这一次，她明白他们正在开车兜风。她从没想过“兜风”这个词会与自己的生活有关，她过着一成不变的日子，吃饭，睡觉，生存，仅此而已。然而，此刻，在这个细雨蒙蒙的夜里，她却坐在一辆充满柠檬味的漂亮轿车里，在宽敞的大路上飞驰，从交通灯下驶过，看着路边灯火通明的房屋，无忧无虑地想象着那些屋里会有着怎样的气息和温暖，想象屋里的人可能在聊天，看电视或是什么也不干地静静坐着，感到幸福感正慢慢充盈着内心。

之后，他们远离了主路，沿着沥青公路盘山而行。起风了，萨维赛问莫汉是否可以开窗，可莫汉也许是没听见，并没理会她。萨维赛忙手乱脚地按着车门上的按钮，直到车窗降下才欣喜地呼了一口气。微风吹拂着她的发丝（失去一只手后她就再也没编过辫子了），细雨敲打着她的脸庞，她愉快地打了个冷战。车从树下驶过，树叶在她头顶和左右摇曳，好似在给夜晚伴奏，随风起舞。

她不知道自己以前是否有过像今天这样美妙的夜晚，无论是在这儿还是在其他地方。她扭头看着莫汉，想要冲他微笑。莫汉正拿起一小瓶酒，扭开瓶盖，把酒瓶举到嘴边。他抿了一小口金色的酒液，皱了皱眉头。这时萨维赛才意识到她犯了个错，有关这个夜晚的一切都不是真的。这个夜晚，这场细雨，这段上山的路，这一切都属于莫汉，而不属于她。只有一件事是真的，那就是她也属于他。

夜幕降临，她升起车窗，闭上了眼。

等她再次睁开眼时，天更黑了，车仍然在爬坡。最后，莫汉把车停在了大路不远的一条小路堤上。他熄了引擎，喝了一大口酒。当他意识到萨维赛在看自己时便把酒递给了她。萨维赛想到父亲，还有珀妮玛的父亲，她接过那瓶酒，啜了一口。酒液好似在她体内燃烧，接着她被呛到了，刚喝到嘴里的酒一下喷了出来。莫汉笑着拿回了酒瓶。萨维赛想，他一定不经常笑，至少他很少笑得这么无忧无虑。威士忌流进了她的胃里，她眼里涌起了两片温暖的海域。等她视线再次变清晰后，她发现他们在一座高高的桥上，头顶星光，脚下是灯火烁烁，好似身处在一片洒落着粒粒明珠的黑丝绒上。她问：“我们面对的是哪个方向？”

“西方。”

西方。

她凝视着脚下的灯火，知道她住的公寓一定也那儿。她往不远处望去，注意到了一块黑黢黢的区域。“那片黑着的地方是哪儿？”

莫汉显然醉了，他晃了晃脑袋，抬起头来问：“哪儿？”然后他望着萨维赛所指的方向说：“海，那是海。”萨维赛想起来了，他们进入西雅图的时候经过了一座跨海大桥。在西雅图待了三个月后，她已经忘了自己原来是在海边。她每天看到的都是楼房。即使是在晴天，那些肮脏公寓也光线昏暗，满是灰尘，令人觉得压抑。她注视着那片黑暗，虽然她现在很清楚什么是洗衣机，但她还是想知道这里的海岸边是否会有洗衣女工在洗衣，是否会有像旗帜般飘荡的纱丽。

“你知道我第一次喝酒是什么时候吗？”莫汉在黑暗中用泰卢固语问。

萨维赛又喝了一口酒。

“那时我快满十二岁了，”莫汉开始用泰卢固语夹杂着英语说话，萨维赛感觉听着有些吃力。“在游乐园的旋转木马后面，我和我朋友罗比还有他老爸一起喝了啤酒。酒是罗比的老爸买的，他觉得我们到了可以喝酒的年纪。”莫汉沉默了好一阵后说：“第二年我们搬家了，阿爸卖掉了他的汽车旅馆，又买进了两家。他说：‘我能给我们家建一座王国！’”莫汉看着萨维赛，说：“你就是一座王国。”

酒瓶空了。莫汉把它扔进后座，将座椅往后放下。萨维赛不知道莫汉是怎么做到的，她试着推了推自己的座椅。

“把那个打开。”莫汉指着车前排的储物盒说。

萨维赛摆弄着储物盒，打开后，里面还有一瓶酒。她把那瓶酒递给莫汉，他没拧开瓶盖，而是紧紧抓着，就像它是什么护身符或者宝物一样。

随后，莫汉说：“十六岁那年，我退出了摔跤队。苏雷什问过我成千上万次为什么，直到现在他还会追问：‘为什么你不参加了？’他说：‘莫，你摔跤摔得很不错，练下去说不定可以进国家队。’”说完，莫汉看着萨维赛，用泰卢固语问：“你会英语吗？”

萨维赛摇了摇头。

接下来，莫汉开始一直说英语：“有一次，我放学后苏雷什开车来接我回家。后座上坐了个女孩，和我差不多大的年纪。我看着女孩，问苏雷什：‘她是谁？’他瞧也没瞧我一眼，便说：‘你去了就知道是怎么回事了，莫。我们陪她去，等她完事了就走，这样就行了。’我们来到一家诊所前，莫汉把车停在停车场，我们三人谁也没下车。这时，我突然明白了苏雷什的意思。我问他：‘你为什么不能去？’他什么也没说。就在我以为他不会回答的时候，他说：‘我会被认出来的。’于是我带那女孩进了诊所，把她的情况告诉了护士。我明白护士看我的眼神，她给了我避孕须知手册。我当时一定羞红了脸。

那女孩从诊所出来后手里也拿着避孕手册。她一句英语也不会说，但她攥着那些册子，就像是攥着一只手。她没有看我，低着头。

我不知道说什么好，我和她都还是孩子。最后我结结巴巴地问她要不要喝点水。她说：‘不用了，谢谢你，先生。’你能想象吗？我当时只有十六岁，她却称呼我为先生。”

莫汉笑了几声。

“女孩下车后，我问苏雷什：‘她是谁？在我们家做了什么？你又对她做了什么？’他看了我好一会儿，说：‘她能在我们家做什么？嗯？莫，你以为我和她会做什么？你以为我们来这个国家是来干吗的？我们是来挣大钱的。老爸不就是希望我们留在有她这样的女孩的地方吗？’”

雨渐渐下大了。

“她这样的女孩。”莫汉重复了一遍，陷入了沉默。接着，他用泰卢固语问：“你听明白了多少？”

萨维赛如实回答：“我听懂了‘女孩’这个词。”

莫汉看着萨维赛，眼神里充满了渴望和孤独。他伸出手，慢慢抚摸她的脸庞，然后用英语说：“你就是一座王国，而且胜过一座王国。”

萨维赛看着莫汉，想把自己的一切都说给他听。但她只是默默从莫汉手上夺过酒瓶，透过酒瓶凝视着窗外的雨滴和远处的灯光，像她父亲那样喝起了酒，而后微微一笑。

之后的那周，萨维赛正在打扫位于布鲁克林大道上的一间公寓时，莫汉又来了。他一句话也没说，便把她推倒在地毯上，开始亲吻她的手臂、脖子和嘴唇。尽管以前萨维赛被很多人亲吻过，但她却觉得这才感受到被吻的滋味。莫汉用力按着她，扫开挡在她眼前的发丝，将她的衬衫解开一半，把她的乳房送进嘴里。萨维赛抱着莫汉的脑袋，发现他乌黑的头发里已然夹杂着粗硬的灰发。他们头顶的窗在风中吱呀作响，一片阴云飘了过去，阳光泻进屋里，洒在萨维赛的脸上。莫汉脱掉了她的外裤和内裤，这些都是吉塔借给她的，对她来说过大了。莫汉似乎并没注意到这一点，也可能他并不在意。他亲吻着她的腹部，把头抵在上面，仿佛在倾听什么似的。她再次抱住他的头，打心底期望他继续做下去。可他却停了下来，说："还不到时候。"她急不可耐，继而陷入绝望。她几乎想用英语和泰卢固语同时说，求求你，继续往下做吧。可他却停在她的上方，低头望着她，说："不，我要先好好看看你这火辣闪亮的棕色女孩。"萨维赛仰着头，看见她头顶鲜活甜美的阳光抖动了一下，而莫汉依然无情地凝视着她。

事后，傍晚时分，他们沉默地坐在地板上，腿朝前伸着，交叠在一起。萨维赛想握着莫汉的手，可他坐在她的左边。她盯着自己搭在大腿上的断手处，但莫汉似乎并不在意，好像没有看到它一样。他从裤兜里掏出钱包，说："我想给你看看这个。"

那是一张很小的照片，有折痕，有些发黄了。萨维赛一眼便认出了上面的人是小时候的莫汉和苏雷什。"那会儿你们多大？"

"一个八岁，一个十四岁。"

她仔细端详着照片上两兄弟的模样：莫汉留着长发，睁着一双圆眼睛，脸上挂着灿烂的笑容，透着一股好奇劲儿，身子一半朝向他哥哥，一半朝向眼前的镜头。苏雷什神情严肃，有一种少年的老成，或者说倔强。他搂着莫汉的肩膀，看似有点儿牵强。“你姐姐呢？”

“她在帮我们拍照。那是我们一家唯一一次出门度假。老爸想带我们看看拉什莫尔山，当时我们还住在俄亥俄州。他说：‘孩子们，如果你们的头像也能被刻在山上，那可是一件了不得的事。’我早就忘了拉什莫尔山是什么样了，可却还记得这个地方。”莫汉说完冲照片努了努下巴。

萨维赛继续盯着照片看了一会儿，她的目光从莫汉和苏雷什身上移向他们身后的树林和不远处的一片水域。“那是什么？”

“斯皮尔菲什峡谷。我们只是开车经过那儿，不过那是我去过的最美的地方。”

萨维赛又仔细看了看，却觉得那里甚至不及因陀罗瓦利康达山的一半美。“有多美？”

莫汉伸出右手，用手掌自然而然地包住了她的断手处，就像她有手似的，然后说：“妙不可言。”

萨维赛想了想，问：“就像笛声一样吗？”

“什么？”

“那地方像笛声一样美吗？”

莫汉微微翘起了嘴角。“没错，可以这么说。”接着又说，“我从来没这样想过还可以这样形容，的确，那里就像笛声一样美。”

“这地方叫什么来着？”

“斯皮尔菲什峡谷。”

萨维赛把这个英语地名拆分成几个单词，在心里默念了一遍，矛、鱼、能够。“那个，”她又大声说了一遍，“这地名怎么拼？”

“看背面。”莫汉说。萨维赛把照片翻过来，上面用蓝色墨水写着“S-P-E-A-R-F-I-S-HC-A-N-Y-O-N”。她把照片还给莫汉时，他说：“我们没准儿以后可以去那儿看看。”萨维赛想要对莫汉笑一笑，但她其实不知道有什么可笑的，她一点儿也不快乐。

10

萨维赛来西雅图一年多了。有时瓦苏开着他那辆老旧的米色轿车送她从一座公寓到另一座公寓做清洁的路上会经过一所大学，她会观察窗外那些路边或站或走或欢笑的学生。她格外留意女学生，她们看似和她年龄相仿，也许还要比她大几岁。她会观察她们的皮肤、发型、肩膀和双手，在心里问，你叫什么名字？住在哪儿？会不会住在我打扫过的公寓里？

如果苏雷什把萨维赛带到暗房让她涂透明液体的事让莫汉知道，莫汉是不会允许这样的事再发生的。莫汉平日寡言少语，但会用英语讲故事给萨维赛听，和她做爱，给她煮咖啡。即便是在空无一物的公寓里，没有煮锅或者平底锅可用，莫汉也会下楼到附近的商店买一些速溶咖啡回来，用微波炉烧水，然后和她坐在地板上，用他在车里找到的一次性纸杯和她分喝一杯淡而无味的咖啡。

有一次，公寓里没有任何前租客留下的锅或者杯子，莫汉只在窗台上找到了一个塑料小花盆。萨维赛瞧见莫汉在打花盆的注意，于是说："别用那个，太恶心了。"可他还是在洗手池里把花盆洗干净了，烧了水，煮了咖啡。之后他们你一口我一口地用花盆喝了起来，咖啡味道很浓，带有一丝泥土味。

当然，萨维赛从未向吉塔或帕德玛透露过有关莫汉以及苏雷什的任何事。她们三人谁也不会过多谈论他们兄弟俩。然而，有天晚上，她们在房间门口发现了一袋可能是瓦苏留给她们的不新鲜的甜椒。吉塔把甜椒变质的部分切掉，做了一道甜椒土豆咖喱。她们就着米饭和酸奶吃了起来。这时，萨维赛又剥了一根香蕉。帕德玛问："哪儿来的香蕉？"

萨维赛撒谎说："也是在门口捡到的。"

她们在沉默中吃完了饭。等洗完碗，躺在床上时，萨维赛听见远处响起了一阵低鸣声。她问："那是什么？"

"起雾了，这是在向轮船发出警告。"

"雾？"

吉塔和帕德玛告诉她，船只容易在大雾中迷失方向。萨维赛想起了清晨时分笼罩在奎师那河面上的轻雾，好似很容易就能用手舀起来，就像酸豆汤一样。然后她想到轮船，她猜测附近一定有个港口，聚集着世界各地的水手、船长和乘客，停靠着载满了香料或者黄金等货物的货船。

"之前莫汉来过了，"吉塔对萨维赛说，"他说有个活儿在拉韦纳[1]，要带你去。我说我能去，可他说要等你回来。”

萨维赛静静地听着，帕德玛叹了一口气。

“你应该去告诉他你知道了。”吉塔像个女学生般咯咯地笑了。

帕德玛翻了个身，又重重地叹了口气。

黑暗中，三人的呼吸声越发清晰了。吉塔忽然严肃地问：“你在害怕什么？最糟糕的事不是已经发生了吗？”

屋里一阵沉默。萨维赛躺在枕头上，感受着枕套里的纱丽布，不禁犹豫是不是应该每天早上出门前都把它藏好。

过了一会儿，吉塔和帕德玛睡着了，萨维赛却一直醒着。吉塔的话仿佛有重量一般悬在房间上方，这个夜晚也有一种重量。有一刻萨维赛以为自己是在嫉妒，显然不是因为帕德玛，而是因为未来会发生的事。她知道苏雷什结婚了，但莫汉还没有。不久的将来，他应当会娶一位门当户对、魅力十足的泰卢固女孩为妻。可她嫉妒的也不是这个。一直以来，她都清楚她和莫汉的感情面临的是怎样的结局。说是感情，也许还不够确切。也许应该说是爱情。她躺在这破旧的公寓里，突然一阵伤心。她翻了个身，侧身对着墙，希望能停止这阵胡思乱想。

萨维赛想起了很久以前父亲给她讲的一个故事。那时她还小，整天在自家茅屋前的矮树林里玩耍，看着洗衣女工头顶成捆叠好的衣物从她面前经过。那晚一家人做完了家务，就连母亲也难得空闲下来，挨着父亲的床坐在地上，给她抹起了发油（那时萨维赛的妹妹都还没

①拉韦纳：美国俄亥俄州的城市。

出生）。在这个故事里，萨维赛的父亲和当时的萨维赛一样大，甚至可能还要更小一点儿。他是家里最小的孩子，因为还无法纺线织布，因此家里派他每天早上去送奶工那儿买奶制品。送奶工家离他家大约有六公里远，可他没钱坐人力车或是公交车，只能走路去。

“每天我还没睡醒就得出发，总是困得路也走不稳，”她父亲说，“不过农场的奶牛永远都会在那儿等我，用湿漉漉的鼻子拱着圈栏。它们毛茸茸的耳朵有趣极了，仿佛一座座小山丘，日出时阳光就会从这些山丘背后爬上来，将它们照亮。”他接着说：“每次我要穿过田野往河边走。白天走那条路，能欣赏到很美的景色，可凌晨三四点，天亮以前，田野看上去很吓人。我之所以要去那么早，是因为送奶工同情我还是个小男孩却要走那么远的路，他会以便宜的价格把上等凝乳卖给我。”

“可这是为什么？”萨维赛问。她闻到夜晚的空气里弥漫着椰子油的味道。

“因为那时我还是个孩子，”她父亲说，“而且天很黑，换作是其他孩子，无论男孩还是女孩，也会觉得害怕。”他拍了拍萨维赛的头，继续说：“有天早上，我正沿着那条路往送奶工家走，突然停下了脚步。”他问萨维赛：“你知道发生什么了吗？”

萨维赛摇了摇头，睁大了眼睛。

“我看见了一头熊，也可能是一只老虎。我不太确定到底是什么野兽，因为周围太黑了。它近在眼前，仿佛伸手就能摸到。可我却不敢真的这样做，毕竟谁又有那个胆子呢？它用黄色的眼睛一动不动地盯着我，但没准儿是我眨眼时它也在眨眼。无论如何，我吓坏了，僵在原地，迈不开腿。它也只是待在那儿，准备把我吃掉。”

萨维赛吸了一口气，问：“后来呢，阿爸？”

她父亲说：“我们就这样静静地注视着对方，呼吸着。那头野兽的眼睛慢慢由黄变红，然后变成橘色，又变成红色，最后越来越红。我看见离我几步远的地方有个小洞穴，悄悄往后退，钻了进去。我决定在洞里待到天亮再出去。我希望到时候它最好已经走了，回到了森林或者丛林深处。那时农民们也该来田里干活了，也许有人会用棍子把它吓走。好吧，虽然我想了很多，但大部分时间里我只是在害怕。”

就在这时，萨维赛惊讶地看着父亲大笑起来。“你知道接下来又发生了什么吗？”

萨维赛抬头望着父亲。

“太阳出来了，我发现那头熊或者老虎之类的野兽就是棵枯树罢了！”她父亲笑得更厉害了，“你瞧，一切都是因为当时天太黑了，一切不过是我的想象罢了。”

“没有熊？也没有老虎？”萨维赛有点儿失望地问。

“没有，我的小甜心，”她父亲说，“那就是棵树而已。多数时候害怕就是这么回事，其实没什么可怕的。”

这么多年过去了，萨维赛现在躺在黑暗里才又想起这个故事。她意识到，我没什么可怕的。我确实替家人担心，希望他们能幸福地生活着。可这担心其实是一头熊、一只老虎。如果我从这儿逃走了——好吧，她不敢继续往下想。她又想，为什么我会在思考爱的时候想起这个有关恐惧的故事？然而，答案显然就摆在那儿，那就是爱和恐惧共存。她深爱家人，所以总是担心父亲的健康问题，担心他酗酒，担心几个妹妹的婚事，担心母亲没完没了的工作。至于莫汉，噢，她看得更明白，她和他是因为恐惧而相爱的。她意识到，原来恐惧和爱一直围绕着她的一生。半睡半醒之时，她好似从枕头里藏着的纱丽布得到了启发，脑海里又冒出了另一个念头。也许在她的少女时期曾有过一个例外，那时爱和恐惧不曾并行。在那段短暂的时间里（想到这里，她开始打鼾做梦），她无所畏惧地爱着珀妮玛。

苏雷什来了，他带萨维赛去了暗房。过了几天，莫汉来了，和她在空荡荡的公寓里发生了性关系，有一次还在办公楼里那么做了。然后，苏雷什又来了，莫汉又来了……这种生活像迷途野狗般与她纠缠不休。几个月过去了，一天，苏雷什又带她去了暗房。她坐在床边，看着他开了一瓶啤酒。她问：“我能喝一口吗？”苏雷什诧异地看了她一眼——也许是因为她在暗房里，在他身旁用透明液体涂抹断手处时竟然说话了——而后把酒瓶递给了她。就这样，她的生活又变成了和苏雷什喝啤酒，和莫汉喝咖啡或是威士忌。有天晚上她独自待在公寓里，感到坐立不安。她从窗边走到厨房再走到浴室，又走了回去。她发觉她其实是想喝一杯。这个想法让她打了个冷战。她愣在窗边，想到父亲，想到他酗酒的毛病，想到那个盲男孩，想到她以前躺在床上盯着上锁的门，期待他来给自己注射毒品的情形。这一刻，她发誓戒酒。从那以后，无论啤酒还是威士忌她都再也没碰过。

七月底一个温暖多云的午后，莫汉开车来接她，还说：“我要给你一个惊喜。”他们像上次那样来到大路上，但是沿着海边走。随后莫汉把车停在了一条热闹的街道上。之后萨维赛总会时常回想起来，莫汉的那辆黑车是停在了一辆蓝车和一辆红车之间。莫汉带她进了一家餐厅。萨维赛以前从未来过这般色彩绚丽的地方，她注意到墙上挂着电影海报，卡座是明亮的红色，柜台则是蓝色的。她想，又是蓝色和红色。等他们入座后，萨维赛仍然觉得新奇不已。这是莫汉第一次带她来公共场所，也是她生平第一次走进一家餐厅。她缩在卡座的角落里，看了看周围神情放松、谈笑风生的客人，然后偷偷掖了掖衬衫，以免被人看到她过于肥大的衣服。她把断手处藏在桌底下，睁大眼睛，好奇而敬畏地注视着畅所欲言的人们，观察着一盘盘被端上餐桌的热菜。

侍者来给点单了，她看了看萨维赛，眼里有几分嘲笑，抑或是同情。她扭头看向莫汉，莫汉点了一道萨维赛听不懂菜名的菜。侍者上菜时把一个椭圆形的浅碗放在餐桌中央，也就是莫汉和萨维赛中间。

萨维赛盯着碗，问：“这是什么？”

“这是我之前对你说过的香蕉船，你不记得了吗？”

萨维赛往碗里看去，没错，里面的确有一根香蕉！“可这又是什么？”

“冰淇淋。”

“不，我是说最上面的那个。”

“巧克力。还有那个，是奶油。”

“那个呢？”

“草莓酱。”

“像花生碎。”

“是的。”

“最上面的那个呢？”

“樱桃。你吃过吗？”

萨维赛摇了摇头。莫汉坚持让萨维赛先尝尝看，萨维赛咬了一口樱桃，感到这是她吃过的味道最强烈的食物。樱桃的质地很像荔枝，味道却像兑了糖浆的甜酒。接着，她用勺子挖了一小口香蕉、一点儿冰淇淋以及巧克力，在最上面淋了草莓酱，还舀了一点儿白奶油。她费了好一会儿时间才把每种吃的都集中在了勺子里，因为她想一次就品尝到它们所有的味道。最后她闭上眼睛，把勺子送进嘴里。这是她吃过的最美味的东西。可如果与香蕉拌酸奶饭相比呢？不，它们太不一样了，无法比较。香蕉拌酸奶饭简单而直接，像生活本身，像有开头有结尾的故事。香蕉船给人的感觉要更奢侈，而且就像死亡，一言难尽，震撼至极，有一种她难以理解的神秘，每吃一口香蕉船仿佛都能感受一次死亡。

莫汉入迷地望着萨维赛，偶尔吃上一两口，然后说：“我不想离开你，尤其是在这种时候。”

“哪种时候？”

莫汉伸手拭去了她脸上的一抹巧克力，说：“一会儿我要去机场。”

“噢。”萨维赛压根儿没把这句话放在心上，依然专注地吃着香蕉船。

“我要去接新来的女孩。”

萨维赛抬起头，竖起了耳朵。

“好像是个兔唇患者。”

那么，也就是说，这又是个通过医疗签证来美国的女孩。

“她从哪儿来？”

“我不知道。”

“我是说，她是泰卢固人吗？”

“可能吧。这些事我们不能打听，这是规矩。”

萨维赛感到一阵冷空气袭来，她举着勺子的手僵住了。“我不明白，什么规矩？”

尽管他们周围没有其他人，莫汉却还是降低了声音，并说起了泰卢固语，就像有人会偷听他们说话似的。“以防万一，唔，要是出了什么事——”他顿了顿又说，“我们出去再说吧。”

萨维赛把香蕉船吃完了，莫汉结了账。他们回到车里，才继续谈起刚才的话题。萨维赛说：“你是说——”

“没错，以防万一，我们不会去认识卖家，这样对双方都有好处。”

“所以你不知道这个女孩来自哪里？也不知道她是哪个村的？”

“是的。”

“也不认识她家里的人？”

“是的。”

“那你父亲是怎样买到她的？”

“通过中间人。这个世界充满了中间人。”

“你也不认识那个扮演我母亲的老妇人？”

“就连她，我们也不清楚任何底细。”莫汉说。

萨维赛静静地靠回了座椅上。

她感到头脑一片混乱。我需要钱，可怎样才能有钱？怎样才能从这儿逃走？小蓝本，小蓝本，医疗签证。我太蠢了，为什么不多多留意英文路标？一个患有兔唇的女孩。阿爸，你很安全。你是对的，根本没有熊，也没有老虎，那都是我的想象罢了。我应该把这些事告诉吉塔和帕德玛吗？不能，我不能。兔唇，我记得以前有个洗衣女工的女儿有一次不小心跌进了井里，她就患有兔唇。机场，我要去机场吗？香蕉船，死亡，留在这儿是在等死。小蓝本。该死，我为什么事先没计划计划？可是阿爸，直到现在，直到日出升起，直到这一刻，我才知道根本没有熊，也没有老虎。

无数想法在她脑海里不断盘旋，形成了一阵风暴。风暴中心却安静无比，唯有一个声音：我可以离开。

11

萨维赛让自己冷静下来，等待着。

她再次见到莫汉是在两周后。莫汉来了她要打扫的公寓，这公寓和她住的那间很像，但要更漂亮，铺着优质木地板，摆着闪亮的白色衣柜。他给她冲了咖啡。她喝了一口，过了一会儿，又喝了一口，然后问：“她们已经来了吗？”

“谁？”莫汉背对着萨维赛，摆弄着厨房里有些松动的水龙头旋塞，漫不经心地问。萨维赛盯着莫汉的手说：“那个兔唇女孩。”

“还没有，这事被耽误了，她们的签证出了问题。”

萨维赛愣了一会儿，随后移开视线，看了看屋里，说：“这房子可真不错，我要是能住这儿该多好。”

莫汉回头看了看她，说：“你要是喜欢，我可以和父亲商量商量，想办法让你住进来。”

萨维赛克制住想要走到莫汉面前的冲动，眼泪在眼眶里打转。她意识到原来这就是爱。

过了几天，萨维赛结束保洁工作后回到家。她正热饭时听见了一阵敲门声。她把米饭放回锅里，洗了洗手，走到门口。来的人是苏雷什，她心里一阵刺痛。他们去了仓库，萨维赛再次注意到她第一次来这儿时戈帕尔拉朱坐的那张书桌。椅子被推进了桌里，桌上摆着一台大电脑，旁边堆着一摞整齐的文件。书桌的一侧有三个抽屉，都没上锁。

他们走进暗房后，苏雷什粗暴地吻了她，把装有透明液体的瓶子递给她。她用液体涂抹断手处，随后闭上了眼。这动作她重复过太多次，仅凭感觉就能完成。不过，这一次，她脑海中浮现出了一幅画面。先是一座倒塌的大厦，然后是大厦周围和远处的同样变成废墟的楼房。画面往后推远，郊区的贫民窟、工厂、垃圾山和田地均被夷为了平地。她不知道这场地毯式的毁灭是如何发生的，但她只需见证这场毁灭，明白它永不终结就够了。

苏雷什进了浴室。她悄悄溜出暗房，来到书桌旁，拉开第一个抽屉，接着是第二个和第三个。她什么也没找到，小蓝本不在这儿。它们可能压根儿就不在仓库。她跑回屋里时，苏雷什刚好从浴室里出来。他看了看她，又看了看开着的门。“你去哪儿了？”他平静地问。

“我听见外面有动静。”

苏雷什跑出去把屋里屋外都检查了一遍。回到暗房后他说：“什么也没有。”他严厉地盯着萨维赛，眼里充满了猜疑，往前走了两步，来到她面前，狠狠扇了她一耳光，说：“下次要是再有这种事，我出去看就行了。”

萨维赛回到公寓，在床上坐了好一会儿。她侧耳听着这个夜晚，听着帕德玛和吉塔的呼吸声、汽车嗖嗖驶过的声音、风吹树叶的声音、流星坠落的声音。她从枕套里取出纱丽布，把脸埋进去，哭了起来。

吉塔坐起来问：“怎么了？发生什么事了？”

萨维赛迅速将纱丽布藏到身后，说：“没什么，我做噩梦了。”帕德玛睡得很熟，没被惊醒。吉塔再次躺下了。萨维赛又把纱丽布拿了出来。即使是在黑暗中，她也能看出它又少了一块，变得还没有一块毛巾大。这时，她忽然明白了，被撕去的那两条布是一种警告，它们在向她传达一种讯息，像是在对她说：“别再让这事发生了。”可她该怎么做？它们会告诉她该怎么做吗？到底有多少条布被撕去了？最后还能剩下多少？

她盯着纱丽布，仿佛想从上面找到答案。她悄声对它说："从棉铃到棉线再到你。"又说："我和你一起离开。"

她等待着。她想知道小蓝本会在哪儿。

一天早晨，帕德玛走后，萨维赛低声问吉塔："去什么样的地方要带着小蓝本？"

"我哪儿知道。"

"我是说如果瓦苏不开车接送我，我坐公交车的话。"

"不，不需要，只有坐飞机去别的国家才需要那个。"

萨维赛大吃一惊，同时舒了一口气。她注视着吉塔问："你在这儿待多久了？"

"五年了。"

"你多大了？"

"十七岁。"吉塔说。

萨维赛点了点头。她想，那差不多是我遇到珀妮玛的年纪。她寻思道，可我能去哪儿呢？她没钱，也没有那个小蓝本，印度自然是回不去了。可她在美国一个人也不认识，除了——那位发色金黄色，牙齿像珍珠般闪耀的女士。吉塔去洗澡了，萨维赛从枕套里拿出白色的长方形卡片研究起来。那位女士的名字叫凯蒂，姓什么不知道。她的名字下方还写有一串字母，不是电话号码，不过有个地址：纽约州，纽约东区。

几天后，萨维赛在打扫公寓时碰到了一个面相和蔼的年轻女人。萨维赛跑到女人跟前，指着卡片上的那串字母说："请你帮我看看吧。"

女人疑惑地看着她，问："什么事？"

"这上面写着什么？"

女人瞧了瞧说："这是电子邮箱地址。"

这一次轮到萨维赛感到不解了。

"你有电脑吗？"

"啊哈。"萨维赛点了点头，并说了谢谢。

电脑。

好吧，她没有电脑。她也不能往西去，莫汉说过西边只有大海。那么，北边或者南边呢？那些地方有什么？她一无所知。看来她只能去东边了，至少东边有纽约。

萨维赛开始每天随身带着那块纱丽布。九月中旬晴朗而寒冷的一天，莫汉注意到了它。"那是什么？"他问。

"没什么，"萨维赛说着把纱丽布塞回口袋，"是我打扫公寓的时候发现的。"

莫汉看了看她，匆匆穿上衣服，说："我要走了，去接人。"

"接谁？"

"兔唇女孩。"

萨维赛点点头。等莫汉出发去机场后，她又拿出纱丽布，把它折叠了两次，继而用右手将皱褶处抚平。她变得越发小心了，晚上睡觉时紧抓着它，甚至洗澡时也不让它离开自己的视线。她仍然等待着，她知道那一天很快就会到来。

九月底的一个星期四，莫汉在傍晚时分来了，他又带萨维赛去了那个能俯瞰灯火、雨景和大海的地方。他问她当天是在哪儿打扫的公寓，之后带她去了菲尼脊区的其中一所公寓。现在萨维赛已经能辨认一些街道的名字，也学会了“禁止”“出口”“合并”等英文标识，其中她觉得发音最好听的是“合并”。她还知道了自己的公寓住址，并学会了用英语拼写自己的名字。她还让莫汉教她学写他的名字以及西雅图这个地名。此外莫汉就没教过她别的了。

此刻，莫汉在厨房里煮咖啡，萨维赛看着他，想起他们第一次见面时，他盯着她手上的石膏，知道她是在做样子，却依然用关切和好奇的目光望着她。她记得他第一次给她买香蕉的情形，记得他在这间公寓里以自己的方式向她示爱。这么长时间过去了，她对他的了解还是只停留在表面，因为他总是用英语对她讲述自己的经历。可她能感受到他的敏感、孤独和心酸，她感到好似有只蝴蝶从他心里飞了出来，在同样孤独、破碎的她面前扇动双翼。她敢说他不知道如何面对他和她的关系，而他们的关系自然也没有结果。他和她有着完全不同的人生，因为不一样的理由而活着。也许他也说不清他在为什么而活。而她呢，即便只有一只手，也很清楚自己是为了织布机、棉布和纺线的魔力，为了制造像爱人般能拥抱身体的衣物而活着。

她毫不迟疑地将手伸进莫汉的裤兜，拿了他的钱包。钱包里有一百一十二美元，相当于六千多卢比！这些钱足够支撑她去纽约了！

忽然，她注意到钞票里夹着那张莫汉以前给她看过的摄于斯皮尔菲什峡谷的照片。她只犹豫了一秒钟，便把那张照片撕成两半，将有苏雷什的那半张放回了钱包，有莫汉的那半张连带着钞票放进了自己兜里。

莫汉把萨维赛送回了公寓。他们从不吻别，这次也不例外。

她必须晚上就逃走，趁着莫汉还未打开他的钱包，趁着她还未因为她对他的爱反悔之前就离开。

吉塔和帕德玛都睡着了，她溜出房间，慢慢往楼下走去。她离瓦苏的房间越来越近了，他房间的门缝是黑的，但她经过时仍然打了个哆嗦。她先迈出左脚，然后是右脚，接着地板发出了咯吱一声。

瓦苏屋里的灯亮了。

她停住脚步，屏住呼吸。屋里响起了脚步声，她在心里说，走，快走！她几步踏下台阶，破门而出。

她知道自己要往东去，随即跑了起来。

Part 4

第四部分

珀妮玛

1

珀妮玛好不容易才争取到了护送（泰卢固语里是这么说的）那个兔唇女孩去西雅图的机会。与其说是好不容易，不如说是比登天还难。她有几次自嘲，这个缜密的计划，聪明的人只需说服力和聪慧的头脑就能做到了，而我为之所花费的力气相当于在山区修通一条铁路，在水乡新架一座桥梁。

两年以来她浪费了大部分时间，眼睁睁看着时间一分一秒地溜走，却明白必须等待。有时她甚至感到等待是最伟大的姿态。她知道自己一定会找到萨维赛，但在此之前她必须耐下心来，一点点弄懂那些她不了解的事。比如说，虽然她知道萨维赛被卖给了美国西雅图的一个富人，但她不知道西雅图在哪儿，也不知道该怎么去，就连去美国该做些什么样的准备她也一概不清楚。

天晓得出国是怎么一回事?

从古鲁那儿得知萨维赛的下落后珀妮玛什么也没做。如果她让古鲁起了疑心，猜到她认识萨维赛或者正在找她，他也许会斩断与萨维赛有关的所有线索，并且立即把她赶出妓院。她在懊恼中熬过了三个月，直到一个炎热、慵懒的早上。那天阳光洒进办公室里，风扇懒洋洋地转着，珀妮玛放下她手头的会计工作，抬起头来，装作漫不经心地对古鲁说："阿兰卡尔新开了一家电影院，我昨晚去那儿看电影了。去的人可真不少，可能有一百多人。我还看到有个女人被推到了地上。"

古鲁正一边嚼槟榔，一边读报纸，听到珀妮玛的话后他点了点头。"还有个女孩的罩衫被扯下来了。那些禽兽。"

古鲁将目光从报纸上挪开了。正如往常那样，他一看见珀妮玛便微微露出了生厌的表情。珀妮玛知道，没人能适应她的脸，包括她自己。尽管她所有的伤口都痊愈了，可她左脸的烫伤处还是亮粉色的，在她棕色皮肤的衬托下看起来像一朵腐烂的花。她的左脸都变形了，矿井似的往下凹陷。烫伤处边缘泛白，中间有暗坑，就像某种小动物的洞穴。她使人觉得别扭的地方远远不止这些。起初她以为这是她的笑容导致的。她一笑，脸便扭曲了，甚至会让玩耍嬉闹中的孩子对她侧目，畏惧地盯着她。可当她不再微笑后，她却发觉自己的怪异另有原因。

这怪异并非来源于她毁容的脸，而是来源于她的面孔之下。换句话说，这怪异是源自她内心的愤怒，源自她心里的光和火。即使泼在她脸上的热油已经冷却，她的烫伤处也已然愈合，可她心里的火却越烧越旺，这也成了她的与众不同之处。她是万分不幸的烫伤受害者，按理来说，身为女人如果遭受过泼油、泼酸、嫁妆纠纷或婆家的伤害，本该从此沉浸在痛苦和悲伤中，忍气吞声地活着才对。换句话说，她本该从此变成一个透明人，一个逆来顺受的女人。然而，珀妮玛却没有成为这样的女人，也从未有过这样的想法。她总是高昂着头走在街上，步伐坚定，姿态傲然，既不佩戴芒加苏特拉，也没有男性陪伴左右。最不可思议的是，她是在被泼了热油后才发生了这些变化，她内心的火焰也是自那时起开始燃烧的。

当然，古鲁注意不到那么多，他只看得到珀妮玛毁容的脸，并且因此觉得坐立不安。

“电影里的歌舞片段是在瑞士拍摄的。”珀妮玛继续说，“瑞士！那儿该多冷呀！可怜的女主角在冰天雪地里跳舞唱歌，身上却穿着很少的衣服。”

“这部电影叫什么来着？”古鲁问。

“要是能去瑞士看看该有多好，”珀妮玛叹了口气说，“你说是吧？”

“去瑞士？为什么？印度就有很多山可看，听说从德里坐车往北走两小时就能看到山。”

“我明白。可瑞士的山一定和这里的很不一样，你说呢？”

“我没什么感觉。”

珀妮玛顿了顿，问：“怎样才能去那儿呢？”

古鲁的注意力回到了报纸上。“你说瑞士？想要出国，你得有签证和机票。”

“签证？”

“签证能让你去到其他国家。”

“从哪儿能弄到签证呢？”

“唔，首先你要去办护照。”

“护照？那是什么？”

古鲁放下报纸，注视着她说：“护照是你进入其他国家的通行证。”

“可我只想过去瞧瞧那些山。”

“我不知道它在哪儿，希望你能找得到。”

古鲁大叹了一口气，开始向珀妮玛解释护照、印度政府、签证、瑞士领事馆等。古鲁又告诉她，办好这些手续需要很长时间，并且要提供各种证明，还要照相，按指纹。最后他补充道：“还有钱！关键是有钱，在买机票之前，在你去那里之前，你要准备好一笔钱。我听说去瑞士可不便宜。”

珀妮玛想，好吧，我可没打算去瑞士。

无论如何，什么也动摇不了她要去美国的决心。就像古鲁说的那样，她可以先从办护照开始。

几个月过去了，珀妮玛从容不迫地生活着。她继续做着会计，并从妓院里搬了出去，在附近的公交站旁租了一间房住。有时她为了省钱步行五公里去妓院上班，在最闷热或是最潮湿的日子里，她才舍得坐嘟嘟车。每天下班回家后，她把顺路买的菜和袋装牛奶放进女房东的冰箱里，然后在一台小煤气灶上做晚饭。她吃的很简单，炒菜绝不多倒一滴油。到了周日，她在维杰亚瓦达到处转悠，瞧瞧街边商店的橱窗，要么去普拉喀桑水坝看看，要么爬山登顶迦那迦杜尔迦女神庙。不过，她从未进过庙里。有次她一时兴起，乘船游了一次奎师那河。船主是个不到二十岁的男孩，有着古铜色的皮肤，头发乌黑浓密。她在河岸漫步时，他跑到她面前，指着河面说："看看奎师那河吧，它就像生活本身。你难道不想坐船感受一番吗？"奎师那河下游上方阴云聚集，上游的河面格外闪耀，像珍宝和誓言般泛着光。

珀妮玛把乘船的价格从三十卢比讲到了二十卢比，爬上了男孩摇晃的小船。她问："这船是你造的吗？"

男孩哈哈大笑。珀妮玛喜欢他的笑容，喜欢他望向自己时的目光，毫不躲闪。

男孩将船向河中央驶去。河水突然变得湍急，珀妮玛紧抓着船舷。男孩撑着长篙，将船头调转岸边。大片大片的乌云渐渐飘到了河的上游，暗云翻滚，雷声犹如狮吼。珀妮玛说："再快些吧。"男孩笑了笑，问："被吓到了？"

她想，没错，我是很害怕。

船像硬币一样在河里漂浮，而后船身触底了，发出了砰的一声。雨点落在了珀妮玛的胳膊上，像苹果般那么大。一时间，万物静止了，好似天神已疲于捉弄人间。然而，紧接着一场迅猛的复仇就此展开。珀妮玛被甩出了船篷，她去抓船舷，手却被擦伤了。男孩与河水搏斗着，手上的长篙在激流里弯成了弧形，珀妮玛感觉它随时都有可能断成两截。男孩肌肉紧绷，雨水打在他身上，顺着头发往下滴落，湿漉漉的头发紧贴他的脑袋，像一座森林似的环绕着他的脸庞。两人都已浑身湿透。这一刻，珀妮玛想到了父亲，感到很可笑。她想，阿爸，我最终还是要随奎师那河去了，只不过晚了二十年。

男孩终于将船驶出了河中央，开始往岸边靠去。雨势稍稍减弱了，但对他们来说却并无差别。珀妮玛浸泡在雨水中，感到自己与河水、风暴和天空融为了一体。他们抵达河底可见的浅水区后，珀妮玛跳下船去，注视着男孩将船拖向高地。随后她仰头望向天空，望向这场大雨，也望向未来。她不再害怕，相反，心底腾升起了一股前所未有的轻盈和喜悦。

她最后给了男孩二十五卢比，男孩咧开嘴，露出了灿烂的笑容。虽然劫后余生，但她沿着潮湿的街道往家走去时却感到快乐至极。她之后再也没去坐过船。

珀妮玛的护照到手了。几个月前，她去出入境管理处附近的抄写店请抄写员帮她填了申请表，又在那个抄写员的指点下照了相，提交了表格和照片。她拿到护照后又去问他："现在，我要怎样才能去美国？"

接下来，她需要一纸签证。抄写员对她说了该怎样办签证，他的解释要比古鲁清楚得多。她回到住处，思索良久。她煮了饭，做了一份帕普，就着番茄泡菜吃了下去，又吃了一份酸奶饭。她洗好碗，在窗边坐着休息。她的房间在二楼，正对着一棵菩提树。越过菩提树顶望去，她能看到一家干洗店，里面坐着个男人。那男人大多数时候都在店里，身形瘦弱，神态疲惫，头发灰白。他正在用烧得发红的煤炭加热熨斗。熨斗冒蒸汽后，他用修长的手指在碗里蘸了蘸水，将水洒在衬衫、西裤或纱丽的锁边上，然后用熨斗把它们的皱褶抚平。以前，珀妮玛偶尔会盯着那男人看上一会儿，她今天还是第一次注意到，他熨衣服的神情是如此全神贯注，他在熨的那件儿童连衣裙把他完全迷住了。她又继续观察了他一会儿。他将连衣裙轻轻叠好，放在熨好的那摞衣物上，又拿起了一件男式衬衫。接着，她放眼望向整条街道。街道的一头站着一头奶牛，一只野狗正在翻捡油乎乎的废报纸。街道的另一侧，一个人力车车夫正在车上打盹。一阵凉风拂过，菩提树的树叶唰唰作响。空气中有股香味，附近的某户人家在炸东西，可能是帕可拉。天空是黄色的，像酥油般厚重，夜色渐凉，天慢慢变黑了。珀妮玛不得不面对现实，那就是她没钱办签证了。她为了办护照已经用掉了之前从吉舍尔家的衣柜里偷来的钱和珠宝，哪怕是旅游签证她也办不起，而且她在美国那边也没有认识的人能够帮上忙。唯一能帮她的人只有古鲁。尽管她并不愿意这么想，但她别无选择。她必须承认自己其实对古鲁十分依赖，即便她并不想向他求助，但她现在比任何时候都需要他。

显然，珀妮玛不能直截了当告诉古鲁她需要他的帮助，要是她真这么做了，他也不会对她施以援助之手。他唯一感兴趣的东西也正是她缺少的，那就是钱。几周后，她的机会来了。一天，她正在核对妓院上个月的日常开支，包括给一所妓院换新电热水器支出的费用，一扇生锈的门的维修费，还有办公开支，包括为了开通一条新电话线支出的费用，以及非办公开支，包括为了尽快申请到电话线给电话公司行政经理的贿赂。她注意到了一笔巨大的开销，确切来说是八十万卢比。这笔款项后面没附任何文字解释。珀妮玛猜想，这可能是给政客的好处费，所以面额才那么大，并且去向不明。珀妮玛再次见到古鲁时向他问起了这件事：“上个月的八十万卢比是用去做什么的？”

古鲁这次过来是为了察看新来的女孩。那女孩出身农家，父亲自杀了，母亲为了还债把她卖给了妓院。珀妮玛只在路过那女孩的房间时匆匆瞧过她几眼。女孩独自坐在屋里，看上去十二三岁，圆脸，戴着一个闪亮的鼻环。珀妮玛猜想，这鼻环可能是女孩的母亲给她的。也许女孩的母亲会对她说，把它戴上吧，这样你就能记住我和你父亲了。那可能只是件价值几卢比的廉价小玩意儿，然而，它的光亮却映照着女孩的脸庞，使得女孩的脸在黑暗房间里看起来仿佛一团余火。

珀妮玛向古鲁问问题时，他正要去看这个女孩。古鲁停在珀妮玛的房间门口，他开口时，珀妮玛发现他的牙齿和嘴唇因为嚼槟榔变成了橙色：“噢，你说那笔钱。该死的科威特人，这些有钱的杂种不愿给看护支付哪怕一个派士，全把钱算到我头上了。”

“看护？看护什么？”

“女孩。”

珀妮玛盯着古鲁问：“什么女孩？”

“你看，我可没工夫整天陪你说话，你也没必要知道这些事。”

“可我要做账，必须知道钱都用去哪儿了。”

古鲁望着农民女儿的房间，说：“等我出来再说吧。”二十分钟后，古鲁回来了，看似面色平静。他笑了笑，而对珀妮玛说：“一般情况下，我们和买家会各出一半的钱，可这次的买家却不答应。”

珀妮玛这才进一步了解到，那些被卖到国外的年轻乡下女孩需要在看护的陪同下被送到买主家。可什么样的人才能担任这样的看护工作呢？“中间商会帮忙去找看护人，”古鲁说，“当然，必须是懂英语的人，因为要坐飞机去其他国家。”

“懂英语就行？而且做两天看护工作就能有八千卢比到手？”

古鲁厌恶地摇摇头。“简直是强盗行为，这活儿一点儿也不难。话又说回来了，我们不仅是想雇个会说英语的人做两天的看护，八十万卢比买的也是个安心。噢，但也可以说是给自己买了个不痛快。”

珀妮玛附和着摇了摇头，她的思绪却游离到了别处。她想，原来要懂英语才行。

那天晚上，珀妮玛坐公交车去了戈维挪尔佩特，到处打听哪里有英语学校。一些女大学生告诉她，埃卢鲁路上有一家学校很不错，她听后立刻又跳上了另一辆开往迪万纳加尔的公交车。她在那所学校报名参加了英语口语会话课，接下来那周便去上课了。

上课前，她把自己知道的英语单词想了个遍.这些单词似乎人人皆知：你好，再见，系列，电影院，还有电池、蓝色、酱、自动、公交车、火车，以及收音机。这些词其实没多大用处。她看电影时还从一幕有关法庭的场景里学到了“刑法第某某条”该怎么说，但似乎这对她来说也派不上什么用场。“请”和“谢谢”也许会有点儿用。

英语口语课一周三次，晚上七点开始上课，九点下课。第一节课上，珀妮玛学到的大多是她早就知道的东西，不过也有一些新的单词。她还学了一些简单的句子，比如说，“我的名字叫……”，“你好吗”以及“我住在维杰亚瓦达”。了解这些知识固然很好，可上了一周的课后，她还没有学到任何与出国、坐飞机有关或在其他国家待上一两天就能用到的英语。她只好去问老师，他们是否会学到与机场问路、辨认标识或出入境（抄写员曾对她解释过这回事）相关的内容。英语老师是一个年轻女人，珀妮玛能看出她刚结婚不久，因为她每晚都会在发髻上佩戴新鲜芳香的茉莉花圈，上课期间会不时抬起手腕看看表，快到九点时便面露羞色，脸上写满了期盼、快乐和新鲜感。女老师好奇地打量着珀妮玛，同时避免盯着她脸上的伤疤，然后说：“这是口语会话课，你需要去上商务人士学的那种课程。”

“商务人士？为什么？”

“他们会到处出差。”女老师说。

于是，珀妮玛转到了商务英语班。这个班除她以外还有五个男人。老师是个四十岁左右的中年男人，长着个大鼻子，上起课来很有激情，会像蚂蚱般在教室里跳来跳去。他教给他们各种词汇，解释单词的含义，并让他们用这些词语练习对话。珀妮玛上完四周的课以后，很欣慰她已经能在如下的对话中对答如流：

“女士，你叫什么名字？”

“珀妮玛。”

“你的职业是什么？”

“我会计。”

“我是一名会计。”男老师纠正她说。

“是的，是的，”珀妮玛说，“我是一名会计。”

“旅程顺利吗？”

“是的，先生，一切都好。”

“你从哪儿飞来的？德里还是孟买？”

“我从德里飞的。”

“飞来的。”男老师纠正她说。

“没错，没错，我从德里飞来的。”珀妮玛脸上浮现出了一个大大的微笑，她丝毫没注意到班上的五个男同学正惊恐地盯着她的脸。

英语课一共持续了四个月。在第四个月末，珀妮玛学习了各大机场的名称（希思罗机场、法兰克福机场和肯尼迪国际机场），以及登机口、过境、商务、愉快、不需报关等词汇。此外，她学到了很多出乎她意料的商务术语，比如“一不做，二不休”，“我们成交吧”和“一路顺风”[1]（这句话甚至不是英语！）。每次下课后走路或坐车回家的路上，她都会抓住机会练习口语。她对鸟儿说：“你好，小鸟，我在学英语。”或者对树说：“树，你能听懂英语吗？”一次，她在公寓附近的小巷里瞧见一只小猫在觅食，便说：“小猫，你太瘦了，多喝点儿牛奶吧。”最后一节课上，老师把一本袖珍版的泰卢固语和英语互译词典作为奖励送给了成绩最好的珀妮玛。珀妮玛在同学面前（直到这时他们都还没适应她那被烫伤的脸），接过词典，双手合十，说：“谢谢你，先生，我会带着它去美国。”

结课后，珀妮玛变得无事可做。她想继续参加商务英语进阶班，

①原文为法语。

可她没钱再付学费了。她到哪儿都带着老师送她的词典，就像它是什么护身符或者符咒，能保佑她快些去到萨维赛身旁似的。然而，现实却并不如意。过了一年半，妓院的账本上才又出现了一笔高额开支。这次是五十万卢比，没写收款方，也没对开支去向做出任何解释。珀妮玛立即去问古鲁："这又是给看护的钱吗？"

古鲁叹了口气，说："那么多钱，可真是要了我的命。"

"你能从中得到多少？"

"不关你的事。"古鲁瞪着珀妮玛，向她发出了无声的警告和训斥。珀妮玛留意到，账本上从未有过相关记录。

珀妮玛无视古鲁的眼神，说："我在想，我可以把那些女孩带过去。你只用给我出机票钱就行了。"

古鲁大笑着说："你？瞧瞧你这张脸吧。何况，你连英语都不会。"

"我会英语。"

"你说什么？"

"我在大学里不仅学了会计，还有英语。"

"你是哪里的人来着？"

"考考我吧。"

古鲁对英语仅略懂皮毛，除了"你叫什么名字"和"你是什么种姓的"这两个问题以外，再也问不出其他。第二天，他带来了一份英文版的《印度时报》，对珀妮玛说："把这个念给我听。"珀妮玛读了一篇报道，并向他解释，这是贾坎德邦的部落里发生的流血事件，两个基督教徒被打死了。古鲁诧异地望着珀妮玛。显然，他之前一定是让某个懂英语的熟人或是他在报摊遇到的人给他读过了，早已知道了上面的内容。“你说你在大学学的英语？”

珀妮玛点了点头。

古鲁仍然半信半疑。珀妮玛又对他讲了几句英语。古鲁几乎不懂珀妮玛在说什么，但他最后说：“有个女孩被卖到迪拜了，不过等你办好护照后再说吧。”

珀妮玛立刻答应了。她向古鲁隐瞒了她已有护照的事实。

古鲁提醒珀妮玛，她要做的事是非法的。随即他又纠正道：“实际上，这事还没完全定下来。”他深吸了一口气，说：“我们本来都是分工办事，谁也不清楚整个过程。不过这次就让你来吧。”他嚼着槟榔说：“别主动跟那女孩说话，别回答她的提问，也别和她聊天，明白我的意思吗？你不该知道她，也不该知道我。你知道我是谁吗？”

“谁？”

“这就对了。”古鲁说，“对你来说，我是陌生人，那女孩也是陌生人。”

“我明白了，可我要送的女孩是谁？”

“那个农民的女儿。”古鲁说。

2

珀妮玛和那个农民的女儿在接下来的那个月离开了。女孩名叫库玛丽，她在出发当天换了新衣，是件精美的绿边黄纱丽。早上她还洗了头发，抹了发油，在脸上涂了爽身粉。她依然戴着闪亮的鼻环，鼻环衬托着她黄褐色的皮肤。珀妮玛觉得库玛丽像极了她有次在商店橱窗里见到的洋娃娃。

在这次护送中，珀妮玛装作和库玛丽是一对要去迪拜探亲的姐妹。珀妮玛被毁容的脸使人很难摸清她的年龄。“我以前从没想过还可以这样，”古鲁为珀妮玛帮他省下了五六十万卢比的看护费而雀跃不已，“你是个非常合适的人选。而且你太丑了，没人想多看你一眼，肯定也不想多问你问题。”

珀妮玛想，但愿如此。

古鲁说：“你要是敢提我的名字，哪怕只说一个字，我都会亲手把你宰了。”

珀妮玛点了点头。

古鲁仅仅让他的司机把库玛丽和珀妮玛送到了维杰亚瓦达的火车站，甚至没给她们买去海得拉巴的火车票。珀妮玛自然对这个火车站了如指掌。她在希金伯瑟姆书店给库玛丽买了一条巧克力棒，顺便瞟了一眼杂志架后面的壁龛，然后带着库玛丽坐上了开往海得拉巴的夜班火车。接着，她们从海得拉巴飞往金奈。虽然飞行时间只有两个小时，但她们都是第一次坐飞机。飞机在飞行途中遇到了气流颠簸，库玛丽惊慌地看着珀妮玛，脸色和她的纱丽镶边一般绿。她问珀妮玛：“我们会从天上掉下去吗？”珀妮玛看着库玛丽，想起了古鲁的嘱咐。可她又想，只说一两句话又有什么大不了的呢？再说了，她自己也很害怕。于是她对库玛丽说：“当然不会。飞机就像鸟儿一样，永不会坠落。”

她们到了孟买后上了另一架飞机又飞了两个小时，最终在迪拜着陆了。入境时，官员没问几个问题，也没多看她们一眼，便在护照上盖了章。前来接应的人在机场到达大厅里等着她们——是个印度人，看上去毫无幽默感。他说车在外面等着了。就在库玛丽转身即将离开时，阳光照在她的脸上，鼻环旋转着，像太阳般发出了炙热的光芒。她扭头对珀妮玛说："有时候，鸟儿也会的。"

"什么？"

"从天空坠落。"

珀妮玛注视着库玛丽离去，眼里溢出了泪水。这就是说话的坏处，她想。

珀妮玛在迪拜的一家廉价旅馆待了几天，她想这样回印度时入境检查处的官员就不会对她盘问个不停，尽管她不知道会被问到什么样的问题。古鲁之前给了她一些迪拉姆[①]，并叮嘱她："待在旅馆里，别跟任何人说话。"这不难做到，因为根本没人同她搭讪。珀妮玛回到维杰亚瓦达三个月后，又把另一个女孩带到了迪拜。之后又过了两个月，她把一个女孩带到了新加坡。与此同时，她终于存够了钱，报名参加了商务英语进阶班。授课老师也是个中年男人，珀妮玛不怎么喜欢他，但她很高兴班里除自己以外还有另一个女同学。那个女同学打扮得很入时，穿着衬衫和牛仔裤，去英国、美国等很多国家做过生意。"你是做哪种生意的？"珀妮玛问。"我是卖电脑的。"女同学

①迪拉姆：迪拜的货币单位。

说。珀妮玛从来就没见过电脑，也没听说过这个词，所以不好意思再问下去。

终于，接近年中时，机会来了。

古鲁把这个消息告诉珀妮玛时，她目不转睛地盯着古鲁，突然间浑身一阵轻松，内心激动不已。她想到了她乘船游奎师那河的那晚。

古鲁笑着说：“你在听我说话吗？我知道那不是瑞士，可你会喜欢的，没人不喜欢那儿。”

他说的是美国西雅图。

有个买主想再买一个女孩，上次他们买的那个是他们见过的干起活来最卖力的。“那女孩只有一只手，干活却最利索。”古鲁惊叹道。珀妮玛敷衍地点了点头，她几乎没怎么听进去。她心里只有一个想法，她要去美国，去西雅图了。

当天晚上，她躺在床上，在黑暗中说：“萨维赛，我要来了。”

3

去美国之前要做的准备比以往都繁复。古鲁对珀妮玛解释说，美国的规定比其他国家更严格。这次珀妮玛负责护送的是个名叫玛达薇的兔唇女孩。古鲁说：“又是一个通过医疗签证过去的。”他又笑着说：“你们两个都该办医疗签证。”为了办签证，他们在长达数月的时间里收集、签署以及提交材料，并因此往金奈的美国驻印度领事馆跑了好多趟。即便如此，珀妮玛的签证申请还是被拒了。她不得不重新申请旅游签证。古鲁早已替她们买好了机票，但珀妮玛的签证却迟迟不来，他迫不得已将机票改签，还为此贿赂了领事馆官员。事后古鲁一直抱怨个不停，但珀妮玛清楚，这笔开销对他来说算不了什么，他仍然能净赚不少。

在等签证的这段时间里，珀妮玛开始慢慢变卖东西。她东西不多，只有一张折叠床、一个煤气炉、一些盘子和一个她用来装衣服的行李箱。她以一百卢比的价格卖掉了折叠床，把原本用来铺床的席子铺在地上睡。煤气炉她还留着用，打算等要走的时候把它转让给女房东。行李箱是她在麦日市场花六十卢比买的，塑料材质，表面凹凸不平，不够结实。她把它扔了，重新买了一个。“很适合出国用。”商店老板对她说着，拍了拍行李箱。珀妮玛把新的行李箱拖回家，将仅有的几件衣服塞了进去，随后去银行取出了全部存款——从办护照起，她就一直在存钱——一共不到一千美元。她把这笔钱放到新行李箱的内兜里，等待着。

动身去美国的当天，终于只剩一个困难需要解决了，那就是玛达薇。玛达薇不肯从屋里出来，她也没法从里面把门锁上，因为扫帚或棍子之类的东西抵住了门把手。她对所有人的请求置之不理，也不允许任何人进屋。古鲁把她父母和所有祖宗都问候了一遍，她依旧无动于衷。珀妮玛要求同玛达薇说话，古鲁却不同意，说：“不，不行，你不能和她说话，你的任务是护送她，仅此而已。”然而，五分钟后，玛达薇还是毫不让步。古鲁见状便松口说：“好吧，去和她谈谈。告诉她，五分钟后她还不出来我们就砸门了。”珀妮玛凑近门边说：“玛达薇，快开门。你难道不想去美国吗？美国可是每个人都向往的地方。”

玛达薇不愿对老鸨或其他女孩吐露心声，但珀妮玛话音一落，屋里便传来一阵轻微的脚步声，然后是一阵呜咽。接着，一个微弱的声音说：“我想去。”

“那你为什么不出来？快把门打开。”

“我害怕。”

珀妮玛往后退了一步。她当然会害怕，她完全不知道在美国等待她的将是什么。“别怕，我会陪着你。”

“所以我害怕。”玛达薇说。

“你说什么？”

“我怕你。”

“我？”

“你的脸很吓人，我小时候做过一个梦，梦里有个人的脸就像你这样。”

珀妮玛发出一阵大笑，随后沉默了。“玛达薇，”她顿了顿，一股怒火从她心里蹿了出来，“你这个傻瓜。”她听见玛达薇往后退了一步，又带着哭腔喊了一声：“你这个傻瓜。”门后传来了玛达薇的啜泣声。珀妮玛愤怒地想，你真傻，我们女孩真傻。我们在不该害怕的时间害怕不该害怕的事物。一张被烫伤的脸让你觉得害怕，外面的世界却还有熊熊烈焰等着你。男人们一旦看见你便会擦亮手里的火柴，火焰会包围你，吞噬你尚未成熟的身体。一旦你踏入外面无尽的地狱，你将在火中枯萎，化为灰烬。亲爱的，只因为你是女孩，因为你微不足道，所以就连风也不会放过你，而是会任大火燃烧，让火越烧越旺，然后穿过你的身体，把你撕成碎片。

可你却在怕我？

珀妮玛转身走到古鲁面前，说："砸开吧。"她见古鲁不解地看着她，又说了一遍："把门砸开吧。"

她们在这个九月中旬的午后出发了，从金奈到孟买再转机到多哈，之后来到了法兰克福。在法兰克福机场，她们在吵闹的过境旅客候机厅里停留了五个小时。直到这时，玛达薇依然在抵触珀妮玛，缩在靠窗座位上，基本上一言不发。飞机上发的餐食她一口也没吃，只用餐具戳了戳而已。珀妮玛劝她吃点儿东西，她却说："我不想吃这些。"珀妮玛注视着眼前来来往往、来自五湖四海的人群，他们要么是在回家的路上，要么是即将出发。法兰克福离瑞士不远，虽然过境旅客候机厅没有窗，但她盯着天花板，能感觉到瑞士山区的气息。等她回过神来以后，她觉察到玛达薇正盯着旁边咖啡店橱窗里的糕点。珀妮玛嘱咐道："在这儿等着。"她走过去买了一块。

玛达薇两眼发光地接过糕点，为了能够细细品味，她把糕点分成小块，然后带着如愿以偿的表情吃了起来。珀妮玛心满意足地看着玛达薇，觉得她好似自己的女儿，甚至想抱着她的脑袋，将她揽入怀中。

凌晨四点，她们抵达了肯尼迪国际机场。飞机即将着陆前，珀妮玛依偎着正在熟睡的玛达薇透过窗外往下望去。她看着一片闪烁的群星，心想飞机一定是在底朝天飞行，不然星星为什么会在脚下？紧接着，她忽然意识到，那不是星星，而是灯光。她心里一紧，胸口怦怦直跳，原来美国的夜晚那么明亮而繁华。她们下了飞机，排在长长的队伍里等待入境。轮到她们时，珀妮玛紧张得连英语也忘了。入境检察官的口音她不太听得懂，她怀疑自己之前学的英语可能是错的，回答问题时也变结巴了。然而，入境检察官似乎对此没太在意。他秃顶，肩膀宽厚，神情严肃，皮肤很白，珀妮玛甚至能看到他鼻头上的粉刺还有脸颊两侧凸起的青筋。他的嘴唇像婴儿那样是粉色的，珀妮玛想他的声音一定很轻柔，可她却听到他用沙哑低沉的嗓音问道："你们要待多久？"

"三周。"珀妮玛说。

"你们有领导吗？"[1]

珀妮玛想，什么领导？"能再说一遍吗？"

"你们要去哪儿？"

"西雅图，先生。"

入境检察官打量着珀妮玛的脸。珀妮玛目不斜视，突然感到自己正在以全新的角度看待那些伤疤。检察官在她们的护照上盖了章，随后示意她们通过。她们来到海关处，海关关员看上去和入境检察官是完全不同的两种人，皮肤黝黑发亮，脸上甚至能看到日光灯反射的影子。他没有打量珀妮玛，问她："有什么要申报的吗？"

这回珀妮玛听懂了，她用英语自信地回答道："没有要申报的。"

珀妮玛和玛达薇上了一辆小火车，到站后往转机的登机口走去。

---

①原文是"Where you headed?"，有"到哪儿去"的含义。

人们匆匆而行，将她们粗鲁地推到一边。珀妮玛放慢脚步，找寻着她们要去的登机口。她们在人群、各种新奇玩意儿以及无数的玻璃、灯光和声音中穿行，就在即将到达登机口时，珀妮玛猛地停下了脚步。跟在后面的玛达薇撞在了她身上，一个身着西装的男人厌恶地瞟了她们一眼。"怎么了？"玛达薇问，"发生什么了？"

然而，珀妮玛完全没听到玛达薇说的话。她愣愣地望向一个玻璃展柜，上面摆着一碗鲜艳夺目的水果，其中有香蕉。

珀妮玛的目光像架在弓弦的箭一般瞄准了香蕉。那么大那么美的香蕉她第一次见，它的果皮是阳光般灿烂的黄色，形状也完美无缺。

她在心里对香蕉说起话来："你瞧，我竟然来了那么远的地方。你还记得吗，我们以前都在因陀罗瓦利村，那时你我都还年轻，有一只乌鸦像父母那样引导着我们。现在为了你，我来了那么远的地方。我没失去希望，为了这份希望，我还要把这女孩从一个深渊带入另一个深渊。我变残忍了，可我没失去希望。你还记得吗，那时你我都还是孩子。香蕉啊，你变成了坚硬不屈的样子，像砍刀一般直指我的心脏。"

要不是玛达薇用胳膊肘推了推她，珀妮玛能在那儿站上数天之久。两个小时后，她们登上了去往西雅图的飞机。

她们在午后着陆了。走出机场，珀妮玛深吸了一口气，仿佛这些天以来她第一次呼吸似的。在纽约时她们没出过机场，她却能感到西雅图的空气更凛冽，阳光更明亮。

来接她们的男人开着一辆闪亮的黑车，从车里出来后漫不经心地打量了她们两眼，把她们的行李放进了后备厢。他无疑是印度人，但却和珀妮玛认识的任何印度人都不一样，体格高大健壮，长相英俊，面带忧郁。与他相比，脸遭烫伤的她和患有兔唇的玛达薇好似马戏团小丑或狂欢节演员。他将负责看守她们。

车驶入了一条开阔大道，珀妮玛想起了驶出新加坡机场的那条路。她意识到心里有什么正在觉醒，正在呼唤自由。走完这段路，她就能来到萨维赛身边了。

4

“你叫什么名字？”男人打破沉默，用泰卢固语问。珀妮玛这才觉察到，车里并非鸦雀无声，车载收音机里在播放音乐，但这音乐没有歌词，仿佛风中的呢喃。

她说：“我叫珀妮玛，她叫玛达薇。”

她感觉男人点了点头，又似乎没有，又或许他只是因为沉浸在悲伤中所以耷拉着脑袋。她问：“你呢？”

男人将收音机的音量调大了，这下珀妮玛感受到了这种音乐的力量和完整性，几乎陶醉其中。男人似乎察觉到了这一点，从后视镜里默默看着她。珀妮玛也透过镜子看着他，她察觉出他心思细腻，情绪悲伤。他说：“我叫莫汉。”

珀妮玛立即从莫汉身上明白了两件事。第一件事是他酗酒，这不难看出来，他眼睛充血，面色暗沉，胳膊懒洋洋地垂着，双手仿佛要不是握着方向盘就会握着酒瓶一样。他的眼神透露着喝上一杯的渴望，好似唯有酒瓶与酒杯相碰，酒精下肚能给他带来愉悦。第二件事就是他现在心情低落。

这两件事能变成她最有利的武器。

此外，她在美国必须找到一个可以依靠的人。古鲁曾跟她大致提过，买方有三个人。戈帕尔拉朱是一家之长，所有的公寓、钱财和他们买来的女孩都由他说了算，他多半不会帮她找到萨维赛，反而会阻挠她们相见。其次是莫汉的哥哥，可她不知道他是谁，叫什么名字，更不知道他是否愿意帮助自己。

于是，她选择相信莫汉。车从机场驶出后，他们在路上再没说过话。莫汉将车开到了一家汽车旅馆前面，把珀妮玛的行李箱放到了人行道上，说：“你回印度之前就在这儿休息吧。”

珀妮玛坐在车里没动，望着窗外说：“这可真是座古怪的城市，从飞机上看，就像是用来盛米饭的香蕉叶。”

莫汉不耐烦地瞟了珀妮玛一眼，问：“你不想住在这儿吗？”

珀妮玛扭头看向他，摇了摇头。

“今天你还不走，是不是？”

“没错，三周后我才离开。”

“三周？”莫汉抚了抚头发说，“一般看护只会在这儿停留一两天。”

珀妮玛注视着莫汉的手，他紧紧抓着忧伤，就像是握着酒杯或是爱人的手。“我过境时他们一直在盘问我。”

"你是说印度那边？"

"两边都是。"珀妮玛撒谎说，"我有一千美元，够待那么久吗？"

莫汉重重地叹了口气，再次走到车尾，将珀妮玛的行李箱扔回后备厢，坐回了驾驶座上。莫汉透过后视镜瞟了玛达薇一眼，又看了看珀妮玛。自从她们上车后，珀妮玛就没怎么听到玛达薇的喘息声。莫汉的表情难以捉摸，带有几分好奇，也隐隐透露着几分保护欲。珀妮玛想，这可能是因为他看到了她脸上和脖子上的伤疤。她悄悄地将脸扭向左边，避免让莫汉看到她伤得最严重的部位。莫汉依然注视着她，可出乎她意料的是，他没有像一般人那样表现出任何怜悯或厌恶之意。

"好好记着，这三周里的每一天，你的一举一动我都会看在眼里。"莫汉对珀妮玛说。他们驶入一片点缀着深蓝色喷泉的住宅区。莫汉停了车，带着珀妮玛坐电梯上楼，来到一间方位朝西的公寓。西边的天空已是浓云压顶，可屋里却十分明亮。公寓不大，只有一个房间，铺着木地板，摆放着干净的白色衣柜。珀妮玛环顾四周，知道玛达薇不可能和她住，却明知故问："我们可以住这么好的地方吗？"

"那女孩跟我走。"

"她会住哪儿？"

"你是第一次当看护吧？"

珀妮玛想挤出一个微笑，但她明白这只会让她的脸可怕地扭曲起来，所以她仅仅是点了点头。

"你需要解决吃饭问题，"莫汉看了看空无一物的公寓，说，

"我会给你带张毯子和一些吃的。"

"我吃米饭和泡菜就行。"

"离这儿两个街区远的地方有个小商店，那里能买到米。你最远只能去到那儿。至于泡菜，只有印度杂货店才卖。"莫汉字斟句酌地说道。珀妮玛想问问莫汉印度杂货店在哪儿，但又觉得他不会告诉她。她的脸太过显眼，如果她经常光顾印度社区的某家小商店，肯定会引起别人的注意，招致闲言碎语。人们会好奇她是谁，四处打听她的身份。过了一会儿，莫汉问："你会英语吗？"

珀妮玛抬起头，自豪地说："是的，当然。"

莫汉似乎不以为意，只是用英语说："晚上我会把东西带给你。"

珀妮玛很惊讶，九月中旬的西雅图竟然没下雪。过去她曾听无数人说过，美国的冬天非常寒冷，雪会堆到齐腰深的地方，路面会结冰，车在路上行驶时轮胎会打滑。她不得不承认，她有点儿失望。这里不仅没下雪，而且天气很热。虽然没有因陀罗瓦利或是维杰亚瓦达那么热，可气温至少有三十度以上。她将两扇窗打开通风，然后脱下了脚上穿着的棕色厚男袜。这双袜子是她出发前特意买的，她本以为这里会很冷。

珀妮玛去了两个街区外的小商店，买了一小袋米、一些蔬菜、盐、辣椒、一盒酸奶、几个水果，以及一块肥皂和一小瓶香波。在从商店往回走的路上，她再次感到惊讶——这个国家是如此空旷。有几辆车从她身旁驶过，有一架飞机从她头顶飞过。接着，她听到远处传来一声鸣笛，而街上却一个人也没有。这些人都去哪儿了？真的有人住在这里吗？难道他们工作、学习或者购物都必须去到其他城市？为什么也见不到孩子的身影？她路过一个小公园，那里也没人。她有点儿被吓到了，这里太过安静，太过冷清，马路、人行道和房屋都孤零零的，好似无人区。临近傍晚时分，她在等莫汉回来的这段时间里看见附近的房屋陆续亮起了灯，窗边偶尔会有人影出现，差点儿激动得欢呼起来。

来西雅图的第一个下午，珀妮玛想要冲出门外，跑到街上一边大声呼唤萨维赛的名字一边寻找她。可这样做有什么用呢？珀妮玛握紧拳头，竭力克制着这股冲动。她必须按计划行事，况且她的计划少不了莫汉的帮助。

晚上莫汉带来了睡袋（他还教会了珀妮玛如何使用它）、枕头，还有一个袋子。袋子里装着一个煮锅、一个平底锅、一些餐具、几个塑料盘和塑料杯。珀妮玛看着堆在厨房操作台上的厨具，问："玛达薇还好吗？"

莫汉板着脸问："干吗要打听这个？"

"我可是和她一起绕了半个地球来到这儿的。"

"她已经和你没关系了，忘了她吧。"莫汉说完，转身走到公寓门口。珀妮玛逼迫自己尽量发出沙哑失声的嗓音："这些女孩值得被爱。你也许觉得她们身无分文，任人贱卖，可能还患有兔唇，你永远不会理解，就算这样还是会有人关心她们，惦记着她们。"

莫汉注视着珀妮玛，仿佛下一秒就要把她杀死似的。珀妮玛被吓得脸色苍白，不敢再多说一句话。然而，莫汉的目光突然又变柔和了。他不安地说："她很好。"

“那么，带我去看看她住在哪儿也无妨吧？她住得离我不远，是不是？趁着天黑带我去看看吧，只看一眼就好。”

珀妮玛屏住呼吸，以为莫汉会再度拒绝她的请求，然而，他看了她好一会儿后说：“就这一次，以后别再跟我提这事了。”

夜晚的街道要比白天还要安静，珀妮玛感到不可思议。她摇下车窗，想好好看看街道标牌的名称。可天太黑了，也可能是车开得太快了，她很难认出什么来。以她有限的英语水平来看，那些从窗外掠过的街牌上写的就是一堆乱码。她开始在车每次转弯时留意路两边的街牌号、街道的斜坡、房屋的样式以及树与树之间的距离，甚至尝试记住每家门廊前摆放的花盆长什么样。

大约十分钟后，他们进入了一条挤满了廉价公寓房的狭长街道。莫汉在街道中段停下车，指着左边第十一栋楼二层的一扇窗户，说：“在那儿，你能看见吗？灯亮着，她没事。”在莫汉踩下油门前的几秒钟内，珀妮玛尽力记住了这栋楼的所有特征，包括门口破旧的棕色雨篷、六扇装有劣质窗帘的亮灯的窗户、公寓旁边一棵树叶是深绿色的树，以及莫汉指着的那扇窗边一枝似乎要探进屋的枝丫。萨维赛没准儿就住在那儿。可到了白天，这里还会是这样吗？这些细节远远不够。她抬头找星星，天上却是多云。莫汉把车开到了路口，他们等起了红灯。

“这里的星星和印度的一样吗？”

“是啊。”莫汉说。

“那么，北极星是在我们身后吗？”珀妮玛假装好奇，故作轻松地问。

“不，它在那儿。”莫汉指着前方说。

“噢。”她尽量随意地应了一声，在黑暗中微微一笑。

当晚珀妮玛说服自己去睡觉。她在心里说，你才刚到美国，只来了十小时，何况现在是晚上，你也人生地不熟，不能就这样立刻出发去寻找那栋楼，确认萨维赛是否在那儿。她反复尝试，但却怎么也睡不着。印度和西雅图有十二个半小时的时差，相当于昼夜颠倒，珀妮玛对此却一无所知，躺在光滑的木地板上，裹着睡袋翻来覆去。大约凌晨三四点左右，困意向她袭来，她却忽然惊醒，打了个寒战。如果萨维赛被卖给了其他人怎么办？如果她不在西雅图了怎么办？如果线索就此中断了怎么办？要是还找不到萨维赛该怎么办？

珀妮玛急促地呼吸着。她起床喝了一杯水，走到窗边。下雨了，雨水沿着玻璃窗向下流淌。她望着黑漆漆的窗外，想起了她和萨维赛认识几个月后发生的一件事。

那是雨季的一个星期天，大部分商店都关门休息了，不过烟草店还开着。前一天晚上珀妮玛的父亲把烟抽完了，所以他在躺回麻绳床午睡前吩咐珀妮玛去市场上给他买两卢比的烟草。珀妮玛正要动身出发时，萨维赛恰好进屋来了，于是她们便一起去了市场。她们两人都赤着脚上路了，萨维赛是因为没鞋穿，珀妮玛是因为如果她在雨天穿着塑料凉鞋（这双鞋原本是她母亲的）出门，万一踩到了淤泥，凉鞋很容易被扯坏。她们慢慢往市场走去，天空阴云笼罩，但雨还没开始下。

她们路过一家首饰店的橱窗，里面陈列着一排排五彩的玻璃手镯，这种手镯和任何颜色的纱丽都很相配。“你能想象吗，不管穿什么样的纱丽都能戴这样的手镯。”珀妮玛喘着气说。萨维赛听罢只是笑了笑。她们走过槟榔店、干货店和米店，这些店都关门了。

她们来到农贸市场。菜贩们蹲在地上，面前摆着甜椒、南瓜和芫荽，头顶支着几块用于遮雨的脏塑料布。他们一眼便能看出珀妮玛和萨维赛不是来买菜的，所以只是抬起困倦的双眼，瞟了她们一眼。她们跟在一辆回农场的牛车后面走着，牛车转弯时，一个小圆茄子从车上没卖完的那堆菜里滚到了地上。萨维赛高兴得叫了一声，跑过去捡起茄子说：“瞧，珀妮，我们可真走运！”

是啊，珀妮玛想，我们运气可真好。

她们快到家时，雨点落了下来。珀妮玛正想往家跑，萨维赛却指着不远处的一棵檀香树说：“到那儿避一避吧。”就这样，她们蜷缩在树下，注视着大雨倾盆而下。珀妮玛知道这场骤雨很快就会过去，可某种程度上，她却期望雨一直下，如同期望一把水果和腰果便能让母亲战胜癌症，远离死亡。她不知道自己为什么会冒出这样荒唐的念头，即使她和萨维赛在雨中冻得瑟瑟发抖，头发和衣服都已湿透，即使她知道父亲还在等她，并会因为烟草受潮而大发雷霆，她依然怀有这样的期望。

起风了，冰冷硕大的雨滴砸在她们的脖子、背和头上，檀香树沙沙作响，好像在嘲笑她们似的。

滂沱大雨中，萨维赛将珀妮玛往后拉了拉，伸出手臂给她挡雨。珀妮玛心里一颤，那一瞬间，她感到自己是被保护着的，是安全的。

而现在，身在西雅图的这间公寓里，珀妮玛手握空玻璃杯，站在窗前，颤抖着嘴唇，眼眶泛红，半是自嘲地笑出了声。她想，多可笑啊，我们多可笑啊。她边笑边想，你竟然以为能替我挡住暴雨，多么天真的想法啊。那场雨就是一把刀，一场战争，而你竟然以为能够充当我的护盾。珀妮玛气极而泣，她生萨维赛的气，为她的无知和天真。她知道在这里，萨维赛就像烟草般在男人之间被传来传去。珀妮玛在心里埋怨道，你难道不明白吗，我们永远也不安全，我们抵挡不了大雨，我们没法抵御任何事物，而你却非要和我一起站在那棵冷漠的树下，仿佛我们只要紧紧靠着彼此就能抵抗大雨，抵抗我父亲，保护你我所剩的东西，仿佛抵御大雨、命运或战争这样的事，如果一个人不行，两个人一起，尤其是两个女孩一起就可以做到。

“你这个傻瓜。”珀妮玛对着黑暗哭喊道。随后，她冲出了公寓。

5

珀妮玛走了五个多小时才找到莫汉之前指给她看的那栋大楼。她被雨浇透了。她离开公寓时天还微亮，此时却接近中午十一点了。雨渐渐停了，她来到门廊前，浑身又潮又冷。她当然知道莫汉会去她所住的公寓察看情况，而她唯一能想到的办法就是无辜地眨眨眼，带着歉意向他解释说：“噢，我不知道必须要待在这儿，对不起，这是我第一次做看护。”

一个小时过去了，楼里只出来过两个人，他们都不是印度人。第一个人出来时，珀妮玛趁机穿过旋转门，溜进了楼里。她爬上台阶，四下张望，看见一间公寓半敞着门，屋里设施简陋，一个上了年纪的印度男人正对门口坐着，好似正饶有兴致地在看电视。珀妮玛看得出来，他其实是在监视楼梯口。她原先想要挨家挨户敲门看看，结果只好放弃计划，走出大楼。接下来的一个小时里来了辆小货车。开车的男人抱着个盒子下了车，走到楼前，按了按墙上其中一个按钮，然后喊道："包裹。"门发出了嗡嗡的声音，男人进去了。

珀妮玛也照着试了试，除了1B她都按了一遍，因为1B是那个印度男人的公寓门牌号。多数人家都没有应答，也或者是因为没人在家。有一户人家回应了她，珀妮玛用她带有印度口语的英语问："请问你是印度人吗？"对方静默了一会儿，然后传来了一个女人的声音："这是怎么回事？我刚才收到快递了。"

珀妮玛坐回了门廊上。

直到傍晚五点她才离开。回去时她走错了两次路，比去的时候耗费了更长时间。回到公寓后，她洗了澡，煮了饭，随后听到一阵敲门声响起。莫汉来了，他扫了一眼房间，看了看她的脸，只待了不到五分钟便离开了。

第二天珀妮玛有经验了，她带了一袋米饭作为午饭，并在早上七点就抵达了那栋大楼。之后的三天里珀妮玛每天都这样做，但却一无所获。她估摸她去的时间可能不对。到了第四天，她中午才到那儿，待到午夜才离开。她知道这一次莫汉一定会发现她不在家，简单的借口没法搪塞过去。她决定在回家的路上买点儿什么急需品，好让莫汉相信她。

一辆车朝大楼缓缓驶来了。珀妮玛躲进灯光照不到的阴影处观察，她没法看到司机是谁，但能看到有人下了车。那是玛达薇，她弓着背沿着车道缓缓往上走来，比珀妮玛上次与她分别时驼得更厉害了。车刚一开走，珀妮玛便迫切地出现在玛达薇面前。也许是做了一天清洁工作的缘故，在大楼门前黯淡灯光的照耀下，玛达薇看上去面色发灰，神情疲惫，她一看到珀妮玛便睁大了眼睛，说："阿卡[①]！你怎么来了？"

珀妮玛头一次听到玛达薇这样称呼自己。"你还好吗？他们对你怎么样？你每天能吃饱吗？"

玛达薇耸了耸肩。"你来这儿干吗？"

珀妮玛套近乎地说："让我进屋喝杯茶再说吧。"

玛达薇脸色突然变了，她慌忙说："不，你不能进去。他们不允许我们带人进屋。"

珀妮玛尽可能温柔地看着玛达薇，差点儿想要对她笑一笑。"可我不是别人，不是吗？莫汉带我来过这儿，说你住在这儿，所以我才来了。"

"真的吗？"

"他没对你说过吗？不管怎么说，这几天你还好吗？你和其他女孩住一起吗？她们对你怎么样？"

玛达薇又耸了耸肩，说："她们都很好。"

①阿卡：原文为Akka，意为大姐。

“她们叫什么名字？都是泰卢固人吗？”

玛达薇将珀妮玛从头到脚打量了一番，说：“我不能说。”

珀妮玛脱口而出：“你把我当作生人吗？”一辆车从她们身旁驶过，她们注视着汽车红色的尾灯消失在街道尽头。珀妮玛好像看到了一片燃烧的火焰，继而她感到身旁的玛达薇打了个哆嗦。珀妮玛问：“这些女孩里有没有一个叫萨维赛的？”

“没有。”

珀妮玛盯着玛达薇，问：“你确定？”

“我好冷，大姐，我想进屋了。”

珀妮玛拽住玛达薇的胳膊，说：“我不是生人，对不对？我算是你在这儿唯一的亲人了。”

玛达薇点点头，进楼去了。

回公寓的路上，珀妮玛顺便去了一趟街角的商店。等她到家时，她发现莫汉已经来了，正在煮咖啡。“你上哪儿去了？”

“那么晚了你还喝咖啡？”

“你上哪儿去了？”

“你什么时候来的？”珀妮玛问。

“这么晚了你去做什么了？”

“我去买这个了。”珀妮玛说着从包里拿出一包卫生巾。

“去商店可用不着花一小时。”

“脚抽筋了，在儿童乐园休息了一会儿。”珀妮玛挤出了一个不好意思的微笑。

“现在开始你就别出门了。”莫汉说着将咖啡倒进一个形状古怪的带盖金属杯里。“你需要什么我会帮你带来的。”说完他跟珀妮玛要了公寓大门和房间的钥匙，把它们装进了裤兜。随后他指了指炉灶上的锅，说：“还有咖啡，如果你想喝的话。”

咖啡差不多还剩满满一杯。莫汉走后，珀妮玛发现他把外套落下了。她拿起外套，一本小书掉了出来。此外，她翻遍外套的口袋，只找到了一些零钱和收据。她仔细看了看那本小书，觉得它怪极了。相比她以前常接触的宽大账本，它太袖珍了，还没有她的巴掌大。她打开书，里面没有哪行句子是写到底的，都很短，空行的方式也不同。她感到不解，这书难道是《薄伽梵歌》？不对，这书有作者署名，而且有英文书名。书被翻烂了，有一页折了角，磨损了。

珀妮玛翻到那一页，读了起来。

尽管晚上喝了咖啡，但珀妮玛还是稳稳地睡了一觉。第二天醒来，她开始考虑自己的处境。在西雅图的这些天里，她没摸清太多情况，但却明白了一件事，那就是萨维赛没在玛达薇所住的公寓里。玛达薇无疑是受到了威胁，不敢透露太多实情，但她没说谎。那么，萨维赛会在哪儿呢？这个多年来她一直想解开的谜团还没有答案。与此同时，她知道了莫汉的底线。她确实说服了他带自己去看玛达薇的住处，然而，无论她再找多少借口，如何苦苦哀求，莫汉都不可能让她知道其他女孩住在哪儿。

不过，她发现了另一件关于莫汉的事，那就是他喜欢诗歌。

书里有折角的那页是一首诗，名叫《J·阿尔弗瑞德·普鲁弗洛克的情歌》。她读了几遍，一点儿也喜欢不起来，至少她厌恶她能理解的那部分内容。这首诗开头前几行看似是用英语写的，但她却看不懂。她不知道米开朗琪罗、拉撒路、哈姆雷特都是谁，然而，这位诗人——也许诗歌名字里那个难读的人名指的就是他——在她看来十分懦弱。他为什么要写这首诗？为什么不直接说出他心里的疑问，而是抱怨个不停？如果他这样做了，那别人就会免于被淹死。尽管如此，她仍然对这首诗饶有兴趣，好奇莫汉会如何解读它。

那晚莫汉来了公寓以后，珀妮玛把诗集和外套递给他，说："你昨晚落下了。"

莫汉茫然地接过这两样东西，将诗集塞进外套的口袋里。等他正要走出门时，珀妮玛说："那是关于悔悟的，对吗？"

"什么？"

"你喜欢的那首《情歌》。"

莫汉侧过身，松开了门把手。"你读了吗？"

"是啊，我喜欢诗歌。"

"真的？"

"最近开始喜欢的。"

莫汉转身朝她迈了一步。"那首诗可以说是关于悔悟的，但也是关于勇气的，"他犹豫了一下，说，"它是关于怎样才能拥有勇气的。"

"如果我们没能找到勇气呢？会被淹死吗？"

莫汉笑了笑说："某种程度上来说是这样。"

"你不觉得这个普鲁弗洛克很懦弱吗？"

刹那间，莫汉眼里闪过一道凛冽的忧伤，珀妮玛感到那股忧伤直逼她而来，点燃了她心里的火焰，紧接着又突然消失了。最后，莫汉说："他很像你和我。"

珀妮玛瞪着莫汉心想，不，你错了，我可不像他。

6

玛达薇说不定还愿意帮她。

莫汉走后，珀妮玛陷入了沉思。眼下玛达薇和她一样孤立无援，而且玛达薇可能和其他女孩都被带到过其他地方——没准儿她在住进现在的大楼前曾被囚禁在拘留室——她还可能和除室友以外的女孩有过接触，知道她们住在哪儿。又或者，玛达薇和那些女孩闲聊时没准儿会听到她们提到某条街、某片街区之类的。

这是她仅有的机会。

第二天，珀妮玛按兵不动。尽管被没收了房门钥匙，但她调查了一番她所在的公寓大楼，在几个垃圾桶旁找到了一道没上锁的后门。她只需留神别让房间的门锁住就能离开公寓。她发现莫汉总是在下午四点到八点间来她这。他每天都在做什么？有几个看护需要监管？他们一共买了多少女孩？他知道萨维赛吗？这些情况珀妮玛一无所知。她只知道，她必须等到莫汉八点离开后再动身去找玛达薇。

当天晚上，莫汉近九点才来。他没解释迟来的原因，不过他似乎比以往更在意珀妮玛，他用更柔和的目光打量着她的房间、她的脸、凌乱的睡袋和地板上她仅有的几件行李，仿佛上次关于诗歌的讨论让他对珀妮玛增进了几分了解，使他看到了她除看护人这层身份外的其他面。

“还需要什么吗？”他问。

“蔬菜。”

“明天我会带一些过来。”

“明天一起吃晚饭吧。”

也许是出于反感，也许是出于惊讶，莫汉在听到珀妮玛的请求后眼神一暗。刹那间，珀妮玛恍然大悟，莫汉是个孤独的人，除了孤独他一无所有。之后他一言不发地离开了。

午夜过后，玛达薇才被送回住处。珀妮玛藏在玛达薇所住的公寓和旁边朝北的那栋公寓之间的灌木丛里，她看到玛达薇离公寓大门近了，便连忙走了过去。这一次，玛达薇似乎对珀妮玛的出现无动于衷。珀妮玛用不着嘘寒问暖便能看出玛达薇吃了不少苦头，距离她们上次见面才过了一周，她就已经成了一副听天由命的模样。珀妮玛想，人的意志竟然如此脆弱，仅在这么短的时间内便垮了。珀妮玛抬头望向夜空，月亮和星星被云层掩盖了，附近的街灯忽而一闪。

玛达薇叹了一口气，问：“你又是为那个女孩来的吗？”

“你见到她了吗？知道什么有关她的事吗？”

“求求你，阿卡，别再来了。要是我们被发现了——”

“听着，你知道其他女孩住哪儿吗？不管是谁，告诉我吧。”

“我不知道。”

“你见过其他女孩被送到别的公寓吗？和其他女孩坐过车或者说过话没有？你去过其他地方吗？”

玛达薇耸了耸肩，别过头去。

“你见过别的女孩，对不对？她是谁？住在哪儿？和你说了什么？”

“我没见过，只是……”玛达薇没再往下继续说。珀妮玛几乎要爆发了，她攥紧拳头，竭力克制住想挥出一拳的冲动。

“只是什么？”珀妮玛沉住气，轻声问。

“好吧，有次我被带到了一个房间里，和我做清洁去的那些都不一样。”

“那房间在哪儿？里面有其他女孩或者别的什么人吗？”

“没有。”

“谁带你去的？”

苏雷什。

珀妮玛没听过这个名字，或许他是莫汉的哥哥。她们默默站了一会儿。玛达薇不敢直视珀妮玛的眼睛。珀妮玛问：“那地方在哪儿？”

“我不知道，真的不知道。”

“离这儿近吗？”

“不。”

“离机场近吗？”

“不。”

珀妮玛回想着玛达薇可能认识的地标。“离那座瘦塔近吗？

在海边吗？在高楼里吗？或者在大学附近？你注意到这附近有所大学没？”

“阿卡，拜托，别这样。”

“想想看吧，你对那地方有什么印象？”

有人骑着自行车从她们旁边飞驰而过，树叶在风中唰唰作响，海边传来了一阵低沉遥远的鸣笛声。“那附近有一个圆形体育场。”黑暗中，玛达薇可怜巴巴地说道。

“圆形体育场？”

“像是板球场，但要比板球场要大得多。”

玛达薇怎么会知道板球场？“还有呢？”

“那地方没什么人，很空。”

“美国到处都没人。”

“那里的建筑没有窗。”

珀妮玛点点头，她想对玛达薇笑一笑，可又怕吓到她。她转而望向眼前这片寂静的黑暗。远处停着低低的流云，街灯熄灭了，街道十分安静。玛达薇看起来面带疲劳，活力不再。珀妮玛想起她们离开印度的那天，玛达薇吃着点心，眼里闪烁着喜悦的光芒，糖屑从她指尖掉落，她的人生就是从那天起改变的。珀妮玛深吸了一口气，一口美国的空气。她想，多安静的国家啊，真想大叫几声。转身走进黑夜前，她说：“照顾好自己。”但她知道，对于玛达薇来说，这句叮嘱来得太迟了。

第二天，珀妮玛一早便出发了。她在第三大道和塞内加路的交叉口问了起码十二个人后才打听到怎样去体育场。她坐二十一路公交车来到了体育场附近，却不知从哪儿开始找起，于是又走回了第三大道。大道一侧是仓库，一侧是铁轨。那些仓库没有窗，周围一个人也没有。玛达薇没提到铁轨，珀妮玛觉得可能是她没注意到。珀妮玛走向一排排有着灰色和浅褐色墙面的长条形仓库，慢慢辨认仓库外墙挂着的标牌，透过仓库门上的窗口往里偷看，并绕到仓库侧面，研究每一辆停在仓库旁的汽车，扫视仓库的每个角落。尽管她没穿纱丽，还用围巾遮住了脸上的伤疤，但她知道自己在这片地方晃荡依旧很显眼。好在只有莫汉知道她长什么样，这是她最大的优势。每次有车驶来，还离她有一公里远时她就能瞧见，一旦有车经过，她就尽量把自己藏好。

珀妮玛走了好几个小时。一排排的仓库好似无穷无尽的迷宫。一些仓库之间的小巷没有标牌，有时她绕了一大圈，又会回到之前经过的仓库，站在同一座仓库的另一面。她迷路了。她走到空地上，试图通过观察周围破旧仓库的屋顶来辨认方向。有两个男人——一个开皮卡车的，一个开蓝色轿车的，都曾停下来问她是否需要帮助。珀妮玛把围巾往头顶的方向拉了拉，摇了摇头。她听到一辆货运火车驶过，突然想到了她没在南布鲁村踏上的那班火车，想到了她将火车票撕碎后看着车票飘落一地的情形。她想，我要是上了那班火车会发生什么？现在会是什么样？这想法猝不及防地闯入她的脑海，使她思绪纷飞。她赶紧将它掐断，仿佛关上了一扇闹鬼屋子的大门。

太阳落山时，珀妮玛坐上了回程的公交车，又饿又累。她想自己也许没找对地方，也许这并不是玛达薇所说的那片街区。她在美国待了一周了，只剩两周时间了。第二天，她又去了那片仓库，接下来的四天也照旧如此。第五天上午，她冒着瓢泼大雨走了几个小时，当她正要从一栋挂着子午线轮胎和汽车零部件广告宣传画的灰色楼房前拐弯时，一辆黑色轿车引起了她的注意。她一眼便认出了，那是莫汉的车，但从她所在的地方望去，她看不到车前方那栋大仓库的入口。她走了很长一段路，从后方绕到了仓库的另一侧，藏在墙边。她离入口近了一步，离莫汉的车远了一步。莫汉的车前还停着一辆红色的车，可能是他哥哥或他父亲的。

珀妮玛在雨中等待着，冷得浑身打战。然而，没有任何女孩进出仓库。下午三点，她返回公交站坐车，还有一个小时莫汉就该到公寓察看她在不在了。那晚莫汉走后又下雨了，珀妮玛只好等到第二天一早才出发。她买了一只手电筒和一双厚袜子，等她再次来到那座仓库时，那里一辆车也没了。她踮着脚尖走近仓库的入口处，眯着眼睛朝玻璃门里望去。黑漆漆的，什么也看不见。她打开手电筒照了照，离她几米远的地方似乎是个大房间，堆着几个盒子，尽头处隐约能看到一张桌子的轮廓。此外就没有其他房间了。她期望能找到没上锁的后门或是卸货口，可仓库外围全是金属墙板。她竖起耳朵听，仓库里什么动静也没有。她想她说不定能把玻璃门的门锁砸开，就在她琢磨如何开锁时，旁边的小巷驶过了一辆车。

珀妮玛突然意识到，如果萨维赛真的住在这儿，她也不可能整天都在，白天她肯定要出门去做清洁。

到了晚上，珀妮玛又去了。夜晚的仓库比白天更阴暗，也更安静。珀妮玛敲了敲玻璃门，里面没亮灯。她用拳头砸向金属墙板，试着把玻璃门的锁砸开或者把门撞碎，可无论是手电筒还是她的身体都攻破不了这道坚固的防线。萨维赛会在哪儿？珀妮玛盯着毫发无损的仓库门，最后踢了一脚，自言自语道："她不在这儿。"

午夜后珀妮玛才坐车回到住处。她低头看着自己瘀青的胳膊、划伤的手肘和双手，还有砸坏了的手电筒，那一瞬间，她想到了莫汉，他是她仅剩的希望。

珀妮玛在街角的商店买了一瓶那里最贵的威士忌，花了一下午的时间做了米饭、扁豆汤和茄子咖喱（美国的茄子十分圆润，做出来的咖喱也和印度的不同）。她很怕被热油烫伤，但还是做了足够莫汉享用的炸土豆饼。然而，即使厨房操作台上摆着热饭和美酒，莫汉还是谢绝了珀妮玛留下吃饭的邀请。没等珀妮玛想好挽留的借口，他便沉默着离开了。

珀妮玛越发绝望了。

她在狭小的公寓里来回踱步，时不时打量着窗外的街道。她想起她在维杰亚瓦达时透过窗外看到的街景，想到那熨儿童连衣裙的男人、打盹的人力车车夫、在街上漫步的奶牛和垃圾堆旁刨食的野狗，心头涌起了一股强烈的思乡之情。她几乎要被击垮了。然而，下一秒，她又重新振作了，责备起了自己刚才的软弱。她在心底责问，你在思念什么？妓院和纺车？男人们？还是婆家的那些人？她抚摸着衬衫和牛仔裤，这些衣服是她为了来美国特意在维杰亚瓦达买的，她一点儿也穿不惯。她深吸一口气，突然想起两周来她了解到的唯一一件能够让莫汉眼前一亮的东西，也许这个东西能让她留住他的脚步。

那瓶威士忌还放在厨房的操作台上。第二天晚上莫汉来了以后，珀妮玛说："我不喝酒，你把它拿去吧。"

莫汉犹豫地瞟了一眼威士忌。珀妮玛趁机问："拉撒路是谁？"

"什么？"

"你喜欢的那首诗里，普弗洛克提到了他。"

莫汉的神情变得柔和了，也可能是他的嘴唇上的那抹严肃和阴郁消失了。"你记得这个？"

"我一直都想问问你。"

"他是《圣经》里的人物。他死后四天左右，耶稣使他复生了。"

"你是说他经历了考验？就像悉多[①]那样？"

"不，我认为是耶稣或者他的信徒经历了考验。"

珀妮玛盯着莫汉问："你为什么喜欢这首诗？就因为你觉得普弗洛克像你和我？"

"普鲁弗洛克。是的，因为这是首孤独的诗。"

"把酒开了吧。"珀妮玛说着朝威士忌努了努下巴。

这一次，莫汉痛快地开了酒瓶，倒了半杯威士忌。金棕色的酒液散发着一股强烈的深山森林的气息，混合着木炭烟熏味，还有一种珀妮玛说不出的味道，让她想起曾在奎师那河上遭遇的那场雷雨。莫汉

①悉多：印度史诗《罗摩衍那》里的女主角，罗摩的妻子。罗摩在楞伽岛之战中击败了罗波那，拯救了悉多。悉多虽然获救，却被罗摩质疑她的清白之身，于是悉多走入火堆中，向火神发愿以证清白，最终由火神从火堆中带出悉多，以证其清白之身。

坐在窗下，端起酒杯，啜了一口酒。

珀妮玛以为莫汉喝完一杯就会离开，但他却又倒了一杯。珀妮玛告诉自己，等他喝完这杯，等到最后再说。

酒杯见底时，珀妮玛说："你一定每天都很忙。"

莫汉倚着墙。他似乎点了点头，又好似没有。

"这里还有其他看护吗？一会儿你要去干吗？"

"做作业。"

"作业？"

莫汉低下头说："我在大学里报了个课程。"他举起酒瓶，研究着上面的标签。"你从哪儿弄来的酒？我不是对你说过别离开公寓吗？"

"什么样的课？你在学什么？"

莫汉笑了一声，再次添满酒杯。"普鲁弗洛克的诗，还有其他诗。

"可是——"

莫汉喝了一大口酒，说："父母发笑的原因总是耐人寻味。我读中学时跟我父亲说我想学文学，他笑了我整整三天，说：'工程或者医学，你挑一个。'对于印度学生来说，工程和医学都是最有前途的专业。"他严肃地盯着珀妮玛说："我们必须从中二选一，可我父亲甚至都不了解课程的内容。"

他们沉默了一会儿，莫汉靠着窗，珀妮玛靠着厨房的墙。屋里屋外寂然无声。珀妮玛闭着眼，能感到莫汉在看她。

他说："这首诗里有很多我喜欢的句子，比如'呵，确实地，总还有时间'[①]，还有'来疑问，我可有勇气？我可有勇气？总还有时间来转身走下楼梯'。"

他开始逐句逐字解释这首诗。他说这首诗写于第一次世界大战前，那段时期美国正在走向现代化，人们心里充满了恐惧和厌倦。他还说了一些关于这首诗作者的事，讲了他是怎样从美国移民到了英国。珀妮玛还想问问米开朗琪罗和哈姆雷特都是谁，不过，她最终开口问道："为什么他要笑你？"

他们再次陷入沉默。珀妮玛以为她的提问惹恼了莫汉，当她睁开眼时，却看见莫汉睡着了，手里依然抓着酒杯。

她还有一周的时间。

---

①引自查良铮译本。

Part 5

第五部分

萨维赛

1

萨维赛睁开眼，发觉车进山了。她梦到了莫汉，却不记得梦里发生了什么，只记得他像鬼魂，像气味般经过了她的梦。汽车颠簸了一下，她彻底惊醒了，意识到自己正在逃亡的路上。她猛地张望四周，窗外唯有公路、山峦和陌生的面孔。冲出公寓的那一刹那，有人在后面追她吗？她没有回头看。她拼了命地从一个公交站跑到另一个公交站，对着远去的公交车大喊。终于，第三辆车在她面前停下了。车门开了，萨维赛喘着气问："去纽约吗？"司机笑着说："这车不到纽约，你要坐灰狗巴士才能到那儿，不过我恰好要经过巴士车站，上来吧！"萨维赛就这样来到了西雅图下城区的车站。她站在车站的美国地图前，先找到了西雅图，知道了西雅图以西是海。接着，她看向西雅图以东，却没找到纽约。她又仔细看了一遍，一直往东找去，最后看到了纽约在美国的另一边，东边也靠海。她走到购票处问：“去纽约要多少钱？”

售票员说：“女士，你得到斯波坎去坐车。”他又补充道：“三十美元。”

萨维赛没听懂售票员说的前半句话，但她明白了到纽约要三十美元，而且只需三十美元就够了！

买完票后她坐在离检票口最远的位置，攥着车票，紧盯着检票口。

去纽约要用多久？到了那儿以后她该怎么办？在她开始寻找那位有着金黄色头发和珍珠般牙齿的女士之前她该做些什么？这些问题她心里一概没有答案。当她坐上汽车，渐渐远离西雅图后，她不再害怕，也不再兴奋，心跳也慢慢趋于平静。她望着窗外黑黝黝的山和松树的暗影，以及像布面般覆盖在山上的公路，意识到万不得已之际离开是唯一的方向。

汽车驶过斯诺夸尔米山口，萨维赛再次闭眼之前，她借着头顶摇晃的车灯灯光看见窗外有棵像伞一样的松树庇佑着树下的一簇紫色野花。随即，一片狭长的水域闯入了她的视线，半梦半醒中，她觉得这是自己的幻觉。将近日出时分，她醒了。绿意葱葱的山林已渐行渐远，铁灰色的天空浓云密布。曙光依稀可见，周围传来了鸟儿的啁啾声，沿路都是灰绿色的小松树，汽车经过时，茂盛的树顶如同跳苏菲舞的托钵僧，在呼啸而过的风中旋转着。

萨维赛感到浑身僵硬，她调了调椅背。突然，她反应过来身旁不知何时起坐了个女孩。这女孩是什么时候上车的？萨维赛不记得车半路停过，也许是女孩夜里换了座位。萨维赛打量着熟睡中头朝她肩膀歪来的邻座，她和自己年纪相仿，也许还要更年轻一些，眼睛很漂亮，唇形也很美，除一根大拇指和一根小拇指外，其余手指都戴满了银戒指，右手大拇指和食指间的三角区域有一个小小的蓝绿色水墨文身，可能是想纹成夜色中一汪浓烈、深邃的海，但却没成功。

天快亮的时候，车到站了。睡意蒙眬的乘客全被赶下了车。萨维赛冒出的第一个念头是，她到纽约了。但这未免也太快了，她凌晨一点上的车，现在刚到早上六点。她抬头看了看车站入口处上方的标识，上面写着斯波坎。她又一次来到车站的地图前，发现自己都没出华盛顿州，更别提什么纽约了。她突然疲惫不堪。照这样的速度走下去，她还要花几个月的时间才能到纽约！她揉了揉惺忪睡眼，想去售票处打听打听，可那儿要八点才有人上班。车站的布告栏上只标注了两趟班次，一趟是去西雅图的，另一趟是去米苏拉的。萨维赛又看了看地图，米苏拉离斯波坎不远，但位置更偏东。去米苏拉的班车两个小时后出发，可她不确定是不是该去那儿转车。她想在车站待到售票处上班为止，可她饥肠辘辘，站内的咖啡店也关着门。她走出车站，环顾四周，瞧见停车场停着三辆车，红色、黑色和米黄色的。山区的气候干燥而寒冷，萨维赛一点儿也不适应，她把毛衣披在肩上，在胸前紧紧地打了个结。这毛衣连同一个塑料小背包都是她从帕德玛那儿偷来的，包里装着她仅剩的八十二美元、莫汉的半张照片、几件衣服、白色的长方形卡片和仅剩的纱丽布，纱丽布被她用旧报纸小心翼翼地包起来了，藏在背包最底部。这栋红砖式两层车站外有排高速公路沿途可见的那种树，再往远处是一些高楼，但它们远没有西雅图的房子那么高。此时还不到早上七点，可车站附近却有人在漫无目的地闲逛。萨维赛觉得这很反常，但那些人似乎对她一点儿也不在意，只是在走自己的路罢了。

那排树的右侧是车站停车场，一个男人正倚着辆黄车抽烟。车里坐着个女人，胳膊拄在窗框上，也在抽烟。男人的臀部贴着女人的胳膊肘，但两人既不说话也没有眼神交流，好似陌生人。车站东面的墙边站着一个眯着眼读报纸的人，太阳从远山后面升起来了，他沐浴在阳光中，白皮肤的脸被镀上了一层金色。萨维赛跨过马路，走上车站对面的街道，直到看见一家餐厅才停下脚步。她走进餐厅，在卡座上坐下。餐桌上的菜单附有图片，其中有道菜看着像是三个排成一排的小个多萨，她对侍者指了指那张图。她抿了一口水，等着上菜。菜端上来后，她尝了一口（她不会用勺和叉，所以胡乱地用勺子把食物送进嘴里），发现这根本不是多萨。这道菜是甜的！面皮里裹着的不是土豆咖喱，是淋在香蕉船上那样的大团大团轻软的白色东西。她想，这道菜太古怪了，美国可真是个奇妙的国家，我对它的了解少之又少。不过她感觉这道菜的味道挺不错，所以将它狼吞虎咽地吃完了。

离开餐厅前，她还买了一包薯片、一瓶水和一袋像是糕点的食物。

她走回车站，坐在外面的长椅上，正对着那排树，盯着街道和停车场。还有十五分钟售票处就开门了，她努力保持清醒。圆圆的云朵正随太阳从地平线上升起。西边的群山在晨光的爱抚下染上了粉色、绿色和深灰色。低云漂浮在山顶上空，俯视着山峦，仿佛山峦是它们的孩子。萨维赛望向远处，心想，这就是我能看到的美国，我能看到的风景。接着，她又想到莫汉，痛苦好似蓝墨水般从她胃里喷涌而出，之后变成一股细流蔓延至她的胸腔。她心如乱麻，眼前的风景刹那间远去了。她将目光转向街道和停车场，一丝微风袭来，一团近乎透明的风滚草鸟儿般在空中轻快地翻飞而过。她闭上眼睛在心里说，只休息一会儿就好，继而打起了盹。

她被一阵喇叭声之类的声音吵醒了。八点已经过了，她一跃而起，责怪自己竟然睡着了。要不是她走运，她可能早就被抓住了。她捏着票根冲到售票处，问："您好，女士，去纽约的车几点开？"

售票员是位黑人妇女，涂着深红色的口红，刷了亮银色的睫毛膏，双眼像是一双泛着银光的月亮。她眨了眨眼，看了看萨维赛的票根，说了几句话。萨维赛问："您能再说一遍吗？"

售票员转身拿了张便条，在上面写下"109美元"。"可我买过票了。"萨维赛说。

女售票员摇了摇头，说："这只是到斯波坎的车票，我说的是去纽约的票。"说完她把便条推出窗口。萨维赛接了过来，又是一张白色的长方形小纸片。

萨维赛走出车站。

车站旁是弧形公路，不远处还有个停车场，再远处是更多的高楼和停车场。眼前无限循环的事物使萨维赛陷入了绝望。随后，她觉察到自己仍然抓着那张便条，满手是汗。她把它扔进了垃圾桶。她嫉妒地盯着天上的流云，它们一早就开始慢慢变大，慵懒地飘向东边。她挣扎着走到车站最南边，又晃到最北边，而后无精打采地坐回长椅上，不知如何是好。最后她起身离开了。

几分钟后，她来到一条河边，在长椅上坐下，竭力忍住泪水。她把背包拉到胸前，仿佛那就是她唯一的希望。接着她悲伤地意识到，事实就是如此。她不知道还能怎么办，也不知道怎样才能获得更多的钱。她知道自己在西雅图误解了售票员的意思，可又转念一想，就算我没去餐厅吃甜多萨，我其实也没有足够的钱去纽约。她感到断手处传来一阵疼痛，她有几个月没出现过这种幻觉了。她甩了甩胳膊，想要往前继续走走看，可疲惫感再次袭来，她只好待在原地，盯着河水发愣。

将近午后，河边变得热闹了。有一两个人在慢跑，一个男人在削橙子，几个女人看着一旁的孩子们在玩耍。

萨维赛眨了眨眼，好似她刚刚睡了沉沉的一觉，现在才醒。她觉得饿了，但她决定留着薯片和蛋糕，也绝不再轻易花钱。她喝了一口喷泉池里的水，又往南边走去。她没回车站，因为如果有人正在追捕她，一定首先会找到那儿去。她拐了个弯，来到一条长长的街道上。路边停满了车，她往路尽头的那片楼房走去，一辆车的车牌号引起了她的注意。她停下脚步，望了望空无一人的街道，然后弯下腰，又仔细看了看车牌。没错，车牌上写着纽约。她坐在车旁边的路缘石上，等待着。等什么呢？她想，这不重要，我只是在等待。

她的胃饿得咕咕作响。她妥协了，吃了一些薯片和两小块蛋糕。

大约过了一小时，一对年长的夫妇向萨维赛走来，其中女人穿着粉色的及膝短裤和黄色短袖，短袖上印着“迷人之地，新墨西哥”。萨维赛能看懂的单词只有“New”，她觉得“New”是个好征兆。那女人有一头银色短卷发，或许是为了与她的裤子颜色相配，她涂了粉色口红，但却给人适得其反的感觉，兴许她年轻时就不太会打扮，但看面相却心地善良。男人戴着棒球帽，身着牛仔裤和格子衫。两人显然结婚多年，有很多相似之处，举止亲昵。这对夫妇出于好奇打量了萨维赛一眼，他们注意到她的断手时下意识地挪开视线，犹豫地走向了那辆车牌号是纽约的车。男人掏出了一串钥匙。

萨维赛跳了起来。“先生，夫人，可怜可怜我吧，你们是要去纽约吗？”

这对夫妇疑惑地看了看萨维赛，紧跟着，女人恍然大悟地呼了一口气，说：“噢，亲爱的，这是我们租的车。我们不去纽约，要往下走去盐湖城。”

萨维赛站在原地，望着他们。

“亲爱的，给她看看地图吧。”女人说。

男人从汽车前排的杂物箱里拿出地图，把它展开后铺在后备厢上。三人同时弯腰看去。男人指着地图说：“我们在这儿。”然后，他指向东南部的某个地方，说：“这是盐湖城，我们要去那儿。”他和萨维赛面面相觑。萨维赛把左臂藏到了身后，可男人似乎并不在意她的断手处，而是比较在乎她的困扰和沮丧。他指向地图的最东边，用安慰般的语气说：“这是纽约。”

两人的目光都回到了地图上，萨维赛明白了这对夫妇要去南边，而不是东边，可她对他们很有好感，不希望他们就这样离开了。她能察觉出来他们有孩子，两人都对她流露出了爱莫能助的神情。萨维赛越发感到走投无路，她想也许她至少能跟这对夫妇借点儿钱，可却难以启齿。女人看了萨维赛好一会儿，再次展现出了难能可贵的善意。她说：“雅各布，也许我们能载她一程，把她带到比尤特。”

男人摇了摇头。“这行不通，米尔[①]。比尤特是会离纽约更近一点儿，但她在斯波坎转车更容易一些。”他顿了顿，问萨维赛：“不管怎么说，你叫什么名字？”

萨维赛点点头，微笑着。

男人指了指他自己，说：“雅各布。”又指了指妻子，说：“米莉。”随后他指了指萨维赛。

萨维赛绽开一个笑容，说：“萨维赛。”

“萨维塔。”男人重复道。

萨维赛凝视远处的群山，它们像哨兵和护卫般守护着东边。男人顺着她的目光望去，说：“能走一步是一步，你要是愿意跟我们走就来吧。”

萨维赛扭头看向这对夫妇。她先是看着男人，努力想弄明白他说的话，然后看了看女人，发觉她正对自己微笑，牙齿上粘了一点儿粉色的口红。女人向后车座比了个手势，说：“来吧，上车。”萨维赛迷茫地在原地站了一会儿。她清楚他们的车虽然挂着纽约的车牌号，但他们并不去纽约。一阵刻骨铭心的孤独爬上了她的心头，伴随着忧伤汹涌而来——她没有钱，饿着肚子，也没有退路。

她钻进了车里。

这对夫妇互相说了几句话后，女人问：“亲爱的，你从哪儿来的？”

萨维赛不明白女人在说什么，只好说：“是的，是的。”

---

①米尔：米莉的昵称。

女人开了一袋花生，递给萨维赛。萨维赛觉得这整袋花生不会都是给自己的，于是出于礼貌拿了一粒，并说："谢谢你，夫人。"

"叫我米莉吧。"女人说完将头靠回座椅上，几分钟后睡着了，发出了轻微的鼾声。

男人一言不发地开着车。他们走了好一会儿，进入了爱达荷州。云层越聚越厚，依偎着远处的山峦，一会儿往东飘，一会儿往西走。山峰被镶上了蓝色和红色的光边。他们来到了一座绿意葱葱的丰饶山谷，眼前的景色使萨维赛想起了因陀罗瓦利周围经奎师那河灌溉的田野。

男人往嘴里扔了一粒花生。他抬头往后视镜里望去，说："我二十多岁的大部分时间都是在这儿生活的，三十岁时回到了科达伦。"他显然是在跟萨维赛说话，但她听不懂他在说什么。"这里溪流遍地，到处都能见到苦根花和鲑鱼，很适合钓鱼。"他指着车窗外，说："往下就是特拉普尔峰，山峰很险。"他用手肘稳住方向盘，用双手比画着山峰的样子。"有些山就是会这样，你无法长久地注视它，它会使你失去内心的平静。"

男人透过后视镜盯着萨维赛的双眼。

"那么，说说你吧，当时你为什么会在路边等人？你怎么会失去了一只手？"

萨维赛迎着男人的目光望去，继而又低下了头。她喜欢他的声音，喜欢他像这样对她说话，即使她不知所措，却能从他的声音里找到安慰。

"我甚至没法设想你经历了什么。你二十岁时在做什么呢？"

萨维赛想要告诉男人一些事，也许是关于珀妮玛、珀妮玛的父亲或者因陀罗瓦利的什么事，但她无法用英语拼凑出完整的句子，所以她保持沉默，静静地往下听。

“好吧，我明白这一定是个意外。生活总是充满了意外。你不妨来听听关于男孩的故事吧。”说完男人摇了摇头。萨维赛眼前一亮，她知道“男孩”这个单词。她越发仔细地听下去。“我要讲的这个故事，”男人提高了嗓门，说，“主角是个四岁左右的小男孩，他和父母住在蒙大拿，三人相依为命。他父亲是名牧场工人，他所在的牧场很大，大到用一整年的时间只修理篱笆也不过分。牧场有好几百头奶牛，除了修篱笆，他还要负责帮奶牛产犊、接种疫苗、给小牛断奶以及宰杀奶牛。有一天，男孩的母亲跑了，跟别人私奔了。对方也许是旅行推销员或者重型机械推销员，但谁也不知道具体的情况，因为这件事发生得很突然。男孩还没来得及发表任何意见，就被送到了位于亚利桑那图森的祖父母家。父亲把他送上巴士，让他独自去了沙漠。你猜接下来发生了什么？男孩爱上了沙漠。他的祖父母住在一栋小房子里，周围尽是尘土、沙子和仙人掌，屋外没设篱笆，后院连着一排小山，山上开满了蓝色、紫色和橙色的野花。可男孩并不就此满足。他有时玩得很开心，但多数时候他都静静地坐着，盯着那排小山，盼望着母亲会从那儿走出来，牵着他的手把他带走。不，不是回蒙大拿，而是带他去沙漠深处。

“这样过了一段时间后，男孩的祖父母雇了个住在附近的少年帮他们做杂务活。他们的房子后面有间单独的棚屋需要清扫，他们还想建一座朝西的门廊，两侧全种上蓟花，既能遮阳，又不妨碍远眺群山和夕阳。他们和男孩开玩笑说，你总是在一天中最热的时候头顶烈日，观望群山，不过说不定门廊建好后你已经不在这儿了。

“于是，那个少年——我们叫他弗雷迪好了——开始着手这项任务。几周后他建好了门廊，转而清理棚屋。弗雷迪经常与男孩打照面，和他说说话，回答他一两个问题，但却没对他表现出什么强烈的兴趣。毕竟，他要比男孩大好几岁。男孩的祖父母认为弗雷迪或多或少能给他们的孙子带来些许陪伴，事实也的确如此。

“直到弗雷迪清理棚屋的第三周，他在日落时叫住了男孩。当时男孩的祖父母刚刚吃过晚饭，他们正在新修的门廊前喝着冰茶，聊着天。男孩走进棚屋，里面漆黑一团。弗雷迪把男孩哄骗到角落里，抓着男孩的胳膊，对他说‘嘘’。

“那么，你一定明白后来发生了什么。之后的那个月里，这事差不多每天都会重演。整个过程中，男孩从不反抗，也不会发出一点儿声响。沙漠的夜晚很安静，男孩能听见祖父母就坐在离他们几尺远的门廊上，时而欢笑，时而拌嘴。多数时候他们都在拉家常，话题无非是天气如何，家门口的仙人掌去年开花了今年却没有之类的事，或者他们会抱怨抱怨因为上了岁数身上出现的小病小痛。每当弗雷迪对男孩做完那事，男孩从棚屋里出来后，总想竭尽全力去倾听祖父母的谈话。其实他已渐渐不再把他们看作是自己的祖父母，只是一个劲儿地听他们说话，同时渐渐丧失了自我表达的欲望。他变得越来越不爱说话，在那个月的最后一天，他彻底沉默了。男孩的祖父母百思不得其解，他们猜测这也许是和男孩失去了母亲，独自在沙漠生活有关。只有男孩清楚其中的原因，但他可能是在又长大了一些以后才明白的。他明白了世上最有魔力的，也是唯一重要的言语就是他祖父母的那些闲谈，那些他们坐在日渐发旧的门廊上，用不开花的仙人掌、云彩和膝盖的疼痛编织成的闲聊在黑夜中像星星般那么耀眼。尽管那时男孩只有四岁，他却清楚他永远也无法像祖父母这样，和某个人坐在门廊上谈天说地，哪怕是讨论最无意义的事物。是弗雷迪让他变成这样的。男孩很清楚这一点，就像他清楚母亲永远也不会从远处的山里向他走来一样。”

说完，男人沉默了许久。萨维赛闭上眼睛，一阵暖风从她脸上拂过。她很诧异，虽然车窗紧闭，但车里竟然有风。

“你知道最有意思的是什么吗？”男人继续说道，“不是那个四岁的小男孩，他像普通人一样长大成人了。”他顿了顿，萨维赛觉得他可能是在留意开车的情况。“我猜他住在世界上的某个地方，像大多数人那样勉强度日，不咸不淡地活着。你知道最有意思的是什么吗？是那个建门廊的少年弗雷迪。他考进了大学，用打零工赚的钱给自己交了学费，还和他在某门课上认识的漂亮女孩迈拉结婚了。毕业后，他们搬到了阿尔布开克，又搬到了休斯敦。弗雷迪入职了一家石油公司，薪水优渥。他和迈拉生了三个孩子，两男一女。他们在郊区有栋带五个浴室的大房子，有两辆车，家里还修了一个室内游泳池。”

女人轻轻哼了一声，挪了挪身子，又睡了过去。男人看着妻子，当作她醒了似的，对萨维赛继续说道：“就像我说的，弗雷迪有三个孩子，两男一女。他的长子继承了他的名字，名叫小费雷迪。小费雷迪从小就和父亲亲密无间，他们经常一起打猎、钓鱼、玩棒球。小费雷迪很有打棒球的天赋，有一年他所在的少年联盟棒球队还去威廉斯波特参加了比赛。有个夏天，费雷迪的两个儿子去祖父家过暑假了。费雷迪的母亲去世后，他父亲在棕榈泉打高尔夫球时认识了现在的妻子，再婚后他们搬回了图森的郊区。就在费雷迪的父亲刚回图森的几周后，费雷迪的两个儿子坐飞机去了沙漠。这故事是不是听着很耳熟？”男人发出一阵大笑，说：“可想而知，一开始这对兄弟感觉沙漠无聊透顶，他们待在家里看电视，打游戏。两兄弟的祖父在镇子西边有很大一片地，他们不同于那个四岁的小男孩，觉得那儿也没意思。好在没过几天，费雷迪父亲邻居家一个和他们一般大的男孩和他们很快成为了朋友。这个男孩让这对兄弟见识到了沙漠的有趣之处，带他们捕毒蜥，滑沙，挖鞭尾蜥蜴的蛋，除了晚饭时间三人都待在一块儿，有时男孩甚至会留在费雷迪的父亲家吃饭。在暑假的最后两周里，两兄弟对沙漠流连忘返，甚至不想回休斯敦了。

“他们在沙漠的最后一天，照旧和邻居家的男孩出门玩。费雷迪的父亲和他妻子在家做中午要吃的三明治。他正往面包片上涂芥末酱时，忽然听见了一声巨响。整栋房子被震得摇了两下，黄油刀从费雷迪的父亲手里滑了出去，画框从墙上摔落，天花板上的灯晃个不停。费雷迪的父亲和他妻子以为地震了或者有什么东西爆炸了，可事实却并非他们所料。费雷迪的父亲冲出屋外，看见院子的最远处冒着烟，着火了。他以超乎寻常的速度冲了过去。人们常说紧急情况下人的行动力是惊人的，不是吗？可他的动作还是不够快。三个男孩当时正站在一个丙烷燃料箱旁边玩火柴，燃料箱爆炸了。我不想过多地描述那个场面，他们都被炸飞了，邻居家的男孩被确诊为二级烧伤，小费雷迪的弟弟也受伤了，但情况没那么严重。小费雷迪被确诊为三级烧伤，这场爆炸夺去了他身上的每一寸皮肤，他的皮下组织和内脏器官也受损了。他在医院躺了两周多，备受折磨，最后死于败血症，年仅十三岁。小费雷迪病危的那些日子里，费雷迪每天都守在病床边。小费雷迪去世后，他仍然一动不动地坐在那儿。人们说他受了打击。短短两周内，他的头发全变灰了。他砸碎了医院里的一面镜子，玻璃碎片划破了他的一条主神经，他因此再也无法将右臂完全举高。当然，费雷迪的父亲同样觉得活着生不如死，愧疚不已，直到几年后也撒手人寰了。小费雷迪的弟弟也变了，小费雷迪死后的几个月里他没有开口说过一句话——这听起来是不是很耳熟？当他终于肯说话时，他已经到了需要接受药物治疗的地步。”

男人再次陷入沉默，萨维赛前所未有地感受到，沉默可以是一种必需品，就像水、车里的阳光。

男人冲后视镜里笑了笑，沉默了片刻后，说：“你叫什么名字来着？萨维塔？好吧，萨维塔，我之前没多想，也许你听了这些事以后——噢，我不知道——心里会不太舒服？好吧，当然，你可以说这些事之间毫无联系，都是偶然罢了，生活可没有那么诗意。见鬼，也许都是那个女人的错，都是因为她跟旅行推销员跑了。我把人生都赌在了这种偶然上。世事都是相对的，也是不公平的，阴暗的。这是一个强者制胜的世界，每件事都有它的价值所在，你说呢？”男人说完又笑了笑。“你很漂亮，你知道吗？你是印度人吧？我注意到了，你的皮肤被晒得很漂亮。真的。米尔，我说的对吗？”

男人的妻子刚刚睡醒，她问：“嗯？你说什么？”

男人笑了两声，又抓了一把花生吃。

2

这对夫妇把萨维赛放在了蒙大拿州比尤特的高速主路上。男人嘱咐她说："待在九十号公路上，明白吗，这样你就能去纽约了。"他们轮流拥抱了她，祝她好运，还把没吃完的那袋花生送给了她。汽车远去时，女人把手伸出窗外，像挥舞旗帜般摆着手，说："祝你好运。"他们要去哪儿？为什么那么急着赶路？他们肯定对她说过了，可她不懂他们的语言。她想对他们说，也许我可以和你们一起走，哪怕就让我和你们多待一会儿也行，但她不知道这句话用英语该怎么说。她现在来到了比尤特的镇中心。

她想，我走了那么远的路，应该没人会追上来了。

比尤特四面环山。萨维赛站在一条坡路的拐弯处，她看到这条路往下走有朝南和朝西两个方向，往上向北延伸，东面则是一座大山。这座山正对坡路的那面被开挖过了，山体脱落了一层，暴露在黄昏中的部分是粉色的。她扭头张望坡路两侧，多数砖楼都关着窗。她心里一沉。

她一边漫无目的地在镇上晃荡，一边吃起了花生。她每次只吃一粒，好让花生在嘴里停留的时间尽可能长一些。她并不知道，这座小镇的街道都是以附近山区发掘的宝石、矿石或金属命名的。她从斑岩街走到银街。在汞街，她转了个弯来到一栋砖楼前，屋里亮着灯，人们正坐在高脚凳上谈天说地。她心里一阵酸楚，眼里溢出了泪水。餐桌上摆着一盘盘墨西哥玉米片、辣鸡翅和薯条，高脚杯在金色的灯光下熠熠生辉，仿佛也是从山里开挖的似的。除了食物的味道，还有一股陈年啤酒的气息穿过砖墙、酒杯、街道的斜坡和她的身躯，直抵她的内心深处，使她想起了苏雷什、暗房和装有透明的液体瓶子。她想号啕大哭，一拳砸碎眼前的玻璃，可她只是咽了咽口水，抑住悲伤的情绪，像被困在遥远山洞里的小兽般呜咽了一声，匆匆走开了。

她看见一间地下室外的标牌写着“住宿，十美元”。

旅店的房间有股霉味，被单是灰色的，皱皱巴巴，而且不干净。不过，地下室走廊的尽头有间公共浴室，热水很烫。她在洗手池里洗了衣服，把衣服晾在了她房间又小又脏的窗边。她往窗外望去，群山在夕阳的照耀下显得越发高大，越发近在眼前，也越发狰狞。山顶上有什么白色的东西闪着光，说不定是一盏灯。她抱着背包睡着了，一夜无梦。

早晨醒来，萨维赛明白了一件事，那就是她只剩六十美元了。

这些钱能让她在比尤特这昏暗的房间里再住六晚。如果去纽约或是返回西雅图，她可能连三分之一的车票钱也付不起。

她在地下室住了一晚，又一晚。

第三天早上，萨维赛走进一家咖啡店，在吧台边的圆凳上默默坐下。前一天，她只吃了一个三明治和一个偷来的苹果，现在饿得浑身乏力。女侍者从她身边经过几次都像没看到她似的。最终，她向女侍者招手示意，并指了指一个小女孩面前摆着的装有鸡蛋、吐司和新鲜香蕉片的餐盘。女侍者给萨维赛端来了餐具和一杯水，萨维赛又说：“请来杯咖啡，夫人。”

坐在萨维赛身后的男人爆发出一阵大笑，说：“你该不会是个哑巴吧，非得一个词一个词地蹦着说话。”说完，他又笑了好一会儿。

那男人结了账，离开了。萨维赛快吃完吐司了，她打算最后吃香蕉。这时，又有个男人坐到了她旁边。她想，这人看上去性格内敛。他上了年纪，黑皮肤，秃顶，两鬓发灰。萨维赛还是第一次离一个黑人那么近，她望着自己和他搭在吧台上的胳膊，发觉他们两人的肤色其实都是褐色，只不过她的是黄褐色的，而他的更接近于红褐色。不知为何，这个想法莫名地使她觉得欣慰。黑人察觉到了萨维赛的目光，但他什么也没说。

黑人点了一盘像是尤塔帕姆斯①的食物，这种食物看起来只是用面做的，没有洋葱、青椒、番茄和芫荽。他往面饼上浇了一勺棕糖浆，然后再次注意到了萨维赛的目光。他指了指她餐盘里的香蕉切片，说："有时我会往煎饼上加点儿香蕉或者巧克力豆，但今天我想吃得简单一点儿。"

黑人的声音低沉而沙哑，带有一丝悲情，但却透露着善意。他似乎觉察到了萨维赛喜欢他的声音，说："我们是两条离水的鱼，在这儿着陆了，对不对？我是黑人，你呢，印度人？你这是准备去哪儿？"

萨维赛听懂了"印度人"这个词，微笑着点了点头。

"你会说英语吗？至少你能给自己点份早餐，对吧。"接着，黑人对路过身边的女侍者说："劳驾，劳驾，小姐，能给我们再来点儿咖啡吗？"女侍者给他们添了咖啡。萨维赛心里一阵雀跃，不是因为她能再喝一杯，而是因为黑人在给自己续咖啡的同时没忘了她的那份。"我要去拉皮德城，你知道那儿吗？我有个和你差不多大的女

①尤塔帕姆斯：南印度的一种厚馅饼。

儿就住在那儿的城郊。她除了给我添乱以外什么也不会。我怎么会有这样一个女儿？她母亲是个白人，也许这就是她为什么那么差劲的原因。但说不定她的出生就是个灾难。”

萨维赛想，原来他很开朗。

“拉皮德城附近没什么可玩的，但斯皮尔菲什峡谷很不错，虽然我只去过一次。我女儿不是那种能在一个地方住很久的人。不过斯皮尔菲什峡谷确实值得一去。你能听懂我说的话吗？我要沿着九十号公路往下走，你呢？”

萨维赛猛地抬起头来。

黑人似乎吓了一跳，他问：“你和我走一个方向？具体是哪个地方呢？”

“纽约。”萨维赛刚刚几乎没在听黑人说话，但她听懂了“斯皮尔菲什峡谷”这个词。

“纽约啊。”黑人大笑道。他想了想说：“也许你走八十号公路会更好，沿着这条路走倒是也能到。”

萨维赛含糊地点了点头。她想起莫汉曾对她说，那是他去过的最美的地方。

“你开车去吗？”黑人比画着手握方向盘的动作问。

萨维赛摇了摇头。“坐车。”她说着，翻开背包搜寻。

“坐车！宝贝儿，比尤特可没有去纽约的车，是谁这样建议你的？”

萨维赛看着黑人，有一种大事不妙的感觉。她把照片放去哪儿了？她注视着黑人的脸，觉得自己一定因为脸红，脸变得和他一样黑了。她再次翻了翻背包。

“你该到拉皮德城坐车。但你现在至少方向对了，可以先去芝加哥再一路往上走。话说回来，是谁让你来这儿的？”

找到了！就是它！

萨维赛再次望向黑人，他的眼神里充满了关切。与其说是对她的关切，不如说是对她这般年纪的女孩或者对具有难言之隐的人的关切。她把那张只有一半的照片递给黑人，指了指照片背面。

黑人睁大了眼睛。他把照片翻过来看了看，又翻过去看了看。他问：“你知道斯皮尔菲什峡谷？你在那里有熟人？刚才你怎么不说呢，我还以为你要去纽约！老天呐，我去拉皮德城的路上就会经过这儿。”说完，他不紧不慢地瞧了一眼萨维赛的断手。他把照片还给了她，啜了一口咖啡，露出了大大的微笑。接着，他给了女侍者二十美元，连萨维赛点的那份吃的一并结了账，然后问：“想和我一起走吗？”

他说走？萨维赛点了点头。

汽车渐渐驶出了比尤特，公路两旁是往远处延伸的连绵群山，山上岩石突起，山峰陡峭，树木旁逸斜出。公路在一片片的大牧场、农场和干草垛之间蜿蜒而行。阳光洒在麦草地上，闪亮的麦草尖好似被点亮的蜡烛。

黑人说：“我没法把那些事告诉她。她心里应该清楚。她在出生两周后肯定就知道了，她有一半白人血统，一半黑人血统。所以我对她说，瞧瞧我们受的罪，吃的苦吧，这里面可有你的一份功劳。你的祖先都是奴隶，他们在棉花地里劳作——”

“棉花。”萨维赛咧嘴一笑，突然回应道。

黑人说：“别这样笑。不许笑。太不像话了。我的意思是，说到‘棉花’‘种植园’，或者该死的‘船’，谁也不许笑。你听到了吗？你以为自己不是黑人，可说到棉花，你也算是黑人。一旦说到棉花，如果你不是白人，那你就是黑人，懂了吗？好了，就像我之前说的那样——”

萨维赛打量着窗外的田野、山峦和天空。他们朝东驶去，山谷像是盛着金色阳光的碗，山脊的线条先是趋于柔和，随后越发挺立。莫汉说过，那是一个妙不可言的地方。

下午三点左右，他们来到了一个小镇，黑人把车停了下来。他从车后座的冷藏柜里拿出芝士三明治和萨维赛分着吃。他递给她一瓶苏打水，又用纸巾包了一堆薯片。萨维赛接过纸巾，一片接一片地吃了起来，黑人却朝她示意，说：“照我这样试试。”他拿开三明治最上面的那片面包，往芝士上铺了层厚厚的薯片，然后把面包盖回去，咬了一口，发出了清脆的嘎吱声。萨维赛照做了。她尝了第一口后，便决定以后吃三明治都要夹薯片。

他们在临近傍晚时分来到了斯皮尔菲什。黑人在加油站停下车，似乎很伤感。他说：“你有没有地址或者电话？会有人来接你吧？你会去到一个好地方的，对不对？过去打个电话吧，让他们知道你在往东走。也许你不去纽约，但你要去东边。你会到那儿的，你会好好的，是不是？”

萨维赛默默注视着他。

黑人掏出钱包，递给萨维赛十美元。“拿着买点儿东西吃吧。”

说完，他走了。

天还没黑，萨维赛站在加油站犹豫了几分钟。没有车经过。她走到街角，四下张望。加油站对面有个车行，车行旁边是家酒水专卖店。远处可见点缀着零星树木和枯草的低矮山丘。斯皮尔菲什山谷会在哪儿呢？西南方向看似有片小镇，她往那边走去。这里像尤比特一样有很多砖房，房子维护得很好，有些甚至刚刚粉刷过，楼房的窗户都对外开着。街上有几家人在散步，有的推着婴儿车，有的看着孩子在前面跑跑跳跳。这小镇似乎不错，这里的夜也来得更温和一些。萨维赛打算先找地方住下，明天一早再去寻找峡谷。可这里的旅馆并不便宜，有家旅馆闪烁的招牌上标注着“房间一晚79.99美元”。

她只剩五十美元了。

萨维赛从大门紧闭的旅馆前走开了。她还不饿，但她知道自己撑不了太久。她走进一家小商店，用黑人给她的十美元买了一根香蕉、一个苹果、一袋切片面包和一袋薯片，然后把这些食物放进背包，往加油站走去。她想回到九十号公路上，这样她就能去到一个有汽车站的大镇。她走过银行、餐厅和五金店，在一家画廊的窗外停住了脚步，打量起了里面陈列的画作。画廊中央摆着一座雕塑，造型是一只正欲高飞的鸟儿。萨维赛想到了父亲以前做过的白糖小鸟，那是她以前唯一见过的鸟雕塑。那些白糖小鸟要比眼前的这只漂亮得多。她走到下一个街区，又看到了一家画廊，橱窗里展示着苏族[1]土著制作

①苏族：北美印第安人的一个民族。

的色彩明艳的床罩，这件展品对她来说更有吸引力。她仔细研究着床罩所用的纺线、纺织的手法、织布图案和织布机的使用方式。虽然床罩和纱丽都是布，可它们却截然不同。她很好奇这些床罩出自何人之手，又是如何历经辗转来到此处的。

随后她走进了画廊附近的公园，坐在木长椅上，小心翼翼地做起了薯片三明治。她在面包上均匀地铺好两层薯片，接着压紧面包的边缘，以防薯片掉落。吃完三明治，她又吃了香蕉，最后只留下了苹果。

加油站开始有车光顾了。萨维赛没有冲到那些车前询问，而是站在加油站的门边，只对朝她报以微笑或者友善目光的人说话。一个有着超短黑发的女人翻了翻钱包，抬头冲萨维赛笑了笑。萨维赛也对她报以微笑，问：“夫人，你去峡谷吗？去九十号公路吗？”女人似乎受到了惊吓，一句话也没说便溜回了加油站。几分钟后，另一个女人带着两个拿着棒棒糖的孩子边走边笑地出来了。萨维赛上前问道：“夫人，请问你去峡谷吗？去纽约吗？”女人和她的孩子愣在原地，先是同时看了看萨维赛的脸，而后直勾勾地瞪了瞪她的断手。最后，女人说：“抱歉，我没有零钱。”说完她带着孩子飞快地走开了。

萨维赛觉得她或许可以找个男人碰碰运气，于是朝一个头发雪白、满脸皱纹、面相随和的老人走去。老人盯着她，扶着打开的车门，好似在邀请她进到车里。“不，先生，我不是那个意思。你去峡谷吗？可以捎我一程吗？”老人起初面露困惑，而后拉长了脸。萨维赛想，这下没戏了。她听到老人说：“上帝啊，你能换个地方做生意吗？这儿有那么多拖家带口的人。”

之后，很长一段时间内加油站都没再来车。天更黑了，萨维赛走进加油站，想要借用洗手间。收银台后面的大个子用一双灰色的眼睛狐疑地盯了她一会儿，然后从收银台底下拿出一块拴有钥匙的木头，说：“在后面。”又问她：“你是墨西哥人？”萨维赛笑了笑，接过了钥匙。她回来时大个子正忙着招呼客人，她把钥匙搁在收银机旁后便离开了。

夕阳西下，起风了。萨维赛并不觉得冷，但她的头发被吹乱了，松垮垮的衣服在风中紧绷在身上。她迷茫地望向寂静的公路和东北面的山丘，那片山在夜色的衬托下变得十分高峻。一辆卡车驶入了加油站的停车场，没人下车。萨维赛抬头望向天空，星星出来了。尽管加油站的灯光很温暖，但她却心灰意冷，十分疲惫。她决定走回镇上，至少她还可以在小公园里凑合一夜。她收拾好背包，往加油站外走去。忽然，卡车的门开了，下来了两个男人。萨维赛心不在焉地看了他们一眼，突然打了个哆嗦，她想，看来帕德玛的毛衣还不够厚。她走过最后一个加油泵时，身后响起了一阵脚步声。

她回过头去。

3

那个有着娃娃脸的男人最先冲萨维赛真挚地笑了笑，他的笑容如此灿烂，以至于萨维赛感觉他把自己当成了久别重逢的故友，立马要拥抱她似的。“别走啊，”他叫道，“嗨，你要去哪儿？别走啊。”

“放她走吧，查理。”一个倦怠的声音说道。第二个男人从查理身后走过来，他披着及肩的干枯长发，骨瘦如柴，脸型瘦长，眼圈发黑。他们慢慢接近萨维赛，脚步里释放着某种讯号。萨维赛产生了想要逃跑的冲动，然而却来不及了。

查理已来到萨维赛身旁。一股酒味朝萨维赛扑来，她被拽住了胳膊。“不许动。”查理的语气由挽留变成了命令。萨维赛想甩开查理，可他却越发用力地拉住了她，笑了笑说：“瞧啊，萨尔，多漂亮的小东西。你是妓女吗？我五岁那年我叔叔巴克送了我一只仓鼠，哇哦，好家伙，你看起来就和它一样。后来他一枪打在了自己脑袋上，我是说我叔叔巴克，不是仓鼠。”查理一阵大笑。名叫萨尔的男人也走进了灯光下。萨维赛这时明白了，驱使他们朝她走来的不仅仅是酒精，还有他们心里运转着的冷酷机器。

“你叫什么名字？”查理问。

萨维赛能听懂这句话，可她吓得一个字也说不出来。

“哪里人？”

萨维赛摇了摇头，说：“别说英语。”

说完，她立刻意识到自己犯了个错。

查理咧开嘴，露出了无声而邪恶的笑容。“是吗？不能说英语？萨尔，你听见没，禁止说英语。”

他们三人站在原地，面面相觑。萨维赛希望查理会放开她的胳膊，让她回到镇上的小公园过夜，但这几乎不可能。萨尔忽然眼睛一亮，说：“把她抓紧了，我们现在只有她了。”又说：“查理，举起她那只胳膊。”萨维赛断手的左臂被举向了夜空。查理和萨尔大笑着号叫起来。“是谁干的？谁把你的手咬掉了？”萨尔问。

“我打赌肯定是老虎干的。”查理狂笑不止，紧紧钳着萨维赛的胳膊。“你们那儿一定有很多老虎吧？”

“闭嘴，查理。”萨尔说着，脸色一沉，“把她带到卡车那儿去。”

查理拉着萨维赛往前走。萨维赛挣扎着，扫视着空无一人的公路，又看了看加油站的收银处。那个借给她卫生间钥匙的大个子见状把头扭开了。萨维赛刚要张嘴呼救，查理就扇了她一耳光。他把萨维赛拉到胸前，只用一只手就差不多把她的嘴和眼睛都捂住了。萨维赛被推到了卡车旁，萨尔拉开了车门。萨维赛以为他们要让她上车，可萨尔却扯下了她的背包，搜出钱后把背包丢进了车里。萨尔又在车上找了找什么东西，然后关上车门，说：“走吧。”

“去哪儿?

“难道傻愣着等警察来吗？”

“可车怎么办？”

“走吧，我们一会儿就回来了。”

萨维赛被拖到了加油站后面，她快要窒息了。她不停扭动着脑袋，直到终于透过查理的指缝呼吸到了一丝空气。她咬了一口查理的手指，查理叫了一声“该死”，朝她太阳穴狠揍了一拳。萨维赛感到耳朵里嗡嗡直响。萨尔说：“你能不能消停会儿？”他们钻进加油站外不远处的杨树林，走了三四步，穿过灌木丛，来到了一小片空地上。昏暗的月光下，萨维赛看到地上有几个反光的啤酒罐，还有篝火的痕迹——也就是说他们来过好几次了。“让我瞧瞧。”萨尔说。

“萨尔，你打算怎么做？”

“从她身上跨过去。”

萨尔用左臂紧紧夹住了萨维赛的左臂，他的胳膊要比查理的更冰凉，更瘦削。他将手伸进衬衣下方，掏出了一个发亮的黑家伙，用它抵住她的脸，说：“你只要出声就会没命，明白吗？”

萨维赛睁大眼睛，盯着萨尔，大脑一片空白。她又看了看枪管，她仿佛正置身于一条漫长而黑暗的隧道中。

“我说，你明白了没？”

不，她听不明白。可魔鬼有自己的语言，能让她明白一切。她点了点头。

“你要是想逃跑，那也会马上没命。”

她心里很清楚。

萨尔松开了手，萨维赛踉跄着往后退了几步，跌倒在地。她又在无知无觉中被拽了起来。“快起来。”萨尔说。等她挣扎着站起身，他又说：“现在，把那个塞进嘴里。”

萨维赛瞪着萨尔，这回她确实没明白他的意思。她又看了看查理，查理也一脸困惑。

“我说，把那个塞进嘴里。”

萨维赛愣在原地没动。萨尔再次抓起她的胳膊，把她的断手推到她嘴边。她的下嘴唇被磕出了血，而萨尔仍在用力。他想干吗？“把嘴张开。”萨尔强压怒火，喷出了异常难闻的鼻息。“把嘴张开，把这个塞进去，快点！”枪指向她的眉心，她听到枪发出咔嗒一声。

这下她明白了，整个晚上她第一次彻底明白了。

萨尔放开萨维赛，往后退了一步，等待着。

萨维赛张开嘴，用嘴唇包住了断手。

查理兴奋地叫了一声，可萨尔只是看着萨维赛，点了点头。萨尔瘦长的白脸衬得他手里的黑手枪格外发亮，手枪依旧对着萨维赛的脸，他随时都会扣下扳机。

萨尔怒不可遏地说："不是这样，你这个婊子，你明明知道你该怎么做。"他走到萨维赛面前，揪住她的头发，把她的脸按向她的断手。萨维赛被自己的手臂卡住了喉咙，泪水涌上了她的双眼。萨尔把萨维赛的头揪起来，又按下去，然后再次揪起来。他说："要像这样才对。"

萨维赛照做了。

透过泪光她隐约看到查理拉开了裤子拉链，嘴里嘟囔着什么。

月光下，指向她的枪依然一动不动，乌黑锃亮，好似一只羽毛纹丝不乱的乌鸦。它在嘲笑她。

萨维赛在心里说，你还活着。

乌鸦默默注视着她，在闪耀的星空下高昂着头颅，像是在嘲笑她的处境。

它说，你正在被他们吃掉，不是吗？你正在被一点点毁掉，只剩最后一部分了。你将在这片空地上被这两个陌生人彻底毁掉。这些年来我一直在警告你，在因陀罗瓦利时我就警告过你，要被吃掉的时候，你最好把自己整个儿给他们，可你却没听劝。瞧瞧你自己，你现在什么也不是，不过是个被困住的女孩罢了。

查理大声说了一句什么，萨尔笑了。乌鸦缩回脖子，张开翅膀飞走了。萨维赛望着乌鸦远去，双膝一软，瘫倒了。

她那深藏心底自始至终都没解开的谜团，她用柔软的、满是皱纹的双手织出来的事物被撕裂了。两个男人离开了，把她扔在了原地。卡车发动引擎，驶入公路，消失在黑夜中，留下的唯有不可饶恕的静寂。

可我怎么会知道呢？她躺在地上想，从棉铃到棉线再到棉布，我织出来的东西最终变成了内心深处如此脆弱的事物。

4

一道闪电划破了西边的天空。萨维赛抬起头，以为眼前飞过了一群萤火虫，于是露出了微笑。可当她起身后，却发现阴云正奔涌而来，直抵斯皮尔菲什峡谷。天怎么变亮了？已经到早晨了吗？雷公作响，雨落了下来，一滴，两滴。萨维赛挺了挺腰，看了看地上的废啤酒罐和篝火堆，她想知道东边在哪儿。

她拉了拉衣服，往前迈了一步，猛地栽进了垃圾堆里。她感到双腿发麻，记忆一片空白。

难道她刚才睡着了？

暴风雨很快就要来了。雷雨云在平原上空奔驰而过，飘过布莱克山顶，盘踞在达科他州上空。萨维赛饶有兴趣地注视着天空，乌云越积越厚，越来越暗，仿佛正向她急急压来，要将她带走。暴雨倾盆而下，西边和南边闪电不断，北边也被道道电光照亮了。萨维赛觉得闪电就是父亲的双手，正向她伸来。她在心里问，阿爸，我是那唯一有翅膀的鸟儿吗？雷声一时大作，萨维赛跌跌撞撞地走出林中空地，往加油站靠近。强风像海浪般猛烈地打在她身上，什么也看不清，她只能紧贴着墙前行。

加油站的收银处空无一人，洗手间的钥匙还放在那儿。

萨维赛拉开洗手间的门，借着门外的亮光打量镜中的自己。随后她一把关上门，瘫坐在地上。洗手间是另一片林中空地。她现在钱没了，衣服没了，照片和白色的长方形小纸片没了，还没吃完的面包、薯片和苹果也没了。最要命的是，纱丽布也不在了。她心里最后一根弦断了。

雨水敲打着洗手间的金属棚，好似有什么小动物从屋顶匆匆跑过。

它们要去哪儿？她想，一定是东方。

可东方和西方一样，什么也没有。

她发出了一声呜咽，接着号啕大哭。过了一会儿，她哭累了，轻声哼唱起来。她听见马桶也在哼唱。她抬起头，爬了过去，微笑着抱紧了马桶。然而，强烈的尿骚味像一把刀，斩断了她的幻想。又或者是正在晃动的门把手使她回到了现实，让她猛然清醒。她头顶的灯泡寂寞地嗡嗡作响，发着白光。她在痛苦中悲伤地抽搐着，脑海一片混乱。她无助极了，茫然极了，哪怕世界上所有的灯塔排成一列，也无法为她指引方向。

Part 6
第六部分

珀妮玛

1

珀妮玛最终意识到，想要找到萨维赛，唯一的办法就是坦露实情。和莫汉讨论诗歌固然不错，可留给她的时间不多了。她要是提起萨维赛，莫汉会有什么反应？假装没听见？把她赶出住所？佯装不知？还是会让她提早回印度，并且在她离开前对她严加监视？

然而，这些假设如果成真了也没什么大不了的，她不允许自己没有使用最后一件武器。

那天晚上，珀妮玛没做晚饭。莫汉来了以后，她递了杯酒给他。等莫汉啜了一口威士忌后，她凝视着他说："我当看护只有一个原因，我在找一个人。"

莫汉不解地望着珀妮玛，指了指她的脸，问："你在找他吗？"

珀妮玛沉默了一会儿后，突然变得无所畏惧，镇静无比。她自言自语似的说道：“我一点儿不在乎他。我要找的人是我朋友，我来这里就是为了她，她叫萨维赛。”

莫汉好像打了个激灵，珀妮玛虽然看不清他隐蔽在灰色墙面阴影下的脸，却通过地板感受到了他的颤动。空气刹那间凝固了。莫汉问：“你怎么会认识她？”

珀妮玛抬起头，说：“我和她是一个村的，我最后一次见到她是在四年前。”

莫汉躲在灯光照不到的地方，与她僵持着。

“你认识她吗？”

“不认识。”莫汉说。珀妮玛知道他没说实话。

“我必须找到她，”珀妮玛说，“我需要你的帮助。”

莫汉晃着手里的酒杯，目不转睛地盯着地板。

“她走了。”

“什么？”

“两天前走的。”

“两天前？”珀妮玛感到喉咙里涌出了一股炙热的疼痛，她差点儿叫出了声。就在两天前！“她去哪儿了？”

两人沉默了一会儿。

“你一定知道些什么事吧。”

“我猜，她应该是坐巴士走的。”

“可她去哪儿了？像她这样的女孩在这儿人生地不熟，也不会说英语。她能去哪儿？而且她也没钱。”

两人再次陷入沉默。

珀妮玛的脑海里乱作一团。她只剩一周的时间了，一周后，她要从肯尼迪机场出发回印度。她是该留在西雅图还是去纽约？如果莫汉不许她继续待下去该怎么办？可待在这儿还有什么意义呢？萨维赛是什么时候走的呢？她琢磨着，如果莫汉现在就要赶她走，她一飞到纽约，就能接着找萨维赛。到时候会有人阻碍她的行动吗？就算没人拦着她，美国那么大，她该从哪儿开始找萨维赛？还有，一千美元够她在美国撑多久？不管怎样，她相信她们会在地球的这一端重逢。继而，她又自责道，我竟然白白浪费了两周时间，在错误的地方徒劳奔走，而她其实就在我眼前。

“钱，她倒是有。”

珀妮玛好似刚从梦中惊醒般抬头看向莫汉。他这话是什么意思？

“她哪儿来的钱？”

“她把我钱包里的钱拿走了，钱不多，所以她走不了太远。”

“可她最远能去到哪儿？”

“她还撕掉了我的半张照片。”

“那张照片会把她带到哪儿去？快告诉我！”

“我不知道她为什么要拿走那个。”莫汉说。

“你是说照片？什么样的照片？”

“那是我小时候去过的一个地方。”

“什么地方？”

“斯皮尔菲什峡谷。”

“那是一座城市吗？”

“在南达科他州的城郊。”

“南达科他州在哪儿？”

“差不多是美国中部。”

珀妮玛别过脸去，随后又扭过头来，看着莫汉，问：“关于这地方，你对她说了些什么？”

莫汉耸了耸肩，有些不好意思地说：“没什么特别的，我不过是告诉她，那是我去过的最美的地方。可是——她听完后问了我一个奇怪的问题。”

“什么？”

“她问我那地方是否像笛声一样美。”

“笛声？”珀妮玛喃喃道。

她的神情变得坚毅起来，仿佛渐渐冷却的岩浆和刚刚下过雨的沙漠，而事实上，她的脸庞也的确像是某种错综的自然地貌。她不再依赖理性的判断，心里只剩一个想法，那就是她要去找萨维赛。她感到这个想法正在燃烧，温暖传遍了她的全身。她等了那么多年，绕了大半个地球来到美国，她不能就这样在这短短两天时间内与萨维赛失之交臂。起码，她要去萨维赛可能会在的地方看一看。珀妮玛站在灯光下对莫汉说：“还有一周我就得回印度了，之后你再也不会见到我。我知道这取决于你，可你愿意帮帮我，带我去斯皮尔菲什峡谷找萨维赛吗？我愿意把我所有的积蓄都给你。”

莫汉咯咯地笑了几声，然后恢复了严肃，静静地看着珀妮玛，眼里充满了疑问和惊奇。“抱歉，这几天我都走不开。”

“不，不是过几天再走，如果可以，我们明天走，今晚就走。”

莫汉大笑起来，笑声里充满了伤悲，仿佛春日池塘水面的薄冰，一碰即碎。之后他们坐在地板上，相对无言，沉默像水银般悬置在他们之间。最终，莫汉开口说：“你在开玩笑吧。”

珀妮玛发觉她低估了自己。她其实还有另一件武器，那就是诗歌。

“总还有时间来转身走下楼梯。她走了两天了，我们没多少时间了，莫汉。”

空气突然像纺车转动般流动起来。莫汉摇晃着站起身，拿起厨房操作台上的车钥匙，说：“她只离开了二十个小时，你去收拾收拾，然后出发。”

2

第二天早上七点，莫汉把车开到了珀妮玛的公寓楼下。珀妮玛带上了所有的行李，就像她再也不会回来似的。他们一路往东驶去，沿着九十号州际公路前行，尽管他们之间无话可说，莫汉还是向珀妮玛解释了州际公路是怎样编号的。他们上了一座桥，往默瑟岛的方向开去。珀妮玛望着窗外的那片水域，觉得他们走错了方向，然而莫汉告诉她，他们的确是在朝东走，这就是去南达科他州的路。他们沿着碧绿的喀斯喀特山脉行驶，经过了克利埃勒姆市、乔治市和摩西湖市。他们来到华盛顿州东部，这里的山丘好似卧躺的女巨人。等他们到了科达伦，周围的山更多了，山势平缓，植被茂盛，但没有喀斯喀特的那么高。这时，无边无际的蓝天如同帷幕般展开，黑压压的乌云泛着缕缕银光，正向东边飘去。珀妮玛指着乌云说：“可能要下雨了。”又说：“这首歌的名字真有趣，竟然叫《洛洛》。”

莫汉似乎陷入了沉思，没听到她说的话。珀妮玛发觉车里放的音乐和她来西雅图那天在车上听到的是同一种，没有歌词，意境悠远，令她昏昏欲睡。

经过米苏拉、比尤特和波兹曼后，他们在利文斯顿停车喝了杯咖啡。休息后，两人一致认为应该连夜赶路。天上的阴云越聚越厚，珀妮玛望向地平线，好像她可以看到世界的尽头。她知道地球是圆的，像女性受伤的时候那样把自己抱住了。金色和绿色相间的草地翻滚起伏，远处低头吃草的奶牛像是散落在草地上的芥子。每过很长一段时间才会出现牧场和拖车，山丘和草地所组成的景色仿佛是一幅长长的挂毯，而牧场和拖车就是挂毯上的图案。珀妮玛觉得这些牧场孤零零的，但每每经过它们，却有种征服的快感。午饭他们吃的是在加里森镇加油站买的三明治。到了晚饭时间，莫汉说需要休息一会儿，把车停在了乌鸦县外的一家汽车餐馆门口。他们点了咖啡，喝起来很烫，并且有股很重的金属味。菜单上没有牛排、烘肉卷、汉堡这些英文单词，珀妮玛在询问过侍者后点了烤芝士三明治和土豆泥。莫汉点了芝士汉堡和薯条。餐馆的点唱机在放西部牛仔风格的老歌，珀妮玛尽管一句也听不懂，但她很欣慰终于听到有歌词的歌了。吃完饭后他们给车加了油，继续往前走。他们身后的天空出现了粉色、橙色和灰色的晚霞，前方的天空却像大海般深沉广阔。

他们由九十号公路转入二百一十二号公路后，莫汉再次提起了萨维赛。他没扭头去看珀妮玛，而是面朝眼前漆黑的公路问：“她要是不在那儿怎么办？”

这问题听似简单，珀妮玛却不知如何作答。她感到怒火中烧，与此同时，过去几天以来她极力克制的沮丧正在往外冒。她为萨维赛来了那么远的地方，可却在两天前与她擦肩而过。萨维赛要是不在那儿该怎么办？她还能怎么办？她的心情突然跌落到了谷底。她盯着眼前的高速公路，这一路途经小镇，深入山林，邂逅牧场，使她产生了一种错觉，好似活着本该是件美好的事，奇迹注定会发生，她会在某座山丘顶上或在某个小镇的街道上毫不费力就能碰到萨维赛。“我不知道。”她说。在这广阔的世界中，她不知道要是找不到萨维赛，又该如何活下去。

珀妮玛哭了。很多年来她都没哭过了，积攒许久的泪水在这一刻决堤而下。她用手蒙着脸，哽咽着说：“我不知道。”她感到莫汉把手搭在了自己的胳膊上，直到她抬起头擦拭眼泪，他才将手放开。

“她走不了太远。”莫汉说。

“你怎么知道？”

莫汉目不斜视地注视着路面，说：“当时我钱包里只有一百美元左右。”

珀妮玛望着莫汉，拭去泪水。一阵风贴着车身呼啸而过。

“而且她可能会往东走。”

“为什么？”

“也可能是往南走了。”

“为什么不是其他两个方向？”

“普吉特湾在西面，她有可能会去那儿，可坐船的风险太大了。北边是加拿大，没有护照她可去不了。”

珀妮玛紧盯着莫汉说：“我们有新思路了。”

“不，”莫汉勉强笑了笑，说，“我不这样认为。”

他们穿过乌鸦县北夏安印第安人保留区，往东南部的布罗德斯镇驶去，只剩不到两小时的车程了。莫汉说：“天亮了再走吧。”他又补充了一句：“到时候直接去峡谷。”

珀妮玛扭头说：“还要等到天亮？不，我们现在就赶过去。”

“可天马上就要黑了。”

“对我来说，过去四年里天一直都是黑的。”珀妮玛说。

莫汉摇了摇头。珀妮玛抬眼望去，星星出来了，云层正在往东南方向聚拢。一道闪电从夜空中划过，消失在了南边。直到午夜过后，他们才抵达斯皮尔菲什附近。“我们快到了吗？”珀妮玛问。她急着想去趟洗手间。

“只有几里路了。”莫汉说。

他们来到斯皮尔菲什的边缘后，珀妮玛看见了一个加油站。她说：“在那儿停一下。”

不远处，小镇的灯火依稀可见，峡谷已近在眼前。

莫汉把车开进加油站，珀妮玛跳下车去。雷公作响，闪电越来越近。星星不见了，厚重的乌云低低地压向地面，暴雨即将来临。

珀妮玛看了看四周，冲进了加油站。收银员站在收银台后面，两条肥厚的手臂搭在台面上，他的左臂上有个文身，文的是一个身穿短裙，身材修长，倚着马提尼酒杯，腿向后翘着的女人。珀妮玛看了看那文身，又看了看他脖子上挂着的金链子，而后扫视了一番加油站，却没看见洗手间。“请问……”

“在后面。”收银员显然不想看她的脸，把头扭朝一侧。“你可能要等一会儿，有个墨西哥女孩在里面。”

珀妮玛听懂了，洗手间在加油站后方。她冲出门外。“记得把钥匙还回来。”收银员冲着她的背影叫道。珀妮玛来到洗手间门口，按下门把手，可门锁住了。她等待着，四下张望。她看不见莫汉，也看不见莫汉的车，但能听见汽车发动机运转的声音。她看到对面有个汽车维修店，旁边似乎是个五金店。暴风雨在她头顶咆哮，一阵狂风扫过，吹乱了她的头发。一滴雨滴落在她脚边，紧接着，又一滴落在了她头上。

她又上上下下晃动了几次门把手。

一道闪电划过，刹那间，加油站被照得像骨头一样白，随后仿佛一盏灯突然熄灭了似的，周围猛地暗了下去。

一辆车过来了，车灯像摇篮般摇晃着扫在她身上。她不由地眯起了眼睛，紧跟着打了个冷战。她精疲力竭，却又异常清醒。莫汉摇下车窗喊道：“我看了地图，我们离得很近了。”

“有多近？”

“往东南方向走就到了。”莫汉微笑着说，“你很期待吧？”

雷声骤响，莫汉和珀妮玛同时望向天空。瞬时间，云层震裂，大雨倾盆。珀妮玛仰起头，任雨水浇到她脸上，熄灭她心中的火焰。

“不是吗？”

珀妮玛点点头，看着莫汉。莫汉正笑着摇头。世界在雨水的洗刷下变得光滑而平坦，珀妮玛感到雨水也在冲刷她的身体。时间，饥饿感，有关一个女孩用她汗涔涔的手抓起香蕉拌酸奶饭，迫不及待送进嘴里的记忆，这一切在她眼前一闪而过。终于，洗手间的门把手松动了。珀妮玛突然觉得她和莫汉好似夏日阵雨中一对置身树林或公园的情侣。她害羞地笑了笑。

“不远了。”她说。